偽憶《ぎおく》

平山瑞穂

幻冬舎

目次

装幀　bookwall
写真　Getty Images

偽憶

その二人連れが夫婦であるという確証はどこにもなかった。しかし町の人々は、ほかに呼びようもなく二人を「あの夫婦」と呼んでいた。見たところおたがいの年齢が近く、またいつ見ても二人きりで連れ立っていることが、彼らを「夫婦」であると考える根拠のひとつだった。

「妻」の方が若干歳下《としした》だろうというのがもっぱらの見立てだったが、もしかしたらそれは、化粧気が薄いせいで実年齢より幼く見えるためかもしれなかった。逆に「夫」の方が、実際より老けて見えている可能性もあった。というのも、彼は常に車椅子に力なく腰かけているだけであり、その年頃の青年なら自然と顔に浮かべるはずの生き生きとした表情をまったく欠いていたからだ。

人々は、二人が「夫婦」であるとする自分たちの見解に必ずしも満足していたわけではなかった。そう考えるには、二人の間柄があまりによそよそしいものに見えることがあったからだ。かといって、たとえば二人を「体に障害のある男とその職業的介護者」なのだと見なすことには、誰もが抵抗を覚えた。そう考えるには、逆に二人の間に流れる空気が親密なものでありすぎたからだ。

はっきりしているのは、この二人連れがいつからか頻繁にこの海辺を訪れるようになったということだけだった。彼らがもともとこの土地に住んでいる人間でないことは歴然としていた。酒場で酔っぱらいがささいな諍《いさか》いからだれかを殴れば、翌日には全員がそれを知っているような小さな町である。おおかたの住民は、長すぎるスカートの裾が床に接するようにして申し訳程度に広がった海沿いの狭い平地に軒を並べ、山間部に居を構える残余の世帯は数えられる程度だった。新参者かそうでないかの識別ができないはずがなかった。

ただ、一年を通してしょっちゅう見かけるわりに、彼らがどこに住んでいるのか知る者はいなかった。二人はたいてい、まだ陽が残っているうちに、「妻」が運転するライトバンで海辺にやって来て、陽が完全に水平線に没する頃に帰路に着いた。一度、バイクを駆る町の若者が興味本位であとを追ったことがあったが、海岸から内陸部に向かって直進するや否や急な勾配《こうばい》をなす県道が、山の多いこの半島の輪郭をなぞるように巡っていく国道に突き当たる前に、どういうわけか見失ってしまった。狐に化かされたのではないかと軽口を叩《たた》く者もいた。

いずれにしても、町の人々にとってこの二人連れは近寄りがたい存在だった。そういう言葉をあえて使う人間はいなかったが、彼らの多くが漠然と感じていたのは、もしかしたら一種の神聖さのようなものだったのかもしれない。いずことも知れない高いところから降りてきて、いずことも知れない高い場所へと帰っていく二人連れ。彼らを見る人々のまなざしには、畏《おそ》れと憧れのようなものがあいなかばしていた。

しかし当の二人は、自分たちが土地の人間たちにどう見られているかなど、まるで意に介していないように見えた。二人は二人だけで完結する世界を作り上げていた。

それを幸せと呼んでいいのかどうかは、誰にもわからなかった。

第1部　遠い夏

第1章　五人への手紙

1

　もしもロト6で一億円が当たったら何に使うかというお題を、男側の一人が出した。こういう場で取り上げる話題としては使い古されているし、気が利いているとも思えなかったが、男四人対女四人の、多くは初対面同士であるグループはこれで存外に盛り上がり、めいめいが順番に思うところを口にした。港区にマンションを買う、クルーザーを購入する、自分専用のスタジオを作って高価な楽器や機材を揃える、会社を辞めて世界一周の旅に出る、といった発言が相次ぐ中で、疋田《ひきた》利幸《としゆき》はひとり、「ユニセフに全額寄付する」と言って全員の笑いを誘った。

「何それ、意表突きすぎ！」

「疋田おまえ、何ひとりで〝いい人〟ぶってんだよ！」

　二次会にも全員が残ったのだから、合コンとしては成功した部類だろう。利幸個人レベルでも、小さな成功はあった。解散して新宿から私鉄に乗り換える頃、ついさっき「矢口《やぐち》真名美《まなみ》」として登録したばかりのアドレスから、さっそくメールが送られてきたのだ。一次会でも二次会でもたまたま席が近くならず、あまり話せなかったが、実はいちばん気になっている子だった。〈疋田さん、ユニセフに全額寄付するってマジですか？〉というメッセージに、翼が生えて飛んでいく紙幣がアニメーションになっている絵文字。

〈冗談だけど、今どき1億円あってもたいしたことできないから、いっそ寄付でもした方が有効活用できるかなって。でもまなみちゃんの捨て犬ランドにだったら出資してもいいよ〉

真名美は、全国で保健所などに収容される年間何十万匹という捨て犬や捨て猫のほとんどが、引き取り手も現れないまま殺処分に付されているという事実をテレビで知って以来、彼らを救う施設を作れないものかと心を痛めていたという。本気でそれをやるなら、一億円など一瞬で吹っ飛ぶだろうと利幸は思ったが、そのことにはあえて触れなかった。

〈ほんとですか？　ありがとうございます！　って、仮定の話ですけどね。1億円がない私たちとしては、さしあたって捨て犬じゃないランドにご一緒しませんか？　舞浜《まいはま》の〉

ハートマークや星マークが色とりどりにちりばめられた真名美の返信を、利幸はニヤニヤしながら何度か読み返した。初対面の時点で、相手の方からこれだけ積極的になってくれることはめずらしかった。しかし自分はいつも、最初だけ調子がよくて途中から尻すぼまりの結果に終わることが多い。たぶん、ここぞというときに欲をかかず、だめならだめでいいとあきらめてしまう損な性分が災いしているのだろう。もっと気合いを入れて臨まなければ、いつまでも合コンのスタメンから抜けられない。

そう考えた利幸が、真名美の誘いに応じながら同時になにか笑いが取れるようなネタを添えることができないかと頭をひねっていたとき、手にしていた携帯が不意に振動して、電話の着信を告げた。それは絵文字で愛らしく装飾された真名美からのメールの文面を暴力的に消し去り、「090」で始まる知らない番号――少なくとも登録はしていない番号を大きく表示させた。

電車の中であったことと、覚えのない番号であることが利幸を躊躇《ちゆうちよ》させた。しかし幸か不幸か、車輛はちょうど利幸が降りる駅に到着したところであり、ドアが開いた時点でまだコールが続いていた。ホームに降り立つと同時に通話ボタンを押した利幸は、「はい」と応じるより先に、割れるような大音響に鼓膜を襲われた。

　トランス系かなにか、ドラムとベースの音ばかりがやたらと耳につく音楽をバックに、だれかががなり立てている。ほとんど聞き取れないが、「もしもし、疋田？　疋田だよな」と言っているらしいことだけかろうじてわかる。すみません、よく聞こえないんですが、と何度か怒鳴り返すように言ったら、ようやく相手が少しは音の静かなところに移動したらしく、何を言っているかは聞き取れるようになったが、その声の調子はやはり、喧嘩《けんか》でもふっかけてきているかのように荒々しく攻撃的である。

「わりぃわりぃ、フロアん中だとＢＧＭがでかくてさ。これで聞こえるよな」

「はあ、聞こえますが……えーと、どちらさまで？」

「だから言ってるじゃん、ワシオだって。何おまえ敬語使ってんの、ふざけてんの？」

　電話の相手は、そういう意味のことを言っているように聞こえた。

　ワシオと言われて、思い当たる人物はいなかった。少なくとも、現在の交際圏に、そういう名前の人間はいない。さらに言うなら、このようなぶしつけな電話を、このような暴力的な調子でかけてくる人間も、知り合いの中にはいないはずだった。しかし相手はどうやら自分が「疋田」であることを知っており、なぜか携帯の番号も控えている。

　どこかで酔っぱらってゆきずりの人間に番号を教えたようなことがあっただろうか。しかしそもそも、記憶をなくすほど酒を飲んだことは学生時代以来一度もない。利幸がそうして推理を巡らしているその間にも、ワシオを名乗る人物は一方的になにごとかを弁じ立てていた。

「だからおみゃあんとこにも届いてたら？　おみゃああんとき一緒だったら？　俺、一応思い出せた奴には電話して訊《き》いてるんだけどよ、ガネトンとかさ、あとなんつったっけ、あの女。ほら、あのデブさぁ、いたら？　名前どうしても出てこにゃあんだけど。疋田、おみゃあ覚えてにゃあか？」

当惑する利幸の耳が、郷里の訛《なま》りと、「ガネトン」という音にかすかに反応した。それは、利幸自身にとってたいした意味を持つものではなかったにしても、人生のある時期にたしかにくりかえし耳にした音だった。やがて瞼の裏に、頬骨の張った、目と目の間が少しばかり開きすぎている少年の顔が浮かび上がった。

ガネトン。たしか、七味唐辛子を異常に好み、いつも持ち歩いているそれを、先生の目を盗んでは給食のおかずの表面が真っ赤になるまで振りかけて食べていたことから、「トンガネ」と呼ばれていたやつだ。子ども同士が呼び合うニックネームではよくあることだが、それがいつしか「ガネトン」と順序を入れ替えて呼ばれるようになった。「トンガネ」の「トンガ」は「トンガラシ」の「トンガ」で、「ガネ」は……カネタニ、そう、金谷《かねたに》だ。

金谷とは、小学校と中学校は一緒だったものの、六年生のときに一年間同じクラスになっただけで、特に親しい間柄ではなかった。「ガネトン」をヒントにかろうじて苗字《みょうじ》を思い出せただけで、下の名前さえ覚えていない。しかしその金谷の記憶が引金となって、「ワシオ」の正体をめぐる脳内での検索範囲は一気に狭まり、次の瞬間には該当する人物のプロフィールが引き出されていた。

「鷲尾《わしお》か、三年三組の！」

「だからそうだって最初から言っててんじゃにゃあか。おみゃあ、そんなボケキャラだった？」

電話口で鷲尾が呆《あき》れたように笑い、吹き込まれた息の音が耳障りに割れた。

利幸が記憶しているかぎり、鷲尾と同じクラスになったのは、小・中学校を通して中学三年のときだけだ。しかも、いい思い出はひとつもなかった。年頃になって髪型を気にするようになり、前髪を意識的に伸ばしはじめていた利幸に、髪を払う仕草が「スカして」いて気に食わないと言いがかりをつけてきた男だ。むしろ本人こそ、制服のワイシャツを第二ボタンまで外し、校則で禁じられている整髪料で髪を塗り固めたホストのような「スカした」なりをしていた。そして、似たようなセンスを共有する連中と徒党を組んで、わが物顔に廊下を練り歩いていた。

「それで、なんだって？」

「いや、おみゃあも来んのかなって思って。疋田、おみゃあ今、東京だら？　こっち来んのけっこうたいへんだら？」

「ごめん、なんの話だか……」

「え、何、聞こえにゃあよ。おみゃあ、声小せぇよ、昔っからだけどな。……あ、わりい、客が来ちまった。またかけるわ」

一方的に始まった電話は、そうして一方的に終わった。むりやりどこか知らないところに連れてこられ、そのままそこに放置されたような気分だった利幸は、自分の立っている場所が西武新宿線の駅のホームであることも一瞬忘れていた。利幸は高架式のホームを吹き抜ける初夏の夜の風に身を晒《さら》しながら、十二年前の同じ季節、休み時間中の三年三組の教室で起きたあるできごとを、脳裏に鮮やかに蘇《よみがえ》らせた。

窓際の席だった利幸は、開け放された窓から入ってくる風で前髪が乱れるのを気にしていた。そこへ例によって鷲尾が、その仕草が目障りなのだと難癖をつけてきた。取り合わないようにしていたら、それが癇《かん》に障ったと見え、鷲尾はだしぬけに自分が履いていた上履きを脱ぐや、「聞いてんのかよ！」と言いながら、その紺色のゴムの底で力任せに利幸の顔をはたいた。さすがに激昂《げっこう》した利幸が鷲尾の胸ぐらに摑《つか》みかかったところで、教師が教室に入ってきた。

諍いの原因をマンツーマンで訊《たず》ねてきた担任教諭の日比野《ひびの》に、利幸はことのあらましを率直に明かし、鷲尾が履物の底でよりによって自分の顔を殴ったことが「許せない」のだと言った。体育が専門であるその男っぽい女性教諭は、難しい顔をして黙り込んでから、利幸にこう言って聞かせた。

「あいつの家は、両親が離婚しておふくろさんしかいなくてな。それでいて弟妹《きょうだい》がいっぱいいてたいへんなんだら。あいつは長男だもんで、弟・妹たちの面倒を親代わりになって見てやらにゃあといけなくてな。夕飯のおかずも、あいつが毎日学校帰りに自分で買ってんだよ」

鷲尾の母親がスナックかなにかを経営しているということはなんとなく知っていたが、片親だということは初耳だった。しかし、それがなんだというのか。だから、鷲尾が自分にどんな無礼なふるまいをしても大目に見ろというのか。「たいへんな」暮らしの結果溜《た》まったストレスの捌《は》け口にされ、尊厳を傷つけられることに黙って甘んじていろというのか。利幸は、そんな理由で鷲尾を庇《かば》う日比野に対して、鷲尾に対する以上の怒りを感じ、それでも何も言い返せずに、まるで自分の方が悪者であるかのような形で話を片づけられてしまったことをやるせなく思った。

そのときのことを思い返すと今でも怒りが生々しくくすぶりはじめるが、それはあくまで、上履きの底で顔を殴った瞬間の、十五歳かそこらの鷲尾に対して腹が立つということだ。担任教師は、一方で鷲尾にもなんらかの訓戒を施していたのか、くだんの事件以降、利幸に言いがかりをつけてくることもなくなり、二人はその後、ほとんど言葉も交わさないまま中学を卒業した。鷲尾は、札つきの問題児ばかりが集まっている工業高校に進学したと聞いた。

それから十二年、鷲尾がどんな人生を送ってきたのか利幸は知らなかったし、興味もなかった。当然、現在、自分と同じく二十七歳くらいになっているはずの鷲尾に対して、当時の怒りがぶり返すこともなかった。ただ、結局用件がなんであったのかさっぱり要領を得なかったことが、利幸を苛立たせせた。第一、ずっとつきあいのなかった鷲尾がなぜ携帯の番号を知っているのか。中学三年のとき同じクラスでいまだにつきあいのある友人もいないことはないが、いずれも鷲尾とはつながりが薄そうであり、そこから伝わったのだとは考えにくかった。

公立の小・中学校というのは一種の運命共同体である。そこに集う子どもたちに、学区という形で線が引かれたおおまかな居住地域以外の、目に見える共通点を見出《みいだ》すことは難しい。親の職業も、教育や所得の水準も、背負う文化や習慣もまちまちな子どもたちが、好むと好まざるとにかかわらず一緒くたに集められる。子どもたち同士の衝突が、本人たちも自覚していない一種の文化摩擦に根ざしている可能性もある。

中学三年生の鷲尾が攻撃の対象にしたのは、直接には利幸の「前髪を払う仕草」だったが、要するに鷲尾は自分という存在そのものが気に食わなかったのだろうと今の利幸は考えている。存在そのものが気に入らなかったから、ささいな仕草などがいちいち癇に障ったのだ。そしてその背景には、たぶんまちがいなく、おたがいを育《はぐく》んだ家庭が属する文化の違いと、その異なる文化に対する理由のはっきりしない反感や嫌悪感があった。

利幸の家は、とりたてて裕福ではなかったものの、父親が県庁勤めで、順調に出世して当時すでに課長職を得ていた。片や鷲尾は片親で、保護者である母親が身ひとつでどうにか生計を立てていた。育った家庭としては、ある意味で対極と言ってよかった。

文化的な選別は高校に進学するあたりから始まり、大学に進学するかしないか、それを潮に上京するかしないか、どのレベルの大学に進むか等によって、さらに篩《ふる》い分けが進む。その間に、交際する人間も、境遇が自分自身と似通っている者たちに自然と絞り込まれてくる。背負っているものや生活のパターンが異なる者同士では、同じ感覚を共有できず、話もかみ合わないことが多いからである。そうして一度別のグループに振り分けられた者同士の歩む道が、再び交差することはめったにない。

中学を出てからの十二年間で、利幸は鷲尾および彼が属する文化から、とっさにはその距離がわからないほど遠く隔たったところに達していた。この突然の電話さえなければ、その後一生、鷲尾の存在を思い出しさえしなかったかもしれない。

駅前のコンビニエンスストアで、酔いを醒《さ》ますための清涼飲料と、翌日の朝食になる調理パンを買った利幸は、そこから徒歩で十五分かかるひとり暮らしのアパートへと帰る道すがら、携帯から実家に電話をかけた。気持ちをすっきりさせたいというだけの理由からだった。

「あら、めずらしい。どうなん、元気にしてるの?」

電話に出た母親は、呑気《のんき》そうな声でそう応じた。若い頃はどちらかというと神経質なタイプだったが、年を追うごとに気が長く細かいことにこだわらない性質になってきている。

実家と連絡を取ることなど年に数えるほどしかない。新幹線を使えば品川から一時間もかからないのに、なまじいつでも帰れるという意識があるだけに、正月に帰省して以来一度も顔を出していなかったし、普段はなにか具体的な用事でもなければ電話をかけることもなかった。

「あのさ、中学のとき、鷲尾ってやつがクラスにいたんだけど……」

「ああ、電話かかってきた？　つい昨日だか、携帯の番号を教えてほしいって。鷲尾くんっしょ、私、かとれあ会でお母さんと一緒だったもんでよく覚えてるよ。小柄で目がクリクリッとした子だったら？　今は浜松でバーの店長なんだって？」

容貌に対する印象の抱き方に違いはあれ、母親が鷲尾という人物を正しく認識していることはたしかと思われた。たしかに鷲尾は、上履きの底で顔を殴ったそのときでさえ、利幸の視線の下から伸び上がるようにして腕を振り下ろしていたし、その目はいつもなにか攻撃の対象になるものを探しているかのように大きく見開かれていた。「浜松でバーの店長」をやっているというのはもちろん初耳だったが、さっきの電話の背景にけたたましい音響が流れていたことと矛盾しない。

何より、かとれあ会という、ここ十年ほどは聞いた覚えのない固有名詞が、母親の認識のたしかさを裏づけていた。

かとれあ会は、地元の主婦たちによる一種のサークル活動で、母親が「大貫《おおぬき》さん」と呼ぶ人物がリーダーとして君臨していた七、八人のグループだった。月に一度くらいの頻度で、メンバーが持ち回りで自宅を会場として提供し、ちぎり絵やパッチワークを楽しんだり、ときには外部から講師を呼んで即席の料理教室を開いたりしていた。利幸の家が会場になったときは、さして広くもないダイニングと居間が主婦たちに占拠され、騒々しいおしゃべりの声が二階の自室にいる利幸のところにも届いてきて、終始落ち着かない気分だったことを覚えている。

利幸が心安らげなかったのは、メンバーに鷲尾の母親が含まれていることを知っていたからでもあった。学校で息子同士の折り合いがよくないことを、この母親たちは知っていただろうか。利幸自身は、上履きの底で殴られたことさえ、不面目だと思って母親には言っていなかったが、鷲尾が利幸のことを母親にどう伝えているかはわからなかった。

一度、学校から帰ってきたときにこの集まりと鉢合わせした際、「○○と同じクラスなのよね、よろしくね」と、現在では思い出すことができない鷲尾の下の名前を挙げながら利幸に気さくに挨拶してきたその姿から想像するかぎり、何も聞いていない確率の方が高いと思われた。ただ鷲尾の母親は、スナックを経営しながら女手ひとつで大勢の子どもを育てるかたわら、ときには店を開く時間を遅らせてまで、こうした主婦の集まりにもまめに顔を出す社交的な性格だった。あるいはなにか知っていて、その不仲を和らげようとして、利幸にはあえて愛想よくふるまったのかもしれない。

いずれにせよ、利幸の中で、かとれあ会という存在をめぐる記憶は、総じてあまり好ましくない色に染められていた。それは、メンバーとして顔を連ねている利幸の母親自身が、この集まりに対して取っていた両義的な態度に起因しているところもあった。「今日はかとれあ会だから」「かとれあの大貫さんに言われてこうしてみたんだけど」といったことを家族に話す母親の口ぶりには、常にどこか気が乗らなそうな、なかば強制されてやむなくそうしているかのようなニュアンスが感じられた。そのくせ母親は、会の活動には非常に熱心に取り組んでいた。

いや、あれは「熱心」というのではない、と現在の利幸は回顧する。母親は、ただまじめだったのだ。なんであれ、決まったことはきちんとやり遂げなければならないと思いなして完璧にこなそうとする、きまじめでやや融通の利かないところがあった。どちらかというと引っ込み思案で、他人といると過度に気を遣ってくたびれはててしまう性格だった母親が、かとれあ会のような集まりに居心地のよさを見出していたとは考えづらい。おおかた、押しの強い「大貫さん」にでも強く勧誘されて断りきれずに入会するはめになり、メンバーになった以上はしかるべき「義務」を果たそうと努めていたというのが実情に近いのではないか。

「かとれあ会ね。久々にその名前を聞いたよ。今でも活動してるの？」

さしたる興味もなしに母親にその質問を投げかけた利幸は、すぐにそれを悔やんだ。メンバーの一人だった、利幸は名前を覚えていないある主婦が乳癌で入院したのをきっかけに、会の開催がなんとなく間遠になり、やがて自然消滅していったその経緯を、必要以上にことこまかに聞かされるはめになったからだ。利幸はその長広舌を遮るようにして、話を本題に戻した。

「それはいいんだけど……あのさ、鷲尾とはその後つきあいもまったくねえし、携帯の番号とか勝手に教えねえでほしいんだけど。必要があればこっちからかけるんで、むしろ向こうの番号を訊いといてくれれば」

「でもね、なんか近々同窓会だかやるんじゃないの？　鷲尾くん、連絡つかなくて困ってたみたいだから。あれ、まだ届いてない？　利幸のところに転送しておいたんだけど」

聞けば、二、三日前に実家の住所に「疋田利幸様」宛ての封書が届いており、それは開封もせずそのまま東京の利幸の住所宛てに転送しておいたが、その矢先に鷲尾が電話をかけてきたので、てっきり同じ件だと思ったという。差出人の名義までは覚えていないが、性別のよくわからない個人の名前だったようだ。そういえば鷲尾も、なにかが利幸のところにも届いているかどうかを訊こうとしていたし、東京からこっちに来るのはたいへんじゃないかとも言っていた。

同窓会だとすれば、鷲尾と同級だった中学時代の三年三組だろうか。しかし、だとしたらガネトンは関係がないはずだ。

記憶を巡らせている間に、利幸は自分のアパートの前に着いていた。まだとりとめのない話を続けている母親に手短に礼を言って話を切り上げ、正面入口の手前にある郵便受けを開けると、封書が届いていた。パソコンで打ち出したものと思われる実家の住所を二本線で消して、現住所を脇に書き添えてある。几帳面《きちょうめん》なその字は、たしかに母親のものだった。差出人のところには、ただ「相生真琴」と名前だけが明朝体で印字されていて、住所はない。

その名前に、記憶はなかった。少なくとも、過去に学校のいずれかのクラスで一緒だったことがある人物でないのは確実なことだ。「相生」といえばまっさきに思い出すのは郷里にあった地名であり、だから読み方はすぐに「あいおい」だとわかったが、そういう苗字が存在すること自体を利幸は知らなかった。下の名前は「まこと」と読むのだろうが、字面からしてたしかに性別は特定しづらい。利幸は微妙な胸騒ぎを覚えながら外階段を上り、自室に入るなりハサミで開封して中身を取り出した。

そこには、三つ折りにしたA４大のPC用紙が一枚だけ入っていて、やはりパソコンで、以下のような文章が印字されていた。

疋田利幸様

突然のお便り、御無礼を御容赦ください。私は東京の福光法律事務所に所属する相生（あいおい）と申します。既にご承知かもしれませんが、疋田様の御生家のあるS市に在住されていた山浦至境（本名：健吾）先生が、去る1月18日に享年79歳にて永眠されました。私はそれに先立つ平成20年に、故人御本人より、遺言執行者に指定されております。つきましては、故人の遺志に基づきまして、疋田様ほか４名の方に、遺言の内容を御説明させて頂きたく存じます。

この５名の方は、故人が静岡県南伊豆町に所有されていた別荘にて平成６年に催されたサマーキャンプに参加された方々です。

端的に申し上げて、遺言は故人の遺産に関わることですが、いくつかの理由から、書面による御説明は困難と判断されますので、一度、説明会を開催させて頂きたく存じます。現在はＳ市を離れ、他所に御在住の場合もあるかとは存じますが、勝手ながら、開催地はＳ市とさせて頂きました（またこのお手紙も、当方で把握できた当時のＳ市内の御住所宛てに送らせて頂いております）。誠に御足労ではございますが、下記日時に指定の場所にお運び頂ければ幸いです。

日時：平成21年５月30日（土）　15：00〜17：00

場所：東海産業振興センター　４階　会議室４０３号室

諸事情によりこの書状では詳細を明かせませんが、本件は疋田様にとりましても極めて重要な案件と思われますので、万障お繰り合わせの上、何卒御臨席賜りたく存じます。万が一御都合がつかない場合は、事前に相生宛てにその旨御一報頂けますと幸いです。なお、他の４名の方々にも、同様の書状を同時にお送りしておりますので、御了承くださいませ。

弁護士　相生真琴

福光法律事務所

東京都千代田区麴町××××
03—××××—××××

2

疋田利幸にかけた電話を切ってからしばらくの間、鷲尾樹《たつる》は接客に追われた。店長として任されているこの店「フォール・リバー」は、「バー」と銘打ってはいても実際の業態はキャバクラに近い。テーブルにホステスがつくような店でなければ、この街で固定客を摑むのは難しいからだ。

しかしホステスは、多少は気の利いたトークができても「女の子」と呼ぶには薹《とう》が立ちすぎている満鈴《みすず》と、二十歳そこそこという若さだけが取り柄で自覚もなく客に失礼なことを言って怒らせる愛花《あいか》の二人だけだ。この二人を四つのテーブル席に適当にローテーションさせる必要があるし、さらに新しい客が入ってくれば、ひとまずカウンターに座らせて樹自身がつなぎの話し相手にならなければならない。飲み物やつまみを用意するのも基本的に樹である。店長とは名ばかりで、実態は雑用係のようなものなのだ。

日曜と祝日以外に、休みはほとんどない。オーナーの秋川《あきかわ》に休ませてほしいと言えば、本人がかわりに出てきたり、代理の人間を立てたりしてくれなくもないが、あまりいい顔をされないので、休みたいときはたいてい、自分の舎弟であるアツシに小遣いをやって店を任せる。樹にはわからないが、アツシは韓流アイドルグループのだれかに似ているらしく、満鈴がひとしきり騒いでいた。今度はいつあの男の子と交代するのかとうるさいが、アツシに名代を言いつけて持ち場を外すのは秋川に無断でやっていることなので、そうたびたび機会を設けるわけにもいかない。

秋川の素姓を知るごく一部の客は、「M」とか「S」とかいう符牒《ふちょう》をわけ知り顔に使って非合法薬物の購入を小声で申し出るが、商品を手渡したり代金を受け取ったりする権限は、樹には与えられていない。そういう客が現れたらただ、秋川に携帯電話で連絡し、受け渡し場所と時間を客に伝えるだけだ。安全のためだと秋川は言うが、樹自身はそれを自分が今ひとつ信用されていない証拠のひとつだと思っている。

秋川がなぜもっと自分に信を置き、大きなヤマを任せてくれないのか、樹にはどうしてもわからなかった。忠誠心もあるし、命じられた仕事はどんなことでも厭《いと》わずにやる用意がある。高校は一年で退学を余儀なくされたが、少年院を退院してから八年、それなりの経験も積んできた。そして何より、自分を拾ってくれた秋川修司《しゅうじ》という人物を心の底から尊敬していた。過去の自分を知る人間の目を避けて妻子連れで浜松に移ってきて食い詰めていた樹を拾ってくれた人物である。十歳のときに両親が離縁して以来、父親のいない家庭で育った樹は、自分より二十七歳上の秋川のことを父親のように思い、範としてつき従っていこうと心に決めていた。

なぜなら、秋川には「力」があるからだ。力がない者は尊敬に値しないと樹は考えていた。力とは、自分以外の人間を動かすことのできるなにかである。それは相手を威圧し、怯《おび》えさせる腕力かもしれないし、報酬によって相手を釣り、言うことを聞かせる財力かもしれない。秋川にはその両方があった。そして、今の自分にはそのどちらもない。

泥酔して店のホステスに肉体的な接触を強要したり、ほかの客にからんで騒ぎを起こそうとしたりするタチの悪い客の首根っこを摑んで非常階段の踊り場まで引っ張り出し、凄《すご》みを利かせて二度と店の敷居を跨《また》がせないようにすることくらいは今でも朝飯前だ。しかしそんなことでは、自分が「力」を振るっているという実感を得ることができない。しょせん、秋川の小間使いのような立場に甘んじているだけだ。三十も遠くない、二児の父親だというのに。

昔はこうではなかった。顎の先で合図するだけで、すぐにでも自分のために体を張って命令を実行に移す舎弟が何人もいた。当時、樹が属していた世界において、「力」があるかどうかは、単純に、相手をすくみ上がらせるだけの気魄《きはく》と、それを裏打ちするだけの戦闘力があるかどうかだけにかかっていた。樹は学校の朝礼などで並ばされれば必ず前から四分の一のグループに入るほど小柄だったが、喧嘩の強さにだけは自信があった。背丈が足りないからといって舐《な》めてかかる相手には、躊躇なく拳骨を食らわせて瞬時に自分の立場を思い知らすことができた。

その意味で、樹にとっての黄金時代は中学生の頃だった。S市立春海《はるみ》中学校に通っていた三年間を、樹は今でも懐かしく思い出す。最初の二年で支配体制の基礎を築き、三年生に進級すると同時に学校全体を掌握した。表立って樹に刃向かう生徒は、一人もいなかった。だれかが陰口を叩いていることが発覚すれば、時を措《お》かず校舎裏に呼び出してヤキを入れた。誰にでも言うことを聞かせ、自分に敬意を払わせることができた。輝かしい時代だった。

当時の担任教師・日比野はよき理解者で、樹に一目置き、多少の問題行動は不問に付してくれた。卒業後もなにかと樹を気にかけ、少年院にも何度か面会に来てくれた。その後、転任先の中学校で生徒に対して行なった指導が体罰と見なされ、保護者や教育委員会から吊るし上げに遭った。最終的には辞職に追い込まれ、その後、今に至るまでS市内の介護老人ホームで職員として働いているが、交流は欠かさず、年に何度かはS市の居酒屋で酒を酌み交わす。

「先生、俺、あの頃がいちばん楽しかった。今でもあの頃に戻りてえって思う」

日比野と飲むたびに、樹は口癖のようにそう言う。結局結婚しなかった日比野は、すっかり皺《しわ》の多くなった顔をほころばせ、もともと刀傷のように細い目をさらに細めて少しさびしそうにこう答える。

「そう思える時代があるだけ幸せってもんだ。だけど鷲尾ももういい歳《とし》なんだし、今は自分の子どものこと考えにゃあと」

それを言われると、樹はいつも少しだけ憂鬱な気持ちになる。長男の元気《げんき》は来年から小学校に上がる。長女の未来《みく》はその二つ下で、まだ保育園である。二人の母親である規子《のりこ》はまだ二十六歳だが、結婚してからの六年で、同一人物とは思えないほど体型が変わってしまった。樽《たる》のようにだらしなく肥え、身を屈《かが》めただけで服の上からでもわかるほど段のついた腹を揺らしている妻の上に乗る気にはなれず、未来が生まれたあたりで夫婦生活は途絶えた。もともと、少年院を仮退院してまだ保護観察も解かれないうちに、不覚にも孕《はら》ませてしまったことからなりゆきで決まった結婚だった。

二人の子どものめんどうは見なければと思っているが、規子と一緒に育てていくことを思うと気が重くなり、家庭そのものが自分の足を引っ張るお荷物のように思えてくる。醜く肉のたるんだ規子が、二人の子どもを両足にぶら下げながら、赤ん坊のような丸っこい手で樹の足にしがみついている。俺はいつもこうだ、と樹は思う。いつもなにかが、自分にぶら下がっている。かつては四人の幼い弟妹がぶら下がっていたように。

上の弟の勝斗《まさと》は二年前から住み込みで左官屋に弟子入りして修業中、上の妹の咲季《さき》は美容師の免許を取って所帯も持ったが、その下の瑠波《るな》はまだ商業高校の三年生、末っ子の芽駆《がく》はどうにか転がり込んだ高専にもろくに登校しないまま、部屋でネットゲームに明け暮れているという。最近は腰を痛めてスナック経営もままならず、いつも学費の工面に苦労している母親のためにも、月々の仕送りは欠かせなかった。その上自分の妻子のために生活費を渡してしまうと、樹自身にはいくらも小遣いが残らない。

こんな生活がいつまで続くのだろう。たまたま客が少なくて手が空いているときなどにふとそんなことを思うと、樹は自分が人生をどこかで間違ってしまったのだという考えに囚《とら》われた。これは間違った人生なのだ、こうではない俺の人生がどこかにあったはずなのだ、と。

S市に住む母親から転送されてきた「相生真琴」名義の手紙に目を通したとき、樹が感じたのは、ただ理屈を超えた懐かしさだった。思いがけず遺産が転がり込んでくるかもしれないということも文面からは読み取れたが、その点はあまり意識の表層に上ってこず、ただその文面が暗示している時代のことを懐かしいと感じたのである。

サマーキャンプのことは、比較的よく覚えていた。というより、「山浦至境」の文字を目にしたその瞬間に、いくつかの場面を鮮やかに思い出すことができた。小学六年生、まだ何もわかっていない子どもの頃だったが、それだけに、住み慣れたいつもの家を、そして幼い弟妹たちを離れて、海辺の別荘で過ごした数日間は、格別の非日常的な体験として樹の頭の中の記憶庫に保管されていた。

山浦至境《やまうらしきょう》のことは、子ども心に「変なジジイ」としか思わなかった。母親が「先生」と呼んで下にも置かぬ様子で敬っていたので、偉い人にはちがいないのだろうと考えていたが、どこがどう「偉い」のかは、とうとう最後までわからなかった。

母親はその山浦のもとに、「ダイエットの方法」を習いに行っているという話だったが、いつも中国の人民服のようなものを身に着け、白くなった部分の方が多い髪を肩の下まで伸ばして、同じ色の顎鬚《あごひげ》を風にそよがせているその姿は、いかがわしい宗教家を思わせた。樹は母親の手前、なんとなく論評を控えていたが、山浦のなりは、当時世間を騒がせていたオウム真理教の教祖・麻原彰晃《あさはらしょうこう》に似ているとひそかに思っていた。

「樹、あんた、山浦先生のキャンプに行きなさい。タダなんよ」

なにごとにつけ「タダ」であることに弱い母親が、ある日突然、興奮した調子でそう命じてきたことを覚えている。あんたにはいつも弟妹たちのめんどうを見させて苦労をかけているのに、家族旅行にも連れていってやれないから、と。サマーキャンプは山浦自身が発案して、自分のところに「ダイエットを習いに」来ている主婦たちに、子どもを参加させるようにと声をかけたらしかった。学校の臨海学校みたいに大勢が参加するものと決めてかかっていた樹は、事前に配られた「キャンプのしおり」を見て、自分以外にわずか数人の子どもしか名を連ねていないことに拍子抜けさせられた。

その数人は通っている小学校もまちまちで、キャンプで初めて顔を合わせた子どももいたし、キャンプ以外の場では結局ほとんど口もきかないまま終わってしまったメンバーもいた。しかし、山浦側からなんらかの指定があったのか、参加者は全員小学六年生だったし、翌年はたしか全員が同じ中学校に集まったはずだ。春海中学校は、かなりの範囲の学区をカバーするマンモス校だった。そしてその中学校での輝かしい記憶とリンクするからこそ、樹はキャンプのことを無条件に「懐かしい」と感じたのだ。

キャンプのメンツでまっさきに思い出したのは、ガネトン、つまり金谷和彦《かずひこ》のことだった。春海北小学校だった樹にとって、向島《むかいじま》小学校の和彦は初対面だったが、人なつっこい性格だったのですぐに打ち解け、その後もそこそこ親しい関係でありつづけた。今でも地元で仲間と飲むときにはたまに顔を合わせるし、携帯電話の番号も控えている。

　ただ、この正月、最後に会ったときには、和彦は頰がげっそりとこけていて、実年齢より十も老け込んで見えた。父親の酒屋を継ぐつもりでいたら、経営が立ちゆかなくなって店は倒産し、和彦自身は就職の機会を失って派遣労働でどうにか食いつないでいるという。地元でも安くて評判の居酒屋だったが、手持ちが少ないからといって、一杯三百円の生ビールの中ジョッキを、泡が完全に消えるまで大事そうに少しずつ啜《すす》っていた。そのくせ異常な頻度でトイレに立つし、顔も土気色なので、本人が千円札を一枚だけ置いて早々に退散してしまった後、あれは内臓でも悪くしているにちがいない、と噂した。

「仕事が入らなかったらな、まだわからにゃあけど」

　説明会に来るかどうか、樹が携帯に電話して確認したとき、和彦は気がなさそうにそう答えた。

「だけど、いいんかよ。なんか遠まわしに言ってるけど、これ、遺産の話だって書いてあるら？　あのジジイから俺っち、なんかもらえるんじゃにゃあか。たしかにあのジジイ、金だけはたんまり持ってたっぽいし。だったら仕事一回休んでもお釣りが来るら？」

「タッちゃん、俺の今の全財産、なんぼかわかってる？　千二百五十九円。これで来週の木曜まで凌《しの》のがにゃあと。正直、その産業なんとかセンターまでのバス代さえ惜しいよ。おめえ、かわりに行って説明聞いといてくれよ。そりゃ、なんかもらえるもんだったらもらいたいけどさ、どうせしょぼい形見の品かなんかだら？　だって、俺っちあのジジイにそんなたいそうなことしてねえら？」

　その点は、たしかに和彦の言うことがもっともと思われた。サマーキャンプが毎年開催されていたのかどうかは知らないが、少なくとも樹が参加したのは十五年前の一度きりだったし、それは和彦も変わらないようである。そして少なくとも樹は、その後、山浦と一度でも顔を合わせた記憶がなかった。普通に考えれば、遺産などを相続するいわれもない。

しかし逆に、一度しか会っていないことに鍵があるのだとしたら？　それ自体が山浦にとってなんらかの大きな意味を持っていたのだとしたらどうだろう。樹は母親にも電話して、山浦がキャンプを毎年開催していたのかどうかを訊いてみた。はっきりとはわからないが、たぶんあの一回だけだっただろうと母親は答えた。

「少なくとも、樹が参加したあの年の翌年からはまずありえなかったっしょ。ほれ、オウムの事件があったら、サリンの。先生、見かけがあんなだったもんで、変な誤解されたのか、あの後、さーっとまわりから人がいなくなっちゃって。ま、私もそのあたりでなんとなくレッスンに行かなくなっちゃったんだけど」

樹が電話すれば、どんな用件でも母親は嬉しがり、日ごろは腰の痛みを訴えている人間とも思えない陽気さで、なにかと話を引き延ばそうとする。樹は、自分がひそかに麻原彰晃になぞらえていた山浦至境を、ほかの人間も実は内心同じように見ていたことがおかしくて笑ったが、母親はその笑いを共有しようとはしなかった。母親が「レッスン」と呼ぶ、山浦自身の考案による独自のダイエット法を伝授する集まりに顔を出さなくなったのは、どちらかというと仲間の一人からの圧力が原因だったらしく、母親は個人的に山浦を敬いつづけていたようだ。

遺産の一語を聞くと母親は露骨に声色を変えて、何がなんでも説明会に出席し、もらえるものはきっちりもらいなさいと命令口調で言った。「タダでもらえる」ものに弱い人間としては当然の反応だが、そのあまりに激しい食いつきぶりには息子の樹でさえ一瞬、気おくれを感じた。

「だけどガネトンは、くれるとしてもしょぼいもんじゃにゃあかって。何日かキャンプに顔出しただけの俺っちにそんな遺産なんか遺《のこ》すわけにゃあって」

「そんなことわかんにゃあら。わざわざ弁護士さん通してあんたら呼んでるら？　それに、先生はほんとにお金持ちだったし、偉い人だった。死ぬ前に細かいことまで全部思い出して、遺すべき人に遺すべきものをきっちり遺そうって考えたのかもしれにゃあら。サマーキャンプはたぶんあれ一回きりだったから、先生にとっても大切な思い出だったんだら、きっと。それにしても、先生、亡くなってたなんてね、知らなかった」

　とにかく、説明会に行ってみなければ話が始まらないようだった。それに正直なところ、遺産をもらえるのかどうか、その遺産がどれくらいの価値を持ったものなのかといったことは、樹にとってさしあたって大きな問題ではなかった。それよりも、この一件を通じて、自分が輝かしかった時代に属する懐かしい面々と再会できること自体を喜ばしく思い、説明会に出席する意志がその面々にあるかどうかをまず確認したいと思った。

　和彦はどうやら欠席らしいが、残りの三人は？　一人はすぐに顔が浮かんできた。キャンプで初めて顔を合わせ、その後春海中で一緒になった疋田利幸だ。ちょっと気取ったタイプで、当時は特に親しくなかったし、その後は東京の大学を出て向こうで就職したらしいと聞いている。記憶するかぎり、同窓会の類《たぐ》いにも顔を出したことがない。そうやって、なんとなく地元から距離を置いて、なしくずしに別の世界の住民になってしまう奴もいる。

　それ以外に、女子が二人いたことは覚えていた。一人は同じ春海北小だった江見今日子《えみきょうこ》。しかしこの女子は清く正しい優等生で、腕力にものを言わせる樹のような男子のことは無条件に白眼視していた。苦手なタイプなので近寄らないようにしていたし、現在の連絡先も知らない。もう一人は鈍くさいデブで、いつも首を竦《すく》めてうつむきがちに歩き、なにかといえば被害妄想に駆られているような手合いだった。ただ、名前がどうしても思い出せない。

どうやら和彦以外は、どちらかというと仲よくなれないタイプの面々だったようだ。しかしそれでも、キャンプ自体のことは楽しい思い出として頭に残っていたし、そこで数日間とはいえ寝食をともにしたメンツが、現在どんな面構えでどんな暮らしをしているのか、興味はあった。当時は苦手に感じていた相手も、今会えば楽しく思い出話ができるかもしれない。

ただ、サマーキャンプに参加したのは、自分を含めて本当にこの五人だけだっただろうか？「相生真琴」からの手紙にはそう書いてあるが、だれかが抜けているような気がしてならなかった。

樹が利幸と連絡を取ったのは、その点を確認したいからでもあった。現在の連絡先がわからない点は今日子と同じだったが、実家の連絡先は春海中の卒業生名簿を引っ張り出せばわかった。同性の気安さもあって、まず利幸の実家に電話して母親から携帯電話の番号を訊き出し、本人に電話したのだが、利幸はなにやらとんちんかんな対応しかせず、話も尻切れとんぼに終わってしまった。

消化不良な気分に陥った樹は、ふた組の客がたてつづけに帰って再び手が空いた隙を狙って、もう一度利幸の携帯に電話してみたが、七回のコール音のあとにメッセージセンターに接続されてしまった。またかけるという短いメッセージだけ残して電話を切ったそのとき、樹は「鈍くさいデブ」の名前をふと思い出した。大貫だ。下の名前はチカだったかチナだったか。

持参してカウンターの隅に立てかけてあった卒業生名簿を見ると、三年二組、つまり樹や利幸が属していたクラスの隣の組のところに、「大貫智沙」の名前を見つけた。樹は少し迷ってから、その番号をコールした。

3

その土曜日の午後、大貫智沙《ちさ》はあまりにも暇を持てあましていた。時間は腐るほどあるのに、自由になる金が乏しいために外出もままならず、ここ数ヶ月自分の部屋として宛《あて》がわれている和室に寝転がって、日が暮れるのを待つよりほかになかった。

「自分の部屋」といっても、据えつけのクローゼットには収まりきらなかった両親の衣類や、だれかからの贈り物であるばかりに捨てるに捨てられずにいる古い置物の類いを、来客の目から隠すために手当り次第に放り込んだ陰気な部屋である。そこでもかまわないから当分の間使わせてほしいと申し出たのは、智沙自身だった。

子どもたちも家を出て独立したからといって、両親が夫婦で悠々自適の老後を過ごすために、広すぎる一軒家を引き払って海沿いに購入した2LDKのこぢんまりとしたマンションに無理を言って転がり込み、なんら先の見通しもなく居候を決め込んでいるのだから、贅沢《ぜいたく》は言えない。しかも土日の間は、特別な用事がなければ両親とも終日家にいる。

母親の叱言《こごと》なら二十七年間聞き飽きているから右から左へと流すだけだが、智沙を見る父親の目に浮かぶ、遠慮がちな無言の問いかけにはがまんのならないものを感じた。たまには男親らしく苦言のひとつも呈そうとしながら、どうせ真意のわからない雑談を遠まわしに持ちかけてくるのが関の山なのである。

だから智沙は、もっぱら父親と顔を合わせることを避けるために、土日ともなればこの防虫剤くさい部屋に何時間でも引きこもる。本を読む習慣もない智沙にとって、テレビさえない部屋で長時間をつぶすのは苦痛以外のなにものでもなかった。その日も智沙は、すでに何十回となくくりかえし読んだ神尾葉子の『花より男子』を、ほかに選択の余地もなく読み返しながら、五分おきにため息をついていた。

高校卒業後、東京に出るときに実家に置いていった智沙の持ち物は、今でも三箱の段ボールに詰め込まれた状態でこの部屋に積んである。マーガレットコミックスの『花より男子』はそこから「発掘」したものだが、全三十七巻中の二十二巻までしか揃えていないので、どうせ物語が完結するところまでは読めない。続きは上京してから「完全版」で最後まで読んだが、向こうのアパートを引き上げてくる際にブックオフに売り払ってしまった。

先がすべてわかっている退屈さを紛らわすために、智沙は途中から数ページずつ間引きしながら読み進め、しまいには一巻分を五分で流し読みするまでになったが、そこでさすがにそれ以上読み進めることの不毛さを悟り、深いため息とともにコミックスを畳の上に放り出した。そしてむくりと身を起こした拍子に、この部屋で埃《ほこり》をかぶるままになっている姿見に自分の姿が映り込んでいることに気づいた。

大昔に母親の晴子《はるこ》が通販で購入して寝室に置き、外出前に何度も自分の姿を覗《のぞ》き込んでいた代物だ。晴子はものを捨てるのが下手で、後継の器具を買っても、古い方を処分することができない。そこに映った自分の顔は、長すぎる睡眠のせいでむくみ、メイクもいっさいしていないために肌もくすんで見えた。あれほど苦労して落とした肉が、また首まわりにつきはじめている。智沙は憂鬱な気持ちになって目を逸《そ》らし、三階の窓の外に広がる、どんよりと濁った海を背にして雨に煙る街並の風景に、さらに気分を沈ませた。

それからようやく立ち上がった智沙は、二つ重ねて机代わりに使っているカラーボックスの上からメモ用紙を取り上げ、そこに目を落とした。書道二段の腕前を持つ、どこかこれ見よがしな母親の字で、「ワシオさん　090-＊＊＊＊-＊＊＊＊」と書いてある。一昨日の晩、たまたま外出している間にかかってきた電話を母親がかわりに受けたのである。相手には「本人から連絡させます」と伝えてあるようだったが、智沙は二日間、放置していた。この耐えがたいまでの手持ち無沙汰に悩まされていなければ、そのまま永遠に折り返さずに済ませるところだった。

「大事な用件でどうしても連絡を取りたいっていうから。なんか、ここの番号もたいへんな思いして調べたらしくて。最初、卒業生名簿見て前の家の番号にかけて、でもつながらなかったんで、ほら、疋田くんのお母さん、覚えてるら？　あっこに電話して訊いたんだって」

そう言った後、晴子はこのように言い添えた。

「これ、息子っしょ、スナックかなんかやっとったあの鷲尾さんの。智沙、あんたあまり関わり合いにならにゃあ方がいいよ。お母さんの方とはほんのいっときだけかとれあ会で一緒だったけど、いい歳して髪とか黄いろく染めて、まともな人じゃなかった。息子も窃盗だかやらかして少年院入ってたとか」

智沙は子どもの頃から、母親のこうした決めつける口調が嫌いだった。独善的で、誰もが自分と同じように考えて当然と思っている。ものごとには善と悪しかなくて、その間が存在しない。人のためになにかをするのは必ず「いいこと」で、たとえ相手が迷惑がっていても意に介さない反面、髪を派手な色に染めていたり前科があったりすることは、政治家が不明朗な献金を受けたり芸能人が麻薬に手を出したりすることと同様、問答無用で「悪」なのである。

母親は、そうした自分の「意見」を主婦仲間に披露し、「そのとおりだ」とうなずいてもらう機会がほしくて、そのためだけに「かとれあ会」を立ち上げたのだ、と智沙は今でも信じている。

そうして自分のフォロワーを無差別に増やしていったあげく、望まぬ人間まで会員として取り込む結果になり、しまいにはなにもかもがいやになって投げ出したのだ。最近ではネットの掲示板でオピニオンリーダーとして活躍しているらしい。匿名ならいつでも尻尾を巻いて逃げることができるし、炎上や中傷を恐れて誰もが人の意見に無条件の共感を示そうとするあの力学が働くからだ。

ただ、母親の見解とは無関係に、智沙は鷲尾樹が嫌いだった。好きになれるわけがなかった。自分に面と向かって「デブ」という語を口にした人間のことは一人残らず覚えていたし、今に至るまで許したことがない。「ブス」ならまだいい。ある年齢までの男子なら、女子を罵《ののし》る際に特に意味もなくその語を使うことがあるからだ。しかし「デブ」は普通、「デブ」ではない女子に向かって放たれることがない。「デブ」と言われる女子は、ほとんどの場合、実際に「デブ」なのである。本人も気にしているかけ値のない事実をそのまま口にするその無神経さが、智沙には許せなかった。

高校に上がってから、血の滲《にじ》むような思いでダイエットに明け暮れていたとき、智沙が頭に思い浮かべていたのは、スリムになった自分に目を留めて言い寄ってくる未知の魅惑的な男たちではなく、かつて自分を「デブ」と呼んだ心ない男子たちの顔ぶれだった。同窓会で、あるいは成人式で、ほっそりと痩せた智沙の姿を見た彼らには、それが誰なのかわからない。智沙が名乗った瞬間、彼らは顔に驚きの色を浮かべ、過去の無思慮な言動を悔い改める。そしてやおら居住まいを正して誘いをかけてくる彼らを、智沙は鼻であしらって颯爽《さっそう》と立ち去るのだ。

そんな情景を何度心に思い描いたことだろうか。しかし実際には、ダイエット成功後、同窓会は一度も開かれることがなかったし、成人式の日は仕事の都合で東京から帰ることができなかった。鷲尾樹の記憶の中では、いまだに自分はあの、樽から無骨な大根を二本生やしたような体型の「デブ」としての姿しか与えられていないのだろう。なんの用件か知らないが、どうせならもう少しだけ早く連絡をくれればよかったのに、と智沙は思った。「貫井《ぬくい》さやか」名義で東京でテレビに出ている頃だったら、その均整の取れた姿を見せるだけのために、どこにでも駆けつけたのに。

いずれにせよ、樹に携帯の番号を知られることは抵抗があった。少年院に入っていたというのも、風の噂には聞いている。母親の決めつけに反感を覚えることは別問題として、警戒してかかった方がいいだろう。智沙はリビングの電話台で親機と並んで使われないまま埃をかぶっている子機を取り上げ、それを和室に持ち込んでからメモに書き留められた番号をダイヤルした。退屈のあまり折り返すことにしたものの、内心、移動中などの理由で本人が出なければいいと願っていた。それでも一応、折り返しかけたという事実だけは残る。そこであきらめてくれればいい。樹に限らず、今、昔からの知り合いと連絡を取りたい気分ではなかった。

しかし、樹はほぼワンコールで電話に出た。この機敏さはどうしたことだろう。携帯を常に手の中に握りしめていて、一瞬でも振動すれば即座に応じているのだとしか智沙には思えなかった。「ああ、大貫だけど……」と気のない声音で名乗ると、相手はもう軽く十年は口をきいていないとは思えないほどなれなれしい口調でいきなり本題に入った。怒鳴るような声でなにごとかをまくしたてているので、最初は罵られているのかと思ったが、思えば樹はもともとこういうしゃべり方だった。

ほぼ一方的に投げかけられたその話は、山浦至境の遺産だとか、「説明会」だとか、疋田やら金谷やらといった人名だとかがランダムに飛び交うばかりでいっこうに要領を得なかったが、やがて智沙は、樹が当然の前提にしているある郵便物を自分が受け取っていないために話が見えないのだということに気づいた。

かろうじてわかったのは、「アイオイ」なる人物が、春海中学校出身の何人かに手紙を送っており、その中には智沙も含まれているはずだと樹が考えているらしいということだけだった。念のため、電話をいったん保留にして母親に確認してみたが、そういった郵便物の類いは届いていないという。

「よくわからにゃあけど、その人、旧住所に送って、戻っちゃったんじゃにゃあの？　うち、何年か前に引っ越してるから。ていうか、アイオイって誰？」

「だったら、大貫んちファックスある？　今、送るから」

智沙の質問が聞こえなかったのか、自分の訊きたいことだけ訊くつもりなのか、樹は一方的に話を進めた。

「それより、あのキャンプにあとだれかもう一人来てにゃあ？」

「あのキャンプ？」

「だから、さっきからその話してるんだら」

なんの話か智沙にはわからなかったし、「さっきから」樹がその話をしていたとも思えなかった。しかし、耳に残っている「山浦至境」の名と「キャンプ」という音とが結びついた瞬間、ある情景が一瞬だけ脳のどこかをかすめた。それは古い、ぼんやりとしてはいるが恐ろしい記憶だった。

智沙はベッドに横たわっている。智沙がいつも寝起きしている自宅の部屋ではなく、サスペンスドラマに出てくるような嘘くさい大金持ちの住む巨大な洋館の一室だということだけはわかる。

体は金縛りのようになって動けない。月明かりを背にして開け放した窓から吹き込む風に、カーテンがなにか邪悪な生き物の翼のように翻っている。そしてその窓辺には、黒っぽい小さな人影が、何をするでもなく佇《たたず》んでいる。やがてそれはゆっくりとベッドサイドまで歩み寄ってきて、智沙の上に覆いかぶさろうとする。悲鳴を上げようとするが、声が出ない。

まちがいだった。

人影がそう言う。そう言っているように聞こえる。そしてそれはすぐにベッドから離れ、ドアを開けて部屋から出ていく。

いや、これは本当の記憶ではない、子どもの頃に見た夢だ。でもなぜ、今急にこれを思い出したのだろう。そこまで考えて智沙は、それが小学六年当時、山浦至境の別荘で開催されたサマーキャンプのときの記憶であることに気づいた。正確には、そのとき、寝ている間に見た夢の記憶である。

キャンプの間、参加した子どもたちには一人一室、ベッドつきの寝室が宛われていたが、もともと寝つきの悪い智沙は毎晩寝苦しい思いをしていた。ある晩、窓を開け放して風を入れながらようやく寝につくいたとき、その恐ろしい光景を見たのだった。どれくらい時間が経《た》ったものか、金縛り状態も解けてから、智沙はおそるおそる立ち上がり、さっきの人影がドアを開けて出ていったように見えた廊下を見まわしてみたが、不審な点は何もなかった。

似たような夢を見ることはふだんからあった。きっと例によってうなされていたのだと思って部屋に戻り、窓を閉めて鍵もかけてから再びベッドに横たわった。しかし、それはあまりにリアルな夢だったので、キャンプが終わってからも、智沙はときどきそれを思い出して背筋を震わせていたのである。

樹が言っている「キャンプ」とは、まさにこのキャンプのことだろう。そのように合点がいくまでに、智沙は電話口で不自然な間を空けてしまっていたらしかった。

「もしもし、大貫？　聞いてんのかよ」

「ああ、うん、ごめん。で、もう一人は誰だったかって？　今日子っしょ。江見今日子」

智沙は、夢の記憶とともに顔が浮かんできたメンバーの名を反射的に口にした。

「いや、それはわかってんだよ。そうじゃなくてもう一人……。ガネトンだら、疋田だら、おめえと俺と江見と……たしかもう一人、いた気がするんだけど」

「どうだったかな。もう大昔の話だし」

夢のことを除けば、サマーキャンプのことはおぼろげにしか覚えていなかった。母親からの事実上の命令によってしぶしぶ参加したこと、家に帰り着くまでずっと不機嫌だったことくらいしか印象に残っておらず、樹が電話口で名前を挙げたメンバーさえ、言われなければ思い出せなかったほどだ。それでなくても智沙は気が散って、早く電話を切りたいと思っていた。樹の恫喝《どうかつ》するような声に、小さな子どものヒステリックな泣き声が背後から始終かぶさってきて、それが神経を苛《さいな》むのである。

樹の子なのだろうか。あんな無思慮で品のない男でも結婚してその子を身ごもろうと考える女がこの世界にはいるのだ。智沙は一瞬だけ、見も知らぬその女の顔を想像してみようとしたが、それ以前に、樹の顔さえよく覚えていないことに気づいた。頭に浮かんできたのは、ギョロギョロした巨大なふたつの目玉が顔面の上半分を占めている怪物のような容貌だったが、それは樹に対する嫌悪感によって歪《ゆが》められた記憶にちがいなかった。電話の向こうで樹が「うるせえ！」と怒鳴り、子どもの泣き声が発作的にさらに高まった。智沙は耳を塞《ふさ》ぎたくなった。

「とにかく、ファックスを送って。それ見ないことにはなんとも言えにゃあよ」

智沙はそう言ってなかば強引に話を切り上げ、まだなにか言いたそうにしている樹を振り切るようにして電話を切った。一分もしないうちに呼び出し音が鳴ったので、話し足りない樹が続きを話そうとしてかけてきたのかと思ったが、それはファックスだった。「鷲尾　樹様」という宛名から始まるＡ４大の手紙が、型の古いファックス機からじわじわと全貌を現しはじめた。

用紙が半分ほど出力された状態で内容を走り読みした智沙は、なぜかとっさに、それを母親の目から隠さなければならないと感じた。興味を持って覗き込もうとする母親に、「ただの同窓会のお知らせ」だとだけ言って追い払っておいて、智沙はファックス機の印字速度の遅さを恨めしく思っていた。


「大貫智沙様ですね。小人数で切り盛りしている事務所なもので、留守にしていることが多くて、すぐに応対できずにたいへん失礼いたしました」

それが、電話を通して聞いた相生真琴《まこと》の第一声だった。

一見して男とも女とも見定めがたい名前だと思っていたが、電話の主はあきらかに女であり、しかも予想していたよりずっと幼い声だと智沙は思った。かぼそく、まるで泣いたあとのように濡れている声。それでいて、いっさいの感情が拭い去られている。そうでなければ、二十歳そこそこの小娘だと思ったかもしれない。「弁護士」という先入観から、女だとしても金縁のメガネをかけて髪をおかっぱにしたようなぎすぎすした中年女性を思い浮かべていた智沙は、いささか面食らってとっさに返事ができなかった。

「大貫智沙様でいらっしゃいますよね、山浦至境先生関係の……」

「あ、そうです。すみません。声がお若いので、ちょっと驚いちゃって」

相生弁護士は、それには特に反応せず、ただ説明会の連絡を結果として届けることができなかった不手際をていねいな言葉で詫《わ》びた。

「山浦先生の方で控えておられたのが五名様とも当時のご住所でしたので、当方としてはとりあえずそちら宛てに郵送するしか手段がなかったんです。転居されている方がいらっしゃることも当然想定はしていたのですが、今回、鷲尾様が気を利かせてくださったように、届いた方から連絡を回していただけることを期待していたようなところがありまして」

それなら、ほかに誰宛てに送っているのか、名前だけでも列挙しておけば、受け取った側も便宜を図りやすいのに。樹からファックスで送られてきた通知書には、宛先としての樹の名前しか記されていなかった。智沙はその点を少しだけ不思議に思ったが、個人情報だかなんだか、最近なにかと口うるさい規則などが関係しているのかもしれない。

相生本人に電話で問い合わせてみようと思い立ったのは、通知書の内容にいたく興味をそそられたからだった。転居先不明で封書が戻ってしまったことで、対象者リストから自分の名が抹消されるようなことがあっては元も子もないと焦って、出席の意志を直接伝えておく必要があると考えたのである。通知書の末尾に、相生の所属先である法律事務所の、０３から始まる電話番号が記載されていたので、そこにかけた。

「はい、福光《ふくみつ》法律事務所です。お電話ありがとうございます。誠に申し訳ございませんが、ただ今スタッフが出払っております。後ほど折り返しご連絡いたしますので、発信音の後に、お名前とお電話番号、ご用件をお話しください」

録音された音声が、味も素っ気もない機械的な口調でそう言った。その声と、今こうして折り返し電話をかけてきた相生の声が同じであることに、智沙はしばらくの間、気づかずにいた。留守番電話の声は、それこそアルバイトの小娘が、言われるままに原稿を読み上げたものだろうと決めてかかっていたからだ。あらためて聞いてみると、リアルタイムで話していてさえ、相生はまるであらかじめ用意された台本を棒読みしているようなしゃべり方をしている。

「現住所を教えていただければ、あらためて通知書を郵送させていただきますが」

「あ、いえ、それは大丈夫なんですけど、私、出席させていただくってことでいいですよね」

「もちろんです。なるべく全員の方にご出席賜りたいと思っております。大事な案件ですので」

すべての単語、すべてのセンテンスを均一に扱う口調でそれを言われると、本当に「大事」なことなのだと相生自身が思っているのかどうかが疑わしくなる。智沙は一歩だけ踏み込んでみた。

「あの、ぶっちゃけどういう話なんでしょうか。遺産に関することって書いてありましたけど、どう考えても、サマーキャンプとのつながりがよくわからないんですよね。キャンプに参加した私たちが、あの山浦先生の遺産を分けてもらえるって話なんですか？」

智沙の口から「山浦先生」という呼び方がとっさに出てきたのは、かつてその音を耳にタコができるほどくりかえし聞かされた時代があったからだ。

かとれあ会を立ち上げ、配下の主婦たちに自分の意見を無条件に正しいと言わせることに熱心だった母親の晴子は、また他人の影響を受けやすい人物でもあった。芸能人のだれかが「どくだみ茶が体にいい」と言えば、朝から晩までどくだみ茶ばかり飲みつづけ、家族にそれを強要するのはもちろん、口をきく人ごとにそれを勧めた。マルチ商法のディストリビューターとして、わずかな油でも揚げ物が上手にできる特殊加工が施された鍋などを片手に、あちこちを奔走していた時期もある。飽きやすいのがせめてもの救いで、巻き込まれる主婦たちは、晴子の熱が冷めるのをその都度じっと待っている気配があった。

　山浦至境に入れ込み、「百年に一度しか現れないものすごい人」とむやみに褒めそやしたのも、晴子らしい「熱」の好例だった。山浦は当時、「メディテーション・メソッド」と呼ばれる独自のダイエット法を編み出し、「株式会社シャスタパワー」名義で近隣の主婦層を中心とする生徒たちにレッスンを施しており、かとれあ会のメンバーは、晴子の強い勧めによってなかば強制的にそれを受けさせられていた。ところが地下鉄サリン事件が起きるや、晴子はシャスタパワーを根拠もなくオウム真理教と同一視し、一転して地域の治安に対する脅威として批判する側に寝返った。

　実際、山浦の素姓にはいくぶんいかがわしいところがあった。メディテーション・メソッドが地元で話題になった時点ですでに六十代のなかばに達していたが、それまで何をして暮らしていたのかが今ひとつはっきりしなかった。アメリカ西海岸で「精神修養」をしていたというのが定説になっていたが、シャスタパワー以外にもいくつかの会社を経営しており、地元では有数の資産家と目されていた。

　にもかかわらず山浦は、知られているかぎり、かたくなに独身を貫いていた。オウム真理教が起こしたいくつかの騒動の煽《あお》りを受けて怪しげな新興宗教の教祖になぞらえられ、華やかな表舞台から姿を消して以降、「山浦至境は小児性愛倒錯者だった」という噂がひっそりと流れたのは、山浦に女の影がなさすぎることに第三者がなんらかの説明をつけようとした結果だったのかもしれない。

　智沙が山浦至境に会ったのは、たった二度だけだ。一度目は、自分の体質を受け継ぎ、小学校に上がる前から肥満児だった娘の身を案じた晴子に、メディテーション・メソッドのレッスンをむりに受けさせられたとき。しかし、レッスン会場を埋め尽くす受講生の中に高校生以下の姿は一人もなく、恥ずかしさにいたたまれなかった智沙が泣いて抵抗したために、翌週以降は放免された。

二度目がサマーキャンプだった。南伊豆の別荘に三泊したそのときには、山浦と間近に接する機会が何度もあった。ただ、智沙自身は、仙人のように長い鬚を垂らしたこの痩せた老人を、母親の言うような「ものすごい人」とは少しも思わなかった。ただ、ちょっと変わっていると感じただけだ。逆に、あとになって、山浦が麻原彰晃と並ぶ極悪人であるかのようにバッシングを受ける段になっても、あんな頭のおかしい人物に子どもを預けるなんてどうかしていたと母親が顔をしかめても、智沙の中で山浦はあいかわらず「ちょっと変わっているおじいさん」でしかなかった。

「小児性愛」云々についても思い当たる節はなかったが、もしかしたらそれは単に、ハムさながらに肥え太った智沙のような子どもには食指が動かなかったというだけのことかもしれない。

いずれにせよ、山浦至境が、庶民にはとうてい太刀打ちできない規模の資産の持ち主であることは、子ども心にもはっきりと感じ取っていた。サマーキャンプに参加して山浦の別荘を目の当たりにしたとき、智沙はその想像を超えた豪奢《ごうしゃ》さに圧倒されたのである。全部で十二個もある客室。グランドピアノや高価そうな彫刻が当然のように置かれた、走りまわれるほど広いリビングルーム。まさに豪邸だ。そういうものは、漫画か、もしくはサスペンスもののドラマなどの中にしか存在しないものだと智沙は思っていた。

緑茶製造販売の中堅企業で役員まで登り詰めた父親を持つ智沙の家庭は、比較的裕福な層に属していたと言えるが、しょせんはしがない給金生活だった。海辺にそんな巨大な別荘を持ち、近くの浜辺まで含めた広大な土地を買い占めることなど、望むべくもなかった。その山浦の遺産が自分の手に？　総額でいくらになるのか想像もつかないその遺産の一部が？

「その可能性があるということです」

相生が、あいかわらず機械のように抑揚のない調子で答えた。その温度の低い受け答えとは対照的に、智沙は携帯を握りしめる手に汗を浮かべ、声をうわずらせた。

「あの、もらえるとして、その額って……。あ、現金ではないんですか？」

「具体的なことはここでは申し上げられません。公平を期するためにも、五名の方全員に同じタイミングで同一の説明をさせていただくことが望ましいのです。それが故人の遺志でもありますので」

「え、でも、心の準備もあるし、チラッと教えてくださいよ」

智沙はさらに食い下がった。

「大ざっぱな幅でいいですから。ほら、十万単位なのか、百万単位なのか……まさか千万とかじゃないですよね」

「桁《けた》がもうふたつほど上だと考えていただいてけっこうです」

それがどれほどの規模の金額を示しているのか、とっさにはわからなかった。智沙は目が眩《くら》み、思わず周囲に視線を走らせた。いつものように和室に引きこもって襖《ふすま》も閉ざしているから、家族の姿さえ見えない。しかし、この話をだれかに盗み聞きされたら、その瞬間から自分の分け前が減っていくような気がしたのである。

「それで、その説明会には、私を含めて五人、全員集まるんでしょうか」

「ご出席のご意志を伝えてくださったのは、今のところ大貫様と疋田利幸様だけです。残念ながら江見様からは、欠席される旨、書面にてご連絡いただいております。それ以外の方からはお返事をいただいておりませんので、先方のお手元に届いたかどうかも確認できてはおりません。鷲尾様は、ご出席される見通しであるということですよね？」

「あの……」

ここまで言ったらあまりにさもしく受け取られはしまいか、という迷いを振り切り、智沙は勢い込んで訊ねた。

「説明会を欠席した人は相続の権利を失う、とかいうことは……」

つまり、その分だけ智沙の分け前が増えるのではないか、ということである。しかし相生は、

「それはございません」と言下に否定した。

「先ほども申し上げましたとおり、五名の方全員が同時に同じ説明を聞かれることがいちばん望ましいのです。むしろ説明会のときに全員揃っておられた方が、その後の手続きがスムーズになるかと」

「じゃあ今日子も……あ、江見さんのことですけど、彼女も出席した方がいいわけですね。私、来るように説得してみます。あの、現在の連絡先、わかりますか？　長いこと連絡取ってないので」

相生は、それも個人情報に当たるという理由で一瞬ためらったが、結局、欠席連絡をしてきたときに本人が書き添えていたという現住所と電話番号を教えてくれた。神奈川県の相模原《さがみはら》市だった。

智沙はそれを書き留めながら、地元の繁華街で最後に江見今日子とばったり出くわしたときのことを思い出していた。あれは高校三年の夏だったろうか。ダイエットに成功して体型がすっか

り変わってしまっていた智沙に、今日子は気づかなかった。ひとしきり驚いてから、でも智沙ちゃんの顔はかわいいと私は前から思っていた、という意味のことを言った。よくもぬけぬけとそんな嘘が言えたものだ、と智沙は思った。

その今日子が、その後どんないきさつで郷里を抜け出し、相模原市に住むことになったのか、智沙にはまるで興味がなかった。しかし、欠席者が出て相生の「手続き」に遅延がもたらされることは許せなかった。巨万の富が、目の前で手ぐすね引いて自分を待っているのだ。

第2章　説明会

1

説明会の開始時間は午後三時と遅めだったので、疋田利幸はまず昼過ぎに実家に一度立ち寄ってから会場に向かうことにした。そんな機会でも利用しないことには、盆暮れ以外に帰省することもないからだ。両親ともあまり感情をわかりやすく表に出すタイプではないが、息子の帰りをあきらかに喜んでおり、できるだけ一緒にいようとしているのがわかった。

利幸が九歳のときに引っ越してきて、大学入学と同時に単身上京するまでを過ごしたこの家も、築二十年に近づく今は、いつしか古くなった木材のにおいが至るところに充満している。しかし、空調を嫌い、季節を問わず窓を開け放して風通しをよくしようとする父親の癖は健在で、家に上がるといつも、土の香りがすると利幸は思う。都心部で暮らすようになってからすっかり縁遠くなってしまったにおいだ。

ニュースらしいニュースはなかった。せいぜい、少し前に三軒先の家がボヤ騒ぎを起こしたという話と、利幸の二つ歳上の姉・奈々江《ななえ》が不妊治療を始めることにしたという話が、トピックスとして耳新しい程度だった。二年前に嫁いで富士宮《ふじのみや》市に住んでいる奈々江が、なかなか子どもができずに悩んでいる様子は、母親経由で利幸にも伝わってきている。まだ三十にもなっていないのだから焦ることもないだろうと利幸は思っているが、姉弟でそういう話はあまりしないものである。

「会社の方は大丈夫か」

早々に話題が尽きてしまったことを気づかせまいとするように、父親がそう言った。それは、利幸が就職して以降、顔を合わせるたびに必ず口にする決まり文句だった。父親がそれを言うのは、ほかにこれといって息子と膝突き合わせて語るほどのことがないためでもある。しかし、県庁産業部商工局の局長として、長引く景気の低迷や県下中小企業の相次ぐ倒産を目の当たりにする中で、東京でひとりサラリーマン生活を送る息子の行く末を案じているのもまた事実であるようだ。

「うん、大丈夫」

利幸はたいてい、ただそのような簡潔な返事で済ませる。実際、新卒で入社して今も勤めているのは大手電機メーカーで、社の業績は年々悪化しているものの、リストラの対象にされるのは下請けの町工場や人件費の高い課長職以上の社員がメインである。利幸自身が職を失って路頭に迷う心配は、今のところはない。広報部所属のため海外赴任の可能性もなく、「サラリーマンは気楽な稼業」という大昔のフレーズが真実味を帯びるような毎日を送っている。

運がよかったのだ、と利幸は思っている。自分が今の会社の採用通知を勝ち取ったのは、努力の賜物《たまもの》でも、なにか抜きん出た能力があったためでもなく、ちょっとした加減でたまたま、自分に都合のいいようにことが運んだ結果にすぎないのだと。大量に弾《はじ》き出されたパチンコ玉のうち、入賞口に入るものとそうでないものの間に、玉としての優劣の差などないのと同じだ。事実、大学の同級生の中には、卒業までとうとう内定を取ることができなかった者や、その後四年が経過した今なお、正規雇用にありつけていない者もざらにいるが、彼らが自分に比べて特に劣っているとか、努力が足りないなどとは必ずしも思えない。

だから利幸は、今の暮らしにとりたてて不満は感じていなかった。強いて足りないものを挙げるとすれば、運転免許くらいのものだ。車がないと移動にはかなり不自由する土地柄だけに、仲間の多くは地元の高校を卒業するまでの間に取得していた。なんとなく取りそびれていた利幸は、東京の私大に進学することでますます機を逸してしまった。都心部で過ごすかぎり、電車や地下鉄で十分に事足りるからだ。

二年前から空席になっている恋人も、足りないもののひとつと言っていいかもしれないが、今やそれも解消されそうな見通しが立っている。合コンで知り合った矢口真名美と、利幸はすでに二人でディズニーシーに行って遊び、その後も二度ほどアフターファイブに会っていた。感触は上々で、次回あたりが勝負どきだと考えていた。

そんな中でだしぬけに「遺産」の二文字を突きつけられても、ピンとこないというのが正直なところだった。

相生真琴からの通知書を、利幸は三度にわたってくりかえし読んだ。一度読んだだけでは、伝えようとしている趣旨が今ひとつ理解できなかったからだ。同窓会の招集などでないことはすぐにわかったが、自分に何が求められているのかがわからなかった。素直に受け取れば、地元では資産家として有名だった山浦至境が、どうやら遺産を分け与えたがっているのだと考えられるが、その対象がどうして、あの大昔の、少しも盛り上がらなかったサマーキャンプのメンバーなのか。

ただ、おかげでなぜ、中学卒業以来まったく連絡の途絶えていた鷲尾樹から突然電話がかかってきたのかもわかったし、そのとき樹が怒鳴るような声で利幸に投げかけていた要領を得ない質問の内容も、今では了解できた。樹がどうしても名前を思い出せないと言った「あのデブ」とは、大貫智沙のことだろう。キャンプの間、臨海学校のようにみんなで浜辺に出て泳いだりビーチボールで遊んだりしているかたわらで、一人だけかたくなに水着に着替えず、ふてくされたような顔で座り込んで「見学」していた太った少女の姿が、瞼の裏をかすめた。

それが「大貫さん」、つまり母親が名を連ねていたかとれあ会の発起人の娘にほかならないことを、利幸は今回、相生からの通知書でサマーキャンプのことを思い出した際に初めて認識したような気持ちになった。もちろん、そのことは当時もわかってはいたはずだ。思えば利幸がキャンプに顔を出すことになったのも、母親が「大貫さん」からしきりと勧められたことがきっかけであり、本人が娘を参加させないはずがなかったからだ。

しかし利幸にとって、智沙は影の薄い存在だった。小学校は別々だったし、キャンプの翌年から、春海中学で三年間一緒ではあったものの、同じクラスになったこともない。それよりも、母親である「大貫さん」の方が、圧倒的に強い印象を利幸の中に残していた。

今から思えば娘に似て肥満気味だった大柄な体を揺らしながら、疋田家のリビングで女王然として仲間の主婦たちに甲高い声で指図していたその姿を思い返した利幸は、十数年の時を超えてげんなりした気持ちにさせられた。そして、隣の市から越してきて日も浅かった母親が、社交的なタイプでもなかったにもかかわらず、早く地域に溶け込もうとして、なにかとリーダーシップを取りたがる「大貫さん」の言いなりになっていたことを思い、今さらながら同情の念を起こした。子どもというのは、そうした大人同士の間にある力関係などについて無頓着なものだ。

利幸をサマーキャンプに参加させることについても、母親自身はあまり乗り気ではなかった。山浦至境自身の発案によるものだという話だったが、未婚で自分には子どもがいない山浦のような人間が、よその子どもたちを集めて自分と一緒に寝泊まりさせることは「不健全」な気がする、と評していた。

当時小学六年生だった利幸にとって、その論評は少々難解だったが、ニュアンスはなんとなくわかった。後に山浦について流された噂のひとつである「ロリコン説」ほどまでの意味合いがそこに込められていたとは今でも思わないが、サマーキャンプを企画した山浦に、母親がある種の気味の悪さを直感的に見出していたのは事実であり、利幸自身、それを無批判に自分の中に受け入れていた。だから、母親が「大貫さん」に押し切られる形で結局、南伊豆の別荘へと向かうミニバンに乗り込んだその瞬間から、山浦至境という人物に、うかつに近づきたくないような不気味さを覚えつづけていた。

「だけど、死んじゃったね、山浦先生」

母親が脈絡もなくそう言った。「残念だ」と言っているように聞こえなくもない言い方だった。相生からの通知書を読んで、十五年前のサマーキャンプについていくつか確認するために利幸が電話した時点で、母親はすでに山浦の死を知っていた。一月ごろ、地方紙に死亡記事が出ていたという。晩年よりはおそらくだいぶ若い頃の顔写真つきで、「けっこう大きい扱い」だったようだ。麻原彰晃と比較されて以降、山浦は表舞台から姿を消し、久しい間地元メディアもほぼ黙殺していたが、死んだとなればもう恐れる必要はないとでも思ったのか、地域の経済振興における重要な貢献者としてその功績を讃《たた》えるトーンだったという。

似たような内容の記事が全国紙に載っていたかどうかまでは母親もチェックしていなかったし、利幸自身は新聞を取らず、ネットニュースで興味のある記事を拾い読みしているだけなので、気づきようもなかった。

「あの、なんだっけ、メディなんとかメソッドのことについても、ちょっとだけ触れてたよ」

　横文字を覚えるのが苦手な母親が言うそれは、「大貫さん」の強引な誘いで母親自身も受けさせられていたダイエット法のレッスンのことを指しているようだった。大貫さんはともかく、自分などは当時も今もむしろ痩せていて、ダイエットなんて必要なかったのに、と今さらのように母親は愚痴をこぼした。

「それにあのダイエット、ちっとも効果なかったと思う。だって大貫さん、ずっと続けてても少しも痩せなかったもの。本人は、体重はともかくおなかの脂肪が減ったとか言って、効果が出てることを信じようとしつづけてたけど。体重が減ってないならどこが減ったんだら」

　そう言ってさもおかしそうに母親は笑った。利幸は、母親がもはや完全に「大貫さん」の影響下から離脱していることをそこから感じ取って安心した。

「葬式は、身内でしかやらなかったみてえだな。記事にはそう書いてあった。〝身内〟といってもあれだけの人物だから、人数はそこそこいたのかもしれにゃあけど」

　自分もなにか言わなければ格好がつかないと思ったのか、父親がふと口を挟んだ。山浦のことは最初からどちらかというとうさんくさそうに見ていたが、かとれあ会のメンバーがレッスンに通っている頃は、地域社会に溶け込もうと努力している妻への遠慮もあって、具体的な批評を控えていたようだ。あとになって、山浦という人物にいくつかよからぬ風評が立ったとき、この父親が「だから言ったら」と勝ち誇ったように言ったことを利幸は覚えている。

「でもどうなん？　身寄りのない人だって聞いたことあるし、自分も子ども作らなかったし。ね、利幸、遺産って、もしかしたらものすごい額かもしれにゃあね」

　母親が、そう言って急に子どものように目を輝かせた。相生からの通知書の趣旨は、すでに電話であらかた伝えてあった。

「仮に五億あったとすれば、その五人で山分けしても一億だら？」

「いや、その弁護士は〝遺産に関わること〟って書いてるだけで、うちら五人がなにかもらえると決まったわけでもねえし、第一、一度キャンプに行っただけなのに……」

利幸がやや気おくれしながらそう言うと、父親がからかうように問いかけた。

「おめえ、もし一億もらえたら、それどうする？」

「さあね……ユニセフにでも寄付するら？」

もしくは真名美の「捨て犬ランド」に出資するか。利幸は心の中でそう呟《つぶや》いたが、両親はすでに、欲のない奴だと言って笑っていた。実際、利幸には、それくらいしか使い道が思いつかなかった。正確には、そんな大金が自分の手に舞い込むことなどまったく期待もしていなかったし、現実に起こりうることだと考えることさえできなかったため、自分がそれを使うところを具体的に想像するのが困難だったのである。

ともかくも説明会に出席することにしたのは、どちらかというと、欲というより好奇心からだった。会社に出勤し、淡々と職務をこなして帰宅するだけの毎日は、さしあたって心配なこともないかわりに、刺激に溢《あふ》れる生活とも言いがたい。ときに真名美のような存在が目の前に現れ、その単調な暮らしにちょっとした彩りを添えることがあっても、結局のところ、その先に起こることはたかが知れている。何年か交際して、運がよければそのままゴールイン、天に見放されれば別れるまでだ。

結婚したらしたで、しばらくは共働きを続け、そのうち子どもを一人か二人作り、育て、三十年もすれば定年退職。それが悪いとは少しも思わない。この時世では、そんなありきたりの生活でさえ、手に入れられる者はラッキーだということもよくわかっている。しかしそういう一生が体現しているのは、「平凡」の二文字に尽きる。まったく予期していなかった見知らぬ弁護士からの招集は、少なくとも「平凡」なできごとではない。見物気分でかまわないから、とりあえず顔だけでも出しておこうと考えたのだった。それに利幸は、相生弁護士の、どこか奥歯にものの挟まったようなものの言い方にも、なにか気になるものを感じていた。

　家を出ようとしたとき、そんな格好でいいのかと母親に言われた。利幸は、着古したTシャツとジーンズという出《い》で立ちだった。ただ、初夏とはいえ曇り空で少し肌寒かったので、薄手のオーバーシャツをその上に羽織っただけだ。たしかにラフなスタイルだが、かといって「弁護士が招集した説明会」に出席するのに、どんな格好が望ましいのかもわからなかった。利幸は少しめんどうくさそうに「いいら」とだけ答えて、古くなった木材のにおいがする家をあとにした。

　指定された「東海産業振興センター」は、東名高速道路のインターチェンジにほど近い、ターミナル駅からバスで十五分程度の距離にあった。建物の出入口がわかりづらく、ここだろうと見当をつけてガラスのドアを押し開いた瞬間、利幸は、自分がどこか場違いなところに紛れ込んでしまったことを直感した。

　静まり返ったロビーで、エントランスのドアに向かって並べたいくつかの細長いテーブルの向こう側に、三十歳前後と思われるかしこまった装いの女が二人、腹部の前でていねいに両手を組んでいる。なんらかの催しの受付を務めている様子だった。たかが五人を集めるだけの説明会に、わざわざ受付を設けるとはとても思えない。女二人も、不意に入ってきた利幸を、関係者なのかどうか慎重に見定めるような目つきになっている。

「すみません、ここは東海産業振興センターでは……」

利幸がそう言うと、顔立ちも雰囲気もとてもよく似た二人の女のうちの一方が、ほっとしたような顔で、それはたぶんこの奥の建物だと思う、と答えた。見ると、女たちの立っている脇には、「第三回地域共生プログラム会場」という、何を目的としたものかもわからない催しの名前を記した看板が立ててあった。利幸は一礼して、入ってきたドアから退去し、言われたとおり奥へと進んだ。

ひとつ奥の建物の入口には、なるほど小さく「東海産業振興センター」と書いてあったが、入ってすぐのカウンターの奥にいる、グレーのベストを身に着けた女性の職員は、パソコンの画面に見入っているだけで、利幸が入ってきても顔を上げさえしなかった。年季の入った小さなエレベーターで四階に移動すると、土曜日の半端な時間帯のためか、それともこの建物は常にそうなのか、大小そこそこの数が取り揃えてある会議室は空きが目立ち、閑散としていた。どこからか、稽古《けいこ》中の演劇サークルのものと思《おぼ》しい芝居がかった大声が漏れ聞こえてくる以外には、まったくの無人であるかに見えた。

「403」の標示を掲げる部屋は廊下を少し進んですぐに見つかったが、そのドアも開け放してあり、中からなんの物音も聞こえないので、早く着きすぎてまだ誰も来ていないのかと利幸は思った。しかし腕時計を見ると説明会開始の五分前であり、約束より極端に早い時間とも思えなかった。

それとももし、この説明会の話そのものが、だれかの手の込んだいたずらだったとしたら？

一瞬だけそんな空想を頭に巡らせながらドアの内側に首を差し入れた利幸は、またしても二人の女に凝視されることになった。ただ、今度の二人はもう少し若く、自分と同じくらいの年齢だ。

一方はすぐに、江見今日子だとわかった。見覚えのないメガネをかけてはいたものの、その清楚《せいそ》で整った顔立ちも、ほっそりとした体型も、最後に会ったときからほとんど変わっていなかったからだ。

今日子と微妙に距離を置いた席に腰かけているもう一人のショートヘアの女は、記憶になかった。すると、見た目は幼いものの、あれが相生真琴なのだろうか。しかし、ユニクロかどこかで買ったものと見える、体にぴったりとフィットしたTシャツが、弁護士の服装として望ましいのかどうか、利幸にはわからなかった。そして二人の女以外に、部屋には誰もいなかった。

「どうも」と短く挨拶しながら、利幸は窓際の、つまり女たちの正面のテーブルに向かい、落ち着かない気持ちで折り畳み椅子に腰かけた。「久しぶり」と今日子が小さい声で言った。口元に取ってつけたような笑みが貼りついているが、目は笑っていない。利幸がそうであるように、今日子もまた、どんな顔をして自分と接すればいいのかがわからないのだろうと思われた。

利幸は今日子と、十年前、高校二年の冬に、二人だけで何度か会っているが、その関係は盛り上がらず、なんとなく気まずくなって、やがて顔を合わせるのをどちらからともなく避けるようになった。その後、一度だけ年賀状のやりとりがあったが、それぞれが大学に進学してからは、おたがい東京の大学に通っていたにもかかわらず、一度も連絡を取り合っていない。

なんでもこまごまと日記に記録しておく癖のある母親から指摘されるまで、サマーキャンプに今日子も参加していたことを利幸は忘れていた。小学校も違っていてキャンプが初対面だった今日子に、特別な感情は抱いていなかったからだ。その後に起こったことを思うと、今さら顔を合わせるのは気が重かった。それがほとんど唯一、説明会に出席するにあたって憂鬱に感じていた点だ。

「あんま変わってにゃあね、疋田」

今日子との間の沈黙の気まずさを吹き払うように、相生だと思っていた方の女が突然、なれなれしい口をきいた。

「あいかわらず、ちょっと気取ってるら」

驚いて目を瞠《みは》ってもなお、利幸にはそれが誰だかわからなかった。消去法でその名を思いつくのとほぼ同時に、相手の女がどことなく癇に障る声で笑い出した。

「やっぱ、あたしが誰だかわかんなかったんだら？　大貫だよ、大貫智沙」

南伊豆の海辺で服を着たまま膝を抱え、遠目には巨大なダルマのように見えたあの少女と、目の前の、スリムとまではいかないが決して醜くはない女とを同一人物と見なすまで、利幸は優に十秒ほどを要した。言われてみれば、目元や鼻の形にかすかにおもかげがあった。

「ああ、ごめん、昔とだいぶ違ってたもんで……」

「昔よりデブじゃないってはっきり言ったらいいやん」

これをあっけらかんと言うのならいい。しかし智沙の口ぶりには、ことさらに挑発しようとするような響きがあった。そういうものの言い方をして相手に気まずい思いをさせる人間が好きではない利幸は、眉をひそめながら、智沙はもともとこんな性格だっただろうかと考えた。少なくとも、海辺で自ら孤独を選んでいたキャンプ時点での智沙に、ずけずけとものを言う印象は皆無だった。

「疋田が来るのはわかってた。今日子は、ほんとは出席する予定じゃなかったんだけど、あたしが説得して来させた」

戸惑う利幸をよそに、智沙は手柄話を語るような口調でそう言った。今日子が控えめな態度でそれになんらかの訂正を加えようとしたが、智沙はかまわず一方的に話を進めた。

「あと、まだ姿が見えにゃあけど、鷲尾は来る。ていうか、あたしも今日のことは鷲尾に教えてもらったんで。金谷はバス代が惜しいから行かにゃあとか言ってたらしいけど、鷲尾が説得するって話だったから……」

「そんなん、来るも来にゃあも自由だら？　そうむきにならにゃあでも」

思わず失笑しながら利幸がそう言うと、智沙はテーブルに身を乗り出し、意外にも形のいい乳房を、木目模様の入った合板に押しつけるような姿勢を取りながら、あてつけがましくため息をついた。

「あんた、なんもわかってにゃあね。遺産の話はね、あたしら全員揃わにゃあと……」

そこへ、歯切れよく「失礼いたします」と言いながら、濃紺のスーツを身に着けた女が入ってきた。それだけで、部屋の中の空気が張りつめたものに一変した。女は素早くドアを閉めると、ドアにいちばん近い、議長役が着くであろう席に陣取って、ぞんざいと言ってもいい手つきで黒い頑丈そうなアタッシェケースをテーブルに置いた。そして誰とも目を合わさずに頭を下げ、笑顔ひとつ浮かべないまま自己紹介をした。

「福光法律事務所の相生と申します。山浦至境先生の遺産相続の案件を担当させていただいております。本日は皆様、よろしくお願いいたします」

腕時計の針は、正確に午後三時ちょうどを指していた。

2

姿を現した相生真琴を見て、まるで就職活動中の女子学生だ、と江見今日子は思った。切れ長の大きな目や、少女のような丸みを帯びた頬の線が醸し出す幼い印象が、やや小柄な体を包んでいる濃紺の上下をリクルートスーツのように見せていた。ただ、よく目を凝らせば、ファンデーションを薄く塗っただけと思しい肌に、三十年前後生きてきた女特有の疲れが透けて見える。三十路に突入するまでまだ三年の猶予があるはずの自分の顔にも、最近発見してショックを受けた「あれ」だ。

しかし今日子は、この初対面の弁護士がそういった年齢不詳のタイプであることを、さして意外とも思わなかった。実家経由で通知書を受け取ってからこの会場に来るまでの間に、二度にわたって相生と連絡を取っている。一度目は、ハガキで説明会欠席の旨を伝えたとき。二度目は、大貫智沙に口説き落とされてやはり出席することに決めたときである。その頃にはもう日程が迫っていたため、電話の方がいいと判断した。事務所には電話番も置いていないのか、いきなり本人が出た。愛想には欠けるが少女のように細い、少し鼻にかかったその声から想像した容貌と、実際の相生はそう懸け離れていなかった。

最初に欠席の意志を伝えたのは、遺産云々といったことにまるで興味が持てなかったからである。人並みの物欲がないわけではないが、自分の身の丈に合ったものでなければ、手に入れたものも身につかないと今日子は思っている。それがわからずに上を目指しつづけて足もとを掬《すく》われたのが父親だ。

バブルの絶頂期に、今日子の父親はそれまで勤めていた小さな学習教材の会社を突然辞め、仲間といくつかの事業を興した。イベント運営から人材派遣まで手広くやっていたようだが、その頃今日子はまだ十歳にもなっておらず、父親が何をしているのかはほとんどわからなかった。ただ、毎晩、兄と自分がすっかり寝ついた頃に帰ってくる父親の、酒に酔っているということだけでは説明がつかないほど昂《たかぶ》った調子の声を夢うつつに聞いていただけだ。

ケダモノみたいな声だ、とそのたびに今日子は思い、耳を塞ぎたくなった。いったいお父さんは外で何をしてきているのだろうか。それがさっぱりわからないままでいるうちに、父親は真っ逆さまに転落した。

母親がいかがわしい新興宗教めいたものに入れ込みはじめたのは、それ以降のことだ。家に取り憑《つ》いている「邪気」を祓《はら》うという触れ込みの法外に高価な壺を嬉々《きき》として購入したこともあり、そのために借金はさらに膨らんだ。父親がその後、大学時代の友人の口利きで中堅の広告代理店への再就職を果たさなければ、一家全員が路頭に迷うところだった。山浦至境が経営するシャスタパワーは、少なくとも表向きは宗教団体ではなかったが、メディテーション・メソッドへの母親の依存ぶりを見るかぎり、なにか目に見えないものを売りつけるその他の怪しい団体と、子どもの目には区別がつかなかった。

その母親に行けと言われて参加したのが、十五年前のサマーキャンプである。当時の母親は、命令に背いたりしようものならわが子だろうが目を見開いて摑みかかってきそうななにか張りつめたものを身に帯びていて、逆らうことができなかった。出発の朝、「もし向こうでなにか変なことがあったらすぐ電話しろ、俺が助けに行ってやる」と耳打ちしてきた三つ歳上の兄・隆一《りゅういち》の言葉だけにすがりながら、こわごわとミニバンに乗り込んだことをよく覚えている。

山浦の死と、その遺産をめぐる説明会のことを今日子に知らしめたのは、実家の母親からの電話だった。母親はすでに、相生から実家に届いた封書の中身を読んでおり、どちらかというと山浦至境が亡くなったという事実に興奮しているようだった。不在の息子や娘宛てに届いた郵便物などを勝手に開封する癖は以前からあり、またかと思って電話口で激昂しかけた今日子は、しかしその内容を聞いて、一度振り上げた拳《こぶし》を引っ込めることにした。興味の持てないことがらをめぐってむきになってもしかたがないと思ったのである。

とにかく一応自分でも現物を見てみたいから転送してほしい、とだけ伝えて、今日子はやや強引に電話を切った。ひところの宗教熱はなりをひそめた母親だが、山浦について長々と話しているうちにまたそれがぶりかえさないともかぎらなかったからだ。

遺産などに興味がないのは、今も変わらない。しかし、智沙からのしつこい誘いに、今日子は根負けしたのだった。大手金融機関に勤務する兄の隆一と二人で暮らしている相模原の賃貸マンションに、大学進学以前の、特に親しくもない古い知り合いから電話がかかってくることは、まずない。どうやらその電話番号を相生から訊き出したらしい智沙は、「あんた、なんで来にゃあの？」といきなり責めるような口調で欠席の真意を問いただしはじめた。

「遺産とか、仮にもらえるんだとしても、特に欲しいとは思わないし。私が欠席することで権利放棄ってことになるなら……大貫さんの取り分も増えてかえっていいら？」

相手は自分を「今日子」と呼び捨てにしているが、三年間一緒だった中学時代もとりたてて親しい間柄でもなかった智沙をどう呼べばいいか一瞬迷い、結局「大貫さん」を採用した。

「今日子、あんた、自分さえよけりゃあいいと思ってるでしょ」

事態を転倒させたようなその物言いは今日子には理解不能だったが、どうやら全員が説明会に揃っていた方が話がスムーズに進むということを相生から聞いているらしかった。そうだとしても、そもそも遺産そのものに興味を持てない今日子には関係のない話である。あくまで意見を譲るまいとしていたら、しまいには言うに事欠いて「あたしのためだと思って、お願い」と泣き落としにかかりはじめた。

なぜ、親しくもないあなたのために私がなにかしてあげなければならないのか。喉《のど》もとまで出かかったその言葉を押しとどめて、今日子はわかったと返事をしてしまった。子どもの頃から変わらない。だれかと激しく言い合うこと自体が嫌いなのだ。そうしなければならないくらいなら、黙って相手の言うとおりにしようとしてしまう。

出席する以上は、と思い、前夜までにある程度の下調べは済ませておいた。

相生真琴が所属する「福光法律事務所」というのはどの程度の実績を持ったところなのか。弁護士である相生自身が電話を取ったということは、常勤の電話番も雇えないほど小さい事務所なのかもしれない。そんな事務所の弁護士が、信用に値する仕事をやってくれるのか。

インターネットで「福光法律事務所」を検索すると、すぐにホームページが出てきた。東京都千代田区麴町《こうじまち》の住所が、相生からの手紙に連絡先として記載されていたものと一致したので、まちがいなくそれだとわかった。ウェブというチャンネルが顧客獲得においてこれだけ重要視されている時代であるにもかかわらず、ホームページはフラッシュムービーひとつ使用していないいたって簡素な作りだ。九〇年代終盤、インターネットというものがようやく普及しはじめた当時にとりあえず作ってみたその状態のまま、ろくに衣替えもしていないといった風情である。

ただ、ざっと見て、この法律事務所がもっぱら企業法務や労働法務を得意分野としているらしいことは了解できた。「M&A」や「ベンチャー起業」といった文字も散見するが、いずれにしても企業寄りの姿勢である。いくつもの事業を手広くやっていて、東京にもオフィスを持っていたらしい山浦至境が、こうした事務所とつきあいを持っていても不思議ではないが、問題は規模である。しかし、所属している弁護士の人数などに関する情報はどこにも見当たらず、探しているうちに今日子もばかばかしくなってきてホームページを閉じてしまった。

遺産問題にもともと関心のない自分が、なぜこうまで熱心に裏を取るようなことをしなければならないのか。自分はいつもこうだった、と今日子はいまいましい思いで来し方を振り返った。父親のような乱脈な生き方をなぞらずに済むように、とにかく堅実に、まちがいのない道を歩めるようにと、学生時代は勉強に精を出し、社会人になってからは必要以上に力んで仕事にエネルギーを投じてしまっていた。

「優等生」と呼ばれつづけてきたが、本当の優等生なら、さして努力しなくても人並み以上のことができてしまうはずだ。精一杯努力しつづけて、やっと「人よりできる」立場を維持しているのが、今日子の実態だった。手抜きということができない。それをした途端に、これまで維持してきたものが音を立てて崩れていくような気がするからだ。

しかし今回は、オブザーバーに徹しよう。とにかく説明会の場に居合わせ、一緒に相生の説明に耳を傾けさえすれば、智沙は納得してくれるだろう。今日子はそう考えて、昼過ぎに相模原のマンションを出てきたのだった。

実家には立ち寄らなかったし、今日、こちらに来ると連絡してさえいなかった。両親のどちらにも、会いたいとは思わなかった。たいした才覚もなく、事実そのために一度は明日をも知れぬ苦境に家族を陥らせておきながら、お情けで入れてもらった今の広告会社を、自分のスケールには及ばない「しょぼい」会社だと不満ばかり漏らしている父親。依存心が強くて騙《だま》されやすく、ちょっと目を離すと今でも霊感商法や詐欺スレスレの訪問販売の類いに引っかかっている母親。この二人と関わっても、足を引っ張られるだけだと思っていた。

説明会開始の十分前に指定の会議室に入ると、智沙がすでに来ていた。高校生の頃、街で偶然出くわしたときに、ダイエットに成功した姿を一度は見ていたはずだったが、その記憶は今日子の中でクリアされてしまっていたので、それが智沙だということを認識するのに少しだけ時間が必要だった。ただ智沙は、今日子の記憶の中に「大貫智沙」として登録されている肥満した少女の姿に、再び立ち戻っていく途上にあるように思われた。現在は、「一応、モデルとかタレント」をやっているという本人の主張は、にわかには信じがたかった。

続いて部屋に入ってきた疋田利幸は、智沙が指摘するとおり、「あんま変わってにゃあ」のですぐにわかった。中学卒業以来のはずだが、十数年というブランクを挟んでも、見かけにおける変化の度合いには大きな個人差がある。その意味では、鷲尾樹がこの十数年の間に被った変化は、かなり劇的な部類に属すると言えた。

樹が姿を現したのは、説明会開始後、優に十分は経過したタイミングだった。相生弁護士はまず出欠を取り、「少なくとも鷲尾は来るはず」という智沙の発言に頷《うなず》き返しながらも、到着を待たずに説明を始めていた。その細い声は、乱暴にドアを開けながら会議室に入ってきた樹の、「わりぃわりぃ、遅れちった！」という大声によってかき消された。

「ここの場所、わかんにゃあよ。間違えて手前のビルに行っちまった」

そう言うなり樹は、ドアから最も近い席、つまり相生と今日子の間の折り畳み椅子を引いて、重たい荷物を落とすようにぞんざいに腰かけた。タバコの煙ときつい整髪料が混ざったような刺激臭が軽い風圧とともに押し寄せてきて、今日子は思わず腰を浮かせ、智沙の側へ体をよじらせた。胸をむかつかせるようなそのにおいがなくても、今日子はこの男とは極力距離を設けようとしたにちがいなかった。

中学時代から素行に問題のある生徒のグループに属してはいたが、現在の樹はもはや、今日子が日ごろ思い浮かべる「ヤクザ」そのもののなりをしていた。花札の柄が入った黒っぽいサマーニットのVネックには金鎖が光り、両手をポケットに突っ込んだ真っ白いパンツは妙にだぶついている。顎にだけ生やした鬚、縁のない、淡い色つきのサングラス。街路ですれ違ったら反射的によけてしまうであろう出で立ちである。

いや、単純なファッションの問題ではない。たとえ品行方正なビジネススーツに身を包み、髪を七三分けにしていたとしても、この男が全身から放散する濃厚な裏社会の空気を隠すことはできなかっただろう。そこには、今日子が属するのとはまったく別の世界、生涯関わりを持とうとは思わないであろう規範を外れた社会の色合いがあった。会っていなかった十一年の間、樹がどんな人生を送ってきたかは、聞かなくてもあらかた察しがついた。それは、この男のそこはかとなく暴力的な物腰そのものに、隠しようもなく刻印されていた。

「いや、さっきまでガネトンのやつにおみゃあも来るだけ来いって言ってたんだけどよ、なんか三日ぶりに仕事が入ってどうしても外せにゃあって言うんで。で、ああだこうだって言ってるうちに気づいたらこんな時間になっちまって……」

樹は大声で誰にともなくそう弁解しながらその異常に大きな目で会議室全体を見わたして、まずは利幸に「おう、来たか」と声をかけ、今日子と目が合うと、初めて存在に気づいたように、そしていくぶん気おくれしたように「よ!」と短い挨拶をよこした。しかし、「で、金谷は結局来んの?」と難詰するように問いかけてきた智沙に対しては、「つうか、おみゃあ誰」と露骨に顔をしかめた。

「へえ、少しは見られるようになったじゃんか」

相手が誰であるかがわかると、樹は嘲《あざけ》るようにそう言って、前はこの三倍くらい嵩《かさ》があったよな、と残りの二人に同意を求めたが、今日子も利幸もあいまいに目を逸らして応じなかった。

「言っとくけど、これベストじゃにゃあから」

「あっ、そう。ま、どうでもいいら」

そう言い捨ててタバコに火をつけようとした樹を、相生が禁煙だと言ってたしなめた。樹は叱られた小学生のように口を尖《とが》らし、眉を吊り上げて、タバコを箱にしまい直した。

「そうしますと、結論として、金谷和彦様のみご欠席ということでよろしいですね。金谷様には後に別の形でこの件の詳細をお知らせするとしまして、遅れていらした鷲尾樹様のために、もう一度最初から概略を簡単にご説明させていただきます」

相生弁護士が厳格な教師のような口調でそう言うと、樹の登場によって乱れた空気が一瞬で引き締められ、会議室内に再び秩序が取り戻されたように今日子は感じた。

山浦至境の遺産をめぐる相生の話は、驚愕に値するものだった。

まず、遺産の規模である。現金による貯蓄や外貨預金に、所有していた土地・建物、各種の有価証券、その他クルーザーや車輛、美術品、宝石や貴金属の形で保持していた財産等の評価額をひっくるめて、総額は百二十七億円にも達している。そしてこのうち、十三の金融機関の二十九口座に分散して保有していた預貯金計三十一億円が、今回この五人を招集した案件の対象となっているという。

「〝対象になっている〟ってことは、つまり、それを私たちがもらえるってことですか？」

あけすけな訊き方をしたのは智沙である。今日子に説得をしかけてくる前に相生と電話で話しているから、その場である程度のほのめかしは受けているのかもしれないが、いくら山浦が太っ腹でも、ろくにつきあいもなかったこの五人に、三十一億もの大金をポンと放り出すわけがない。

説明を最後まで聞きもせずに勇み足であつかましいことを口にする智沙が、今日子には恥ずかしかった。しかしすぐに、樹が今日子の思いを代弁してくれた。

「バーカ、そんなうまい話があるわけにゃあら。現金の総額が三十一億ってことだら？　で、どうせあちこちにちょっとずつばらまいて、俺っちの取り分はそのうちの数パーセントとかに決まってるら。な？」

　なれなれしく同意を求めてきた樹には取り合わず、相生は智沙に視線を向けた。

「大貫様のご質問にお答えするなら、その可能性はある、ということです」

「待てよ、それじゃ、三十一億フルってこと？　嘘だらぁ。全員で分けても一人六億じゃん」

　樹が、もともと人並み外れて大きい目玉をさらに見開きながら、全員の顔を順繰りに見まわした。利幸はあっけに取られたのか口をぼんやりと開けていたが、今日子も似たようなものだった。三十一億といったら、結婚・出産後も働きつづけたとした場合の、自分の生涯賃金の軽く数十倍に相当する。簡単に実感できる金額ではなかった。一人だけ、額を聞いても驚きを顔に浮かべず、ただ焦《じ》れたように眉をひそめていた智沙が、今日子の嫌いな甲高い声で言った。

「〝可能性〟って、相生さん、そればっかりですよね。電話のときもそんな言い方してたけど、もっとはっきり言ったらどう？」

「可能性がある、と申し上げているのは、皆様がそれを受け取る資格を持っておられるかどうかが、現時点では判明していないからです。また、今、鷲尾様が〝全員で分けても〟とおっしゃいましたが、それは山浦先生のご遺志に反します。三十一億を受け取る資格がおありになるのは、お一人だけです。それも、資格があるという証明がなされた場合に限られた話ですが」

「なんだよ、その資格ってのはよ」

樹が、恫喝するように声音を荒くした。

「その前に、まずこの三十一億円の位置づけですが」

相生弁護士は動ぜずに、淡々と説明を再開した。

「先ほど鷲尾様が、〝現金の総額が三十一億〟とおっしゃいましたが、それは正確ではありません。故人はこのほかにも約八億円の現金を、いくつかの金融機関にプールしておられました。それは、現金以外のほとんどの財産とともに、法定相続人である甥《おいご》御さんに相続する旨が、公証役場に保管されていた正規の遺言書に明記されております。三十一億は、それとは別に存在するものです」

「三十一億については、正規の遺言書には記載がないということでしょうか」

説明会が始まってから初めて、今日子は自ら質問を発した。単純な好奇心に衝《つ》き動かされてのことだった。

「そうです。つまりこの三十一億は、いわゆる隠し遺産ということになります。法定相続人である甥御さんも、これの存在はご存じありません」

話を聞いている四人の間に、当惑が走った。想像していたほど単純な話ではないことが、この時点でわかったからである。

「ちなみに故人は生涯独身を貫き、内縁関係にある女性もいませんでした。当然、嫡出・非嫡出を問わずお子さんも残しておられません。ご親族の中で今現在ご存命であると確認されているのは、甥御さんとそのご家族のみです。いわゆる遺留分を侵害される法定相続人は存在しませんので、その意味では、三十一億円は全額、皆様のうちのお一人に遺贈されることが保証されるはずです。ただし……」

　一拍置いてから、相生は続けた。

「受遺者、すなわち遺贈を受ける資格を有するのがどなたかという点について、故人は遺言書に確定的な記述を残すことができませんでした。もしも法定相続人がその点に異議を申し立てたとしたら、この遺言は、ほぼまちがいなく要件不備ということで法的には無効と見なされます。そこで故人は、遺言自体を表沙汰にしないことを選ばれたのです」

　被相続人の口述に基づいて公証人が作成する公正証書遺言の場合は、作成する時点で遺言内容の法的な妥当性がチェックされる。すべてを被相続人自らが手書きでしたためる自筆証言遺言なら内容は自由だが、開封前に家庭裁判所の検認という手続きを受ける必要が生じる。

　山浦はそのいずれも望まず、あくまで自分が考えるとおりの手順によって受遺者が決定され、法定相続人などには知られずに三十一億円の遺贈が行なわれることを希望したというのである。そのためには、公的機関を介さずにすべてを秘密裏に行なう必要があった。五人に送る通知書の封筒に「相生真琴」の個人名しか記さず、所属事務所の名前などをあえて明らかにしなかったのも、そうした背景を考慮してのことだったという。

　また、この遺言の執行に着手するのは、本人の死後数ヶ月を経てからでなければならないというのも、山浦自身の遺志だったという。公証役場に保管されていた正規の遺言は、山浦の死後、時を移さずに執行手続きに入ることが予想されたため、そちらが一段落するタイミングを見計らったのである。並行して動いていると、なにかのかげんでこちらの動向が「正規の」遺言執行者側に察知されないともかぎらなかったからだ。

「これがその遺言書のコピーです。ご本人の署名と捺印《なついん》はありますが、公証人を立てずにワープロソフトで作成したものですし、家庭裁判所の検認も経ていないものですので、法的な効力はありません。ただ私は、故人には生前からお世話になっており、ぜひにと懇請されて本案件の遺言執行者にご任命いただきましたので、極力、故人のご遺志に沿う形で話を進めさせていただきたい所存です」

そう言って相生は、ステープルで綴《と》じたＡ４二枚のコピーを四人に配布した。遺言書は、「遺言者山浦健吾は、次の通り遺言する」で始まり、「１.」としてまず「以下の財産を、２.で指定する者に遺贈する」と記した上で、対象となる預貯金の総額とその預け先の金融機関名を列挙していた。それに続く「２.」の部分が、ふたつの意味で否応《いやおう》なく今日子の関心をかき立てた。ひとつは、このような形の遺言がありうるとは考えていなかったからであり、もうひとつは、遺贈を受ける候補として名を挙げられている人数が、五人ではなかったからである。

２.上記財産は、遺言者が静岡県賀茂《かも》郡南伊豆町に所有せる別荘にて平成六年八月六日より九日に亘《わた》り主催したサマーキャンプに参加した、当時小学校六年生であった以下の児童の内、別項に掲げる条件を満たす一名に遺贈するものとする。

・参加した児童の氏名及び当時の住所
江見　今日子　（静岡県○○市○○……）
大貫　智沙　（静岡県○○市○○……）
金谷　和彦　（静岡県○○市○○……）
志村　宏弥　（静岡県○○市○○……）

迮田　利幸　（静岡県〇〇市〇〇……）
鷲尾　樹　（静岡県〇〇市〇〇……）

・満たすべき条件

遺言者は、サマーキャンプ当時既に還暦を過ぎ老境に達して居り、格別の愉《たの》しみも無い毎日であり、未来ある児童等が無邪気に遊び興ずる姿を眺めるのがせめてもの喜びであった。子供と云うのは、思いも寄らぬ考えや振る舞いによって大人達を喜ばせて呉《く》れるものである。キャンプに参加した児童の内にも、遺言者にとり長らく忘れ難い思い出となった「或《あ》る事」を為《な》した者が居た。キャンプの後も、遺言者はその事を不図《ふと》思い出しては慰めを感じて居たものである。

遺言者は、長年に亘る慰撫《いぶ》を与えて呉れた事に対する感謝の印として、その児童に、1．に掲げる財産を遺贈したい。

然《しか》し乍《なが》ら遺言者は、七十の坂を過ぎてよりこの方、記憶障害が甚だしく、その「或る事」はよく記憶して居るにも拘《かか》わらず、どの児童がそれを為したかを想起するを得ない。男児であったか女児であったか、その点さえ分明でない。

従って、上記六名の児童の内、別紙に記載した「或る事」を為した当人であることを下記3．に示す方法にて証明せられた一名のみが、遺贈を受ける資格を有するものとする。

3

「そうそう、こいつだよ、志村宏弥《しむらひろや》！　なんか一人足りにゃあと思ってたんだ」

樹がそう叫んだのと、利幸が人数の齟齬《そご》に気づいたのはほぼ同時だった。候補者は、欠席しているガネトン、つまり金谷和彦を合わせて五人のはずではなかったのか。

「ああ、いたね、志村宏弥」

すかさず合いの手を入れておきながら、智沙は首を傾《かし》げて考え込んでしまった。

「でも、キャンプのメンバーだったら？　ていうか、私、志村のヴィジュアル自体思い出せにゃあんだけど」

「いや、キャンプにもいたって。なんかあの、ちっちゃくて変わった奴だら？」

自身、身長が百六十センチ程度しかない樹がそう言うのは滑稽《こっけい》だったが、問題は、名前を言われても、志村宏弥のことが利幸の記憶にはまったく残っていないことだった。「ヴィジュアル」どころか、存在そのものを思い出せない。

「たしかに、志村くんは参加してた。私は覚えてるよ」

今日子がそのように発言するのを聞くと、利幸にも、それはたしかなことなのだろうと思えた。もっともそれは、今日子の背負っている生活文化が利幸自身と比較的近いはずだという感覚以外に根拠を持たない、思い込みのようなものなのかもしれない。

「だから、通知書に〝5名の方〟って書いてあるのを見たときから、変だなって私は思ってた。相生さん、これはどういうことなんでしょう」

水を向けられた相生弁護士は、表情を変えず事務的に回答した。

「志村様は、私が本案件の執行に着手した時点で、すでに他界しておられることが確認されております。したがって、皆様五名の方に通知書をお送りする際には、対象に含めなかった次第です」

「死んだって……なんでよ」

樹が、できの悪い冗談を聞いたときのように失笑しながらそう言った。

「ご遺族の方からは、事故だったと伺っております。詳しいことは存じませんが」

いつ、と詰問するように樹に問われた相生は、詳細は知らないという同じ説明を繰り返した。

「ていうかさ、あいつ、春海中にいたっけ？　キャンプのとき一緒だったって思い出せにゃあんだけど、よく考えたらあたし、それ以外にあいつと会ったことなかった気がする。小学校違ってたし」

智沙が言った。

「中学上がる前に死んでたってことは？」

「それはにゃあら。あいつ、小学校は俺と同じ春海北だったから、そんなことあれば覚えてねえはずがにゃあよ。なあ、江見。おみゃあも北小だら？」

樹に突然話を振られた今日子は、心もち身を竦めながら答えた。

「たしか、家が引っ越したんだったと思う。キャンプのちょっとあとくらいに。だから、大貫さんの言ってることは正しいよ。志村くん、春海中には来てない」

「よく覚えてんな、さすが優等生」

そう言って人差し指を向けてくる樹には応えず、今日子はただ眉間《みけん》のあたりに不快そうな影を過《よぎ》ぎらせただけだった。樹はそれを察した気配も見せずに、今度は利幸に目を転じた。

「そうすっと、死んだのはその後か。疋田、おみゃあ、なんか知ってにゃあか？」

「知ってるも何も……実はその志村って奴自体、思い出せねえよ」

相生が一瞬、自分に視線を向けたのを感じ取って、利幸は見返そうとしたが、そのときにはすでに相手は手元の資料に目を落としていた。

「まあ、志村のことはいいよ、死んじゃったもんは死んじゃったんだから。それより、その〝或る事〟を誰がやったのかってわからないわけっしょ？　つまりうちら、ライバル同士ってことだら？」

智沙がそう言って、手元の遺言書を指で弾いた。それを受けて相生は、「そういう言い方もできます」とひとこと断ってから、該当の一節を読み上げた。

3．受遺者の資格を有するか否かの判定の為、上記六名に、サマーキャンプの事を記憶している限り細大漏らさず記した手記を作成させる事。猶《なお》、遺言者が記憶する「或る事」を記載した別紙は、別途指定する遺言執行者が厳重に保管し、受遺者が確定する迄《まで》は公開しないものとする。何となれば、六名の候補者が予《あらかじ》めその内容を知り得たならば、手記をその内容と平仄《ひょうそく》が合うように改竄《かいざん》する恐れが有るからである。手記は遺言執行者が収集し、六名全員分が揃った時点で内容を精査し、「或る事」を為した当人であると認められる記述を手記に残した者を受遺者と特定するものとする。

「じゃあなにか、みんなで十五年前のキャンプの思い出を作文に書いて、あんたに提出するわけ？　かったりぃよ。国語は苦手だったんだ。国語だけじゃにゃあけどね」

樹が高々と組んだ足で貧乏揺すりを始めるそのかたわらで、「ずいぶん変わった遺言ですね」と利幸が言うと、相生はそれに同意するでもなく、「目的に照らせば妥当な方法かと思います」とだけ答えた。

「でもこれ、〝六名全員分が揃った時点で〟ってあるやね。志村の分はもうどうしたって手に入らにゃあんだから、この時点でもう話として成り立ってにゃあってことは？」

智沙の問いかけに、それは、と相生が答えようとするのにかぶせるようにして、「それについては、次の4．に書いてありますよね」と今日子があとを引き取った。

4．但し、上記六名の内、本遺言執行時点で転居先不明等の理由により連絡するを得ない者、又は既に死亡せる者が有った場合に於いては、残った者に対して3．の手順を踏むものとする。猶、六名全員分の手記が揃うか揃わないかに拘わらず、提出せられた総《すべ》ての手記の記述内容に別紙に記載の「或る事」との一致を認められざる場合は、1．に掲げる財産は全額以下の団体に寄贈するものとする。
・財団法人　栗林児童育英会（静岡県○○市○○……、代表理事・赤坂達郎）

それに続く「5．」には、遺言執行者として「相生真琴」を指定する旨と、その連絡先が明記されており、昨年八月の日付と山浦本人の住所・氏名、署名と印鑑をもって遺言書は終わっている。

「なんだよ、最後は結局寄付かよ。いいオチつけてくれるじゃんか」

そう言って樹が遺言書のコピーをテーブルに放り出した。

「金持ちがなにかっちゃあ慈善団体とかに寄付するのは、悪いこともさんざんやって荒稼ぎしてきた罪をそれで帳消しにしようとしてるってことだら？　かなわにゃあら」

「鷲尾、遺産くれるかもしれにゃあ人に対して、ちょっとは言葉を慎んだらどう？」

智沙はそう言って樹を睨《にら》みつけておいてから、相生に向かっておもねるような声で言った。

「相生さんは、その〝或る事〟が書いてあるという〝別紙〟をもう読んでるんですよね？」

「ええ、それは。職務上、必要でしたので」

「キャンプのときのことを詳しく書けってこの遺言には書いてありますけど、漠然としてて何をどう書けばいいかもわかりませんよ。だいたい、十五年も前のことなんかはっきり覚えてにゃあし。なんかひとつ、なんでもいいからヒントくれない？」

「そうそう、いいら、ヒントひとつくらい」

と樹も加勢した。

「そうですね、〝細大漏らさず〟っていうのはちょっと範囲が広すぎるんじゃないかと思います」

利幸はずっと受け身の姿勢でただ相生の説明やほかの参加者の発言を聞く側に回っていたが、ここに来て初めて自分の意見を口にした。見物程度のつもりで出席した利幸だが、遺言書を実際に目にするに及び、人ごとのようにしか思えなかった遺産獲得の可能性が、にわかに現実の手触りを帯びた、手の届くものとして目の前に立ち現れてくるのを意識していた。

この自分が、本当に三十一億もの大金を、濡れ手で粟《あわ》を摑むように自分のものにできるかもしれない。その思いは、自分自身の意志とは無関係に、いわば強引に、利幸の心臓を躍らせ、気持ちを奮い立たせるだけの力を持っていた。

「たとえば、僕たちのうちのだれかが山浦さん自身に対してなにかして、それで山浦さんが感激したというような話なのか、それとも、僕たちがなにかを勝手にやっているのを山浦さんがたまたま見て、感銘を受けたっていう話なのか。せめてそれくらいの手がかりがあってもいいんじゃないかと思います。それに、そうやってあらかじめ焦点を絞り込んでおいた方が、結果としておたがいの労力を節約できていいと思われるんですが、どうでしょうか」

　相生は少しの間、黙って利幸の顔を見つめ、なにかを考えるような表情を浮かべていた。不意に会議室を満たした沈黙を許さないとでも言わんばかりに、別室で稽古している演劇サークルの芝居がかった台詞《せりふ》が壁越しに届いた。そうやっておまえがえらそうにふんぞり返っていられるのも今のうちだけだ、今にわかる、今にすべてがひっくり返るんだよ、よく覚えておけ。

　台詞の切れ目を見計らったかのように、相生が決然として口を開いた。

「お説はごもっともですが、残念ながら、いかなる形であれ、〝ヒント〟の類いはお出ししかねます。それは決め手となる〝或る事〟について予断を与えることになり、公平性の点から見て不適切と思われるからです」

　相生の口調は、途中からますます自信を帯びたものになった。

「皆様を疑うわけではありませんが、〝或る事〟がどういう種類のことであったか事前に目星がついていたら、本当は別の方がされたことを、あたかもご自分がされたかのように手記に書くことも不可能ではなくなります。その場合、どちらの方のおっしゃっていることが真実なのか、判別するのがきわめて困難になります。それでは、遺言執行者として公正に責務を果たすことができません」

「さすが弁護士先生、簡単には引っかからにゃあもんだな」

樹の揶揄《やゆ》を無視して、相生は続けた。

「そういうわけで、ヒントはお出しできませんが、私の立場からひとつだけご助言できることがあるとすれば、手記にはとにかくなるべく詳しくお書きになるのがいいと思います。一見、無関係なんじゃないかと思われるようなことでも、それが山浦先生の心の琴線に触れていたかもしれません。道徳の教科書に書かれているようないわゆる善行や、思いやりのあるふるまいとは違うものが、特に印象に残っているということもありえます」

相生はそう言いながら、全員の顔を注意深く見まわした。

「また、その場に山浦先生が居合わせておられなかったとしても、あとでそのことを聞き知って感激された、というケースもあるでしょう。ですから、キャンプの初日に、皆様が集合して車に乗り込んだそのときから、最終日に送り返されるまでのことを、極力、時系列に沿って、覚えておられるかぎり詳しくお書きになってください。それがいちばんの近道になると私は考えております」

相生が話し終えると、四人はめいめいが口を噤《つぐ》んで、手元のコピーに視線を落としたり、腕を組んだりした。それぞれがそれぞれの思いで、自分が遺贈を受ける資格を持っている可能性があるかどうかについて考えているのだろうと利幸は思った。演劇サークルが陣取る別室からも、今は座長か演出の人間が演技指導を施す低い声しか聞こえない。

無言で思案に暮れる四人の様子を慎重に見比べていた相生が、重ねてなにかを言おうとして口を開きかけたとき、智沙が妙に幼い口調でこう言った。

「だけど、これ、苦労して手記書いても、〝或る事〟をしたのは実は死んだ志村だった、って可能性もあるんだよね。その場合は、やっぱ寄付ってことか。もしそうだったら虚《むな》しいな」

「ですがそれは、現時点ではどなたにもわからないことで……」

たしなめようとした相生に向かって、今日子が小さく挙手しながら「あの」と声をかけた。メガネ越しの、睫毛《まつげ》の長い目は、手元のコピーに向けたままだ。

「その手記って、提出しない、という選択肢もあるんですよね」

そう言う今日子の口元には、形ばかりの硬い笑みが浮かんでいた。見覚えのある表情だ、と利幸は思った。中学の頃から今日子にはどこかかたくななところがあって、なにかその場の空気を乱しかねないことを言い出すとき、おそらく無意識に、よくこういう表情で武装していたものだ。そう、高校二年の冬、利幸に向かって、「私たち、なんか話がかみ合ってないよね」と言ったときもそうだったように。

「は？　おみゃあ、何言ってんの」

樹が大仰に顔をしかめ、相生も、真意を測りかねるという顔で今日子の顔を見つめたが、本人は動じなかった。

「三十一億という金額は、私には非現実的すぎるし、仮に自分がそれをいただける資格があったとしても、正直、興味を持てないんですよ。手記を書くのにも時間と労力が必要です。その時間と労力を、私は別のことに使いたいです」

「ちょっと待って、今日子。それでもしあんたが〝或る事〟をした人だったとしたら、三十一億はこの児童なんとかってとこに寄付されちゃうんだよ。それでもいいの？」

興奮した面持ちで食ってかかる智沙を、今日子は一蹴《いっしゅう》した。

「その場合は、どうせ大貫さんの手にも渡らないわけでしょ？　私の問題なのに、なんでそんなにむきになるの？」

「江見おめえ、カッコつけすぎじゃにゃあ？　おい疋田、おめえもなんか言ってやれ」

樹に焚《た》きつけられた利幸は狼狽《ろうばい》し、助け舟を求めるように相生の視線を捉《とら》えた。相生は黙って今日子に目を転じると、聞き分けのない子どもを諭すような調子でこう言った。

「たしかに、手記をお書きになることは皆様の権利であって、義務ではありません。その権利を放棄されるということなら、それは江見様ご自身の意志ということですので、私としては強制することもできません。ただ……」

一瞬だけ言いよどんでから、相生は続けた。

「あるいはこれは、弁護士としての、遺言執行者としての私の立場を逸脱する思いかもしれませんが、私は生前、故人には本当にいろいろとお世話になっております。遺言書としての要件を満たすために、育英会への寄贈という次善の策も設けてはおられますが、故人としてはあくまで、〝或る事〟をされたその方に財産を譲りたいというところに真意があったものと私は確信しております。ですから、私としては可能なかぎり、その真意の部分をまっとうするような形でこの遺言を執行させていただきたいと思う次第です」

そう言いながら相生は立ち上がり、テーブルに両手をついて身を乗り出すようにしながら今日子に向かって訴えかけた。相生がこの会議室に入ってきてから初めて、感情らしきものを見せた瞬間だった。

「仮に江見様が受遺者の資格をお持ちだった場合、お受け取りになった三十一億をどうされようが、それは江見様のご自由です。江見様から育英会なりなんなりへの寄付という形を取られてもかまいません。そういう前提で、ひとまず手記のご提出までは、ご協力いただけないでしょうか」

この嘆願を聞くと、今日子もあきらめたような顔で短く何度か頷きながら、そこまで言うなら「努力します」と言って折れた。智沙と樹の二人はなおもその消極的な態度を咎《とが》めていたが、再び事務的な調子を取り戻した相生は、それを無視して話を取りまとめはじめた。

手記の形式や分量はいっさい問わない。手書きでもパソコンでもかまわないが、複数枚にわたる場合は必ず通し番号を振り、各ページの余白に自筆による署名を入れること。訂正を入れる場合はボールペン等で二重線を引き、訂正印を捺《お》すこと。内容に関してあとで必要に応じて照合・検証ができるように、必ず手元にコピーを一部保管しておくこと。期限は二ヶ月。つまり、七月末日までに相生の手元に届いていなければならない。なんらかの事情で期限までに間に合わない場合は、その旨を事前に連絡してほしい、と相生は言った。

「なお、福光法律事務所に郵送していただく際には、必ず私、相生真琴宛てであることがわかるようにお願いいたします。この案件の担当は私です。担当弁護士名が明記されていない場合は、係の者がまず開封して内容を確認してから担当に回すことになりますが、案件の特定に手間取ったり配布ミスが生じたりして処理が滞ってしまうことがありますので」

なにかご質問は、という最後の問いかけに対しては、四人が四人とも微妙な面持ちで黙り込んだ。それは、もはや疑問に思う点は何もない、という意味ではなかった。誰もが、突如としてわが身に降りかかってきたこの規模の大きすぎる話に対する当惑からまだ立ち直ることができていなかったのである。少しの間を置いてから樹が、欠席しているガネトンにはこの件はどうやって伝えるのか、と質問した。相生は、郵送で伝えるつもりだが、機会があれば皆様からも補足説明をしてほしい、と答えた。

「皆様の人生を一転させるかもしれない貴重な機会です。どうぞ悔いのないように、よく思い出して、どんなささいなことでもおろそかにしないで文章にしていただけますよう、何《なに》とぞよろしくお願い申し上げます」

相生はそう締めくくって、バネ仕掛けの人形のように深々と礼をした。そして、隠し遺産に関わる案件であるだけに、むやみに口外しないよう注意を促すと同時に、全員の現在の連絡先を控えた上で、「事務所は不在にしていることが多いため、今後もしなにかございましたらこちらに」と言って、自分の名前と携帯電話の番号を書いたカードを全員に手渡した。カードは手書きで、決して下手ではないがどこか男性的なところのある筆跡だった。


エレベーターのところで、利幸は今日子に追いついた。会議室では智沙が相生をなおも引き止めてなにか質問し、樹も便乗しているようだったが、説明会の終了が宣言されるなり、挨拶もそこそこに席を立って出ていった今日子のことが少し気にかかっていたのだ。密閉された空間で二人きりになったら気まずい空気が流れるだろうかと利幸は危惧していたが、意外にも今日子は、「疋田くん、思いもかけないことで再会しちゃったね。もうびっくり」と気さくに声をかけてきた。

「久しぶりだね、中学卒業以来じゃない？」

「え？」

利幸は唖然として言葉を失った。高校二年の冬に二度ほどデートをしているではないか。紅葉《もみじ》山《やま》庭園の中をぶらつきながらおしゃべりしたことも、シネマ通りで「シックス・センス」を一緒に観たことも、屋台のクレープをかじったことも、今日子の記憶からは完全に消去されてしまっているのだろうか。

「いや、会ってるよね、高校二年のとき」

「ん？……ああ、そうだったかも。なんか、たまたま電話で話してて盛り上がって、いきなり一緒に遊びに行ったりしちゃったんだっけ」

そう言って屈託なく笑う今日子を見て、利幸はなにもかもがばからしくなった。利幸にしてみれば、春海中学時代、ひそかに憧れていながらろくに口もきけずにいた相手に、二年も過ぎてから当たって砕けろの思いで電話をしてみたのだ。どうにか不自然には取られないであろう口実を考え、あの電話をかけるまでに、どれだけの予行演習と勇気を必要としたと思っているのか。利幸は顔が赤くなるのを感じたが、さいわい、エレベーターは一階に着いたところで、狭くて薄暗いロビーに出ていけば、今日子にそれを気取《けど》られる心配もなかった。

「それより、ずいぶんきっぱりしてるんだね」

建物の外に出るまでの間に、利幸は話題を替えた。

「三十一億、ほんとにいらねえの？」

「だって……疋田くんはどう？　そんな大金がいきなり自分のものになったら、人生そのものがおかしくなっちゃうような気がしない？」

「俺も正直、今日ここに来るまでは、遺産とか言われてもどうもピンとこなかったし、さっき額を言われて、もっと自分に関係ねえ話みたいに感じたけど、作文一本書けばもしかしたら手に入るんだったらって……」

「そう……。私はやっぱ、もらわないでいいな。普通に仕事して、普通に結婚して、子ども育てて、普通に年老いて死ぬ人生で十分」

「仕事、何してるんだっけ」

本人からも、ほかの誰からもかつてそれを聞いた覚えがないことを意識しながら、利幸はあえてそういう訊き方をした。今日子は、横浜にある公益団体に勤務しているようだった。団体の名称は利幸が聞いたことのないものだったが、堅い職場であることが推して知れた。そういう職場に勤めていることは、利幸が抱いていた「江見今日子」のイメージと矛盾しなかった。身に着けている青いワンピースも清楚で、その端整できまじめそうな顔立ちを際立たせていた。

「そっか、手堅く生きていくんだ。そうすると結婚とかも、もう考えてたりするの？」

「あ、うん……実はもう決まってて、来年三月に」

そう言って今日子は、はにかんだように目を伏せた。利幸は、そうなんだ、おめでとう、と反射的に祝福の言葉を述べながら、一度でもちょっといいなと思った女がだれか別の男とつきあっていたり結婚したりすることを知ると、今はなんとも思っていなくてもどうして一瞬おもしろくない気持ちになるのだろう、と思った。

利幸のそんな思いを知ってか知らずか、今日子は「あ、そうだ」と言いながら携帯電話を取り出し、現在の連絡先を教えてほしいと言い出した。

「この件には私はあまり積極的じゃないけど、万が一なにかあった場合、今日会った中では疋田くんがいちばん相談しやすそうだから。あとの二人は……ちょっとね」

そう言ってかすかに口元を歪め、上目遣いに自分を見る今日子の姿に、利幸は一瞬だけどぎまぎさせられた。しかし、どうせ別の男の妻になる女なのだ。利幸はさりげなさを装って、「おう、じゃ、こっちの携帯の番号書いたメール送るんで、江見さんのアドレス入力させて」と軽く応じた。

「おう、まだいたか。飲み行くべ」

今日子とアドレスの交換をし終えて道路に出たあたりで、樹がうしろから声をかけてきた。早くも火のついたタバコをくわえ、歪めた口の端から煙を吐き出している。一歩うしろに立つ智沙は露骨にいやな顔をして両手で煙を払っているが、樹は気にもかけない。そのかたわらから、アタッシェケースを提げた相生弁護士が風のように現れ、全員に向かって無表情に軽く一礼しながら通りに出ていった。

「あ、私も今日はこれで……」

今日子が慌てたようにそう言って、顔の脇で手を振った。

「なんだよ、超久しぶりなのにもう帰《き》ゃあんのかよ」

「ごめん、今日の夜までに相模原に戻らなくちゃいけないし」

そう言って例の硬い笑みを浮かべた顔の前で両手を合わせると、今日子はもう振り返らず、相生の少し後に同じ速度で続いた。利幸もそこに加わりたい誘惑に駆られていたが、一瞬ためらったばかりに機を逸した。

今日子たちと同じバスになるのは「癪《しゃく》」だという智沙の妙な理屈に応じて、三人はわざわざ停留所ひとつ分歩いてから次のバスに乗り、駅前にあるチェーンの居酒屋に入った。午後五時数分前で、店はまだ開店準備中だったが、「いいら?」と言う樹の出で立ちに恐れをなしたように、店長と思われる男がうやうやしく窓際の席に三人を通した。

バスに乗っている間からずっと、〝或る事〟が何なのか見当をつけようとして、キャンプについて思い出したことをランダムに明かしたり、どんなことを覚えているかを利幸や智沙から訊き出そうとしたりしていた樹だが、居酒屋の席に着いた時点で、智沙がそれを禁じた。自分たちは「ライバル同士」なのだから、おたがいの手の内をむやみに晒し合うべきではないというのである。人から聞いた話を自分がやったことにして手記に書いても、相生には区別がつかないからだ。

「ま、山浦のじいさんの記憶ってのがそもそもあてにならにゃあけどね。だって、男か女かも覚えてにゃあって、あの遺言書書いた時点でもうだいぶボケてたってことだら？」

　そう言う智沙に対して樹はなおも不服そうにしていたが、キャンプのことを口にするたびに智沙が「鷲尾、アウト！」と叫んで睨みつけるので、しまいにはしぶしぶ言いつけに従うようになった。ほかにこの三人が関心を共有できる話題といったら、春海中の卒業生の近況や噂くらいしかないが、樹が名を挙げる卒業生たちは、利幸にとってはほとんどつきあいのない連中である。逆に利幸は、その後の動向を自分が知っている卒業生があまりに少なすぎて、樹の好奇心を満足させることができなかった。

　だからこういうメンツで飲むのは気が進まなかったのだ、と利幸が内心毒づいているそのかたわらで、智沙一人がやたらと自分自身のことを話題の中心に持っていきたがった。そのあたりから、樹はあからさまに気が散るようになり、組んだ足を貧乏揺すりしながら、しきりと携帯でメールを打ったりしはじめた。それからはしかたなく、もっぱら利幸が聞き役に回っていた。

「え、何レンジャーだって？」

　利幸が問い返すと、智沙はさも、それを知らないことが軽蔑に値することなのだとでも言いたげに眉をひそめながら、「だから、陰陽《おんみょう》戦隊シキレンジャー」と言い直した。五年前、智沙が東京にいる頃に、「貫井さやか」の芸名でレギュラー出演していたというテレビ番組のことである。

「ああ、いわゆる戦隊物ね。そういやなんかそんなのあったな」

　話を聞いていないと思っていた樹が、不意に口を挟んだ。

「わかった！　おみゃああれだら、悪の組織の女ボス。なんかゴテゴテわけわかんねえメイクして、もとの顔がわからにゃあようになってるやつ」

「違うよ、レンジャー側の紅一点キャラだよ。知らにゃあかもしれないけど、戦隊物のヒロインってアイドルの登竜門としては一定の位置を占めてるんだよ、五島《ごとう》りさだって七瀬亜美《ななせあみ》だってあれ出身なんだから」

智沙はそう言って女性タレントのものらしき名前を挙げたが、利幸はそのどらちも、聞いたことがあるかどうか確信が持てなかった。

「陰陽戦隊シキレンジャー」は、土御門《つちみかど》家の流れを汲《く》む極秘の研究所によって特殊訓練を受けた五人の仲間たちが、式神《しきがみ》を駆使して悪の組織と闘うという筋書きで、智沙に振られていたのは「セイメイ・ピンク」という役どころだった。「セイメイ」は安倍晴明《あべのせいめい》にあやかった命名らしい。四話ずつ収録されたDVDはコレクターに人気でいまだに売れつづけているし、ハイライトシーンなどはユーチューブでも観られるというが、これに出演したことが、その後の智沙のタレント活動にどのように寄与したのか、その点についての説明はまったく欠けていた。

「おう、来た来た」

利幸が智沙の自慢話らしきものに辟易《へきえき》し、そろそろ帰らせてほしいと思いはじめた頃、樹が不意にそう言いながら立ち上がり、大げさに手を振りまわした。

「こっちこっち!」

見ると、レジのあたりに、げっそりと頰のこけた顔色の悪い男が立ち、挙動不審なたたずまいでこちらを見ている。

「ガネトン、さっきからメールで呼んでたんだわ、仕事が早く終わったっていうんで。やっぱ、あの話はあいつにも早く教えてやらにゃあと不公平だら?」

樹がそう言うまで、警戒心の強い動物のようにゆっくりと近づいてくるその男が、小・中学校で一緒だった金谷和彦であることを、利幸は確信することができなかった。お調子者だった和彦。いつも陽気で、なにか戯《おど》けたことを言っては自分から笑い転げていた和彦。利幸が記憶しているその少年のおもかげは、目の前の男からは完全に消し去られていた。その姿は、どちらかというと、冥界《めいかい》から間違えてここに紛れ込んでしまい、自分でも困惑している亡者のようだった。

第3章　埋もれた記憶

1

屈託なく手を振って早く来いと急《せ》かす古い友人の姿が目に入ったとき、目の前にいつものあれがある、と金谷和彦は感じた。見えないバリア。手を振っているチンピラ風の男は鷲尾樹だ。この正月に会ったばかりだから見間違えようがない。そばに座ってこちらを見ているのは、疋田利幸と大貫智沙だろう。二人が同席していることはさっき樹からメールで知らされていた。にもかかわらず三人とも、決して通り抜けることのできない幕で自分とは分け隔てられた無関係な人間に見える。

このバリアは、いつも不意に予告なく現れ、和彦の行く手を阻んだ。駅ビルに入っているスターバックスの中で、覚えられない名前のドリンクを片手に友人や恋人と優雅なひとときを過ごしている人々と自分との間に。四桁以上の数字を無造作に値札としてぶら下げているしゃれた衣類が並んだアパレルショップとの間に。ＣｏＣｏ壱番屋や和民《わたみ》やジョナサンの見慣れた看板との間にも、それは現れた。

ときにそれは、新しい定食の登場を知らせる幟《のぼり》を立てた松屋と自分との間を隔てることさえある。松屋の牛めしに、表面が真っ赤になるほど七味唐辛子をたくさん振りかけて最後に食べたのはいつだっただろうか。今では、それを腹いっぱい食べたいという気持ちすらなくなっている。もっと正確に言うなら、それを食べたいという欲求は、いつからか、ほとんど抽象的な概念になり変わっていた。和彦はいつも空腹だったが、実際に栄養分たっぷりのものを目の前にするとろくに喉を通らなかった。空腹を感じることと食欲を感じることは別なのだ。しかしそれは、バリアの向こう側では一致しているものなのかもしれない。

普通に働いて、普通に給料を受け取り、普通に生活を営む世界。とりたてて裕福ではなくとも、とりあえず一ヶ月後や半年後の心配はせず、映画を観たり好きな音楽を聴いたり、休日にはどこかに遊びに行ったりする余裕のある世界。和彦にとって樹たちはその世界の住民であり、ただそれだけの理由で、自分とは関係のない存在なのだという気がした。正月に少し聞いたかぎりでは、樹も今の仕事には不満があるらしい。ほかの二人も、職場について話させれば不平のひとつやふたつは言うだろう。しかし和彦にはわかっていた。それはしょせん、自分とは次元の違う話なのだ。愚痴をこぼす余力すら残されていない自分とは。

だから和彦は、すぐには彼らのテーブルに近づくことができなかった。そもそもこの居酒屋に足を踏み入れることさえ、和彦にはハードルが高かった。一日の疲れを、ジョッキになみなみと注いだ生ビールやチューハイで癒《いや》すという特権を手にしている連中が笑顔で集う空間。しかも目の前にいるのは、かつての自分を知る人間である。顔を合わせる端からおたがいに忘れてしまうゆきずりの相手ではない。

その煩わしさは、こんな状態に陥ってもなお捨てきれずに残っていたわずかな矜持《きょうじ》に基づくものなのかもしれないが、和彦にはもはや、その由来を考える力さえ残されていなかった。ただ、昔の自分を知っている人間と顔を合わせるのは煩わしい、という思いだけがあった。

一ヶ月の契約で派遣されたアルミニウム加工工場での短い休憩時間に、喫煙所で偶然高校時代の同級生と出くわしたときもそうだった。学校帰りに一緒に雑貨屋で買い食いしたり、ゲームセンターに寄ったりする程度には仲がいい時代もあったが、そのときは、距離を保って挨拶も交わさなかった。おたがいに相手が誰であるかに気づいていたにもかかわらず。どういう道筋を辿《たど》ってこの同じ仕事場に辿り着いたのか、などと訊ねるのは野暮というものだ。相手も同じ気持ちであることは和彦にもわかっていた。だからタバコを吸い終えるや、黙って持ち場に戻った。初めからなんの関係もなかったゆきずりの人間のように。契約期間が終わってそこを引き揚げるまで、その元同級生の姿は二度と見かけなかった。

「まあ、いいからこっち来て座れや」

樹にそう言われてもバリアが消えたようには思えなかったが、和彦はおとなしくその言に従って椅子のひとつに浅く腰かけた。命令には慣れている。こっちへ来い。この工場へ行け。このハンドルをドアにつけろ。この荷物を七階まで運べ。明日から来なくていい。

「あの、先に言っとくけど、俺、ほんとにギリで一杯飲む金しか持ってにゃあから」

「いいって。なんなら俺が奢《おご》ってやる」

奢られるのは、少しも嬉しくない。人に奢るだけの余裕がある人間には、その心情が理解できない。逆に、自分が飲んだ量にかかわらず、無条件に割り勘にされることを納得できないと感じる気持ちにも、彼らは無頓着だ。言いたいことはいろいろあったが、押し問答をするのもめんどうだったので、和彦はただ、従業員に生のグラスビールだけ注文してタバコに火をつけた。去年の夏ごろから風邪でもないのに妙に咳き込むようになったが、タバコはやめられない。

「痩せたね、金谷」

そう言って心配そうに顔を覗き込む女の方が、最後に会ったときよりよっぽど痩せていると和彦は思った。ただ、それが大貫智沙であることは、樹からのメールで予告されていなくても、見ればわかっただろう。和彦はすでに「貫井さやか」としての大貫智沙を知っていた。

だれかがユーチューブにアップしたＤＶＤの一部だった。どこか南のリゾートで、極端に布地の小さいビキニだけを身に着け、豊満な胸や臀部《でんぶ》を揺らしている姿を見ながら、右手を動かして精を放った。「陰陽戦隊シキレンジャー」にヒロイン役で出演している動画も、あらかたチェックした。「セイメイ・ピンク」に変身するまでの定番のスタイルである膝上二十センチの超ミニスカートのまま、怪人に襲われて太ももあらわに地面を転がるシーンは、ぎりぎり下着が映っていないことがわかっていながら、何度も再生して食い入るように眺めた。

それが、中学時代に一緒だった肥満児の現在の姿であることに気づいたのは、少し経ってからのことだ。ウィキペディアで「貫井さやか」を検索したら、本名として「大貫智沙」の名が挙げられていたのだ。そう知ってから動画の顔を見直すとたしかにおもかげがあったし、出身地や年齢からいっても、本人であることは間違いがなかった。その記述によれば、智沙は高校三年生のとき、オーディションに合格して上京し、芸能人になったようだ。おそらく、高校時代にダイエットに成功したのだろう。

和彦は、かつてデブと呼んで蔑《さげす》んでいた女を、知らなかったとはいえ性的対象と見なしてしまったことを恥じ、やり場のない怒りを覚えた。それから、そもそもパソコンを、ネットを通じて無料で手に入る自慰行為の材料探し程度にしか使わなくなってしまっている自分のなさけない現状に腹を立てた。七年前、専門学校での勉強に必要だからという理由で、親にせがんでパソコンを買ってもらったときには、自分なりに熱心に技術を身につけるつもりでいたはずなのに。

「ま、仕事がハードだからな」

想像の中で裸にして、胸を揉《も》みしだき、激しく腰を打ちつけた女の現物を目の前にしていることに異様なうしろめたさを感じながら、和彦はそう言い捨てて智沙から顔を逸らした。

「いや、それ、そういうレベルじゃないっしょ。顔色、異常に悪いし。どっか悪くしてるんじゃにゃあの？　病院とか行ってるの？」

「行かにゃあよ。ていうか、別になんでもにゃあから」

和彦はそう言っておいて、言った端からそれを裏切るように咳き込みながら、眉をひそめた。顔色のことを他人にどうこう言われるのは煩わしかった。自分の体のどこかがおかしいことくらいはとっくにわかっている。やたらと喉が渇くし、トイレは近いし、口の中はいつもねばねばしていて、掌を当てて息を吐くといやなにおいがする。しかし、病院に行く金などどこからひねり出せというのか。月々の掛け金が払えないために国民健康保険にさえ加入していないというのに。

「それより、今日のこと、詳しく教えてくれよ、手短に」

「なんだよ、ガネトンおみゃあ、俺があんだけ誘っても説明会来なかったくせに、急に積極的になったな。興味なかったんじゃにゃあか？」

樹が鶏肉の刺さった串《くし》を振りまわしながらそう言った。

「興味にゃあとは言ってにゃあら。時間がにゃあっつっただけだら」

本当のところを言えば、この問題について、ついさっきまでは興味を持てずにいた。子どもの頃から一度も引っ越していない親元の家、色褪《いろあ》せた「金谷酒店」の看板だけはいまだに掲げたままの朽ちかけた家に今もって住んでいるから、相生からの通知書はまっすぐに和彦自身の手に渡っていたが、目を通しても趣旨がよく理解できなかった。そして、そのわからない趣旨を根気よく探求しようと思うほど、今の和彦は心身ともに余裕がなかった。

　当日になってまでしつこくメールで誘ってくる樹のことも、うっとうしいとしか思わなかった。今日の仕事はたまたま什器《じゅうき》備品の搬入だったので、移動時間などにメールもチェックできたが、現場が工場のラインだったとしたら、決められたわずかな休み時間以外、携帯を見ることすら許されない。どうしてそういうことに想像が及ばないのか、とただむかっ腹を立てていた。

　しかし、説明会に出た樹があらためて送ってきたメールの内容には、和彦も思わず目を奪われた。


　遺産31億だぜ。話聞いとかねーとぜってー後悔するって。

　疋田や大貫としばらく飲んでっから仕事終わったら来いや。


　これはいったい、どこの世界の話だろうか。億単位の金など、想像したことすらなかった。現に、説明会会場に向かう市バスの百八十円の運賃さえ出し惜しみ、断ったら次から声がかからなくなるという恐れから、降ってきた仕事にやみくもにしがみついて、説明会出席のために休むなどもってのほかだと考えていたのだ。朝から時給九百五十円で九時間十時間拘束されても、実働時間以外はカウントされず、源泉徴収やら「設備管理費」やらであれこれ差し引かれて手元には六千円かそこらしか残らないその仕事に。和彦が住んでいるのはそういう世界だ。

　億などとは言わない、三百万でいい。たった三百万。それくらいの金をだれかがポンと差し出してくれさえすれば、自分の暮らし向きは劇的によくなるはずだと和彦は信じていた。それがあれば、月々血の滲むような思いで返済してもほとんど利息分しか減っていない借金も完済できるし、生活を根本的に立て直すための息継ぎができる。少なくとも、全力で走りつづけることを中断した途端、奈落の底が口を広げて待ちかまえているようなこの自転車操業の状態から抜け出すことはできる。そして運がよければ、一度乗り損ねてしまったレール、たとえば疋田利幸のような人間が乗っているレールに、途中から合流することができるかもしれない。

とにかく、話を聞くだけ聞いてみよう。そう思って和彦は、昔の知り合いに現在の自分の姿を晒す屈辱感を抑えつけてここにやって来たのだった。

しかし、樹の説明は要領を得なかった。話が行ったり来たりして、しかも前に言ったのとは矛盾することを平気で口にしたりする。そしてその都度、かたわらから智沙が「違うって」「あんた、何聞いてたの」と喧嘩でもふっかけるような口調でその話を遮るので、和彦は何度も同じことを訊き直さなければならなかった。

頭というものを使わなくなって久しい。頭は、使わずにいるとどんどん錆《さ》びる。空いた時間があれば、だれかが電車の網棚に置いていったコミック雑誌を拾い読みするか、ネットゲームの会員費さえ惜しいので、もうさんざんプレーして飽きた「バイオハザード4」をまた最初からやるか、そうでなければパソコンで課金されずに観られるアダルトコンテンツを漁《あさ》るかしかしていなかった。そんな生活をしていると、他人の整理されていない話を聞いて、真意を理解しようと推測を働かせることも億劫《おっくう》になる。

見かねて途中から補足をつけ加えはじめた利幸の説明が、いちばんわかりやすかった。勉強はけっこうできる奴だったから、こういうのは得意なのだろう。だからこいつは東京の大学に行って、そのままどこかの大企業に就職したはずだ。そして今ではいい給料をもらって何不自由のない毎日をのほほんと送っているのだろう。顔を見ればわかる。仕事で一緒になる、自分と似たような境遇の人間と違って、目が死んでいない。そう考えていまいましい気持ちになった和彦は、利幸の放つ音声だけを切り離して聞くようにして、その間、話し手の顔には一度も目を向けなかった。

「なんだ、もらえると決まったわけじゃにゃあのかよ。ま、そううまい話があるわけにゃあよな」

概略を聞き終えた和彦が苦笑混じりにそう言うと、「ノリが悪《わり》いなガネトン」と言って樹が肩をひっぱたいてきた。百キロを優に超える重さの厨房《ちゅうぼう》用機器を、エレベーターが故障しているからという理由で非常階段を使って二人がかりで四階まで運ばされたあとだから、その衝撃は冗談で済まされないほど痛い。しかし樹は、昔からこういう形で親しさを表現する男だった。

「昔のおみゃあだったら、〝マジかよー！〟とか言って誰よりも盛り上がってたとこだったら？ほれ、これ食ってもっと元気出せや」

そう言いながら樹は、一本だけ皿に残っていた焼き鳥の上に、テーブルに備えつけてあった七味唐辛子を山のように振りかけた。和彦は、笑顔を作る気持ちにさえなれずにただそれを眺めていた。

「そうそう、今日子みたく、〝私は遺産なんか興味ありません〟って聖人君子みたいな顔してんのもムカつくけど、あんたみたいにやる前からあきらめてんのもなんかイライラすんだよね。あんた、今派遣でガテン系なんだって？　暮らし、たいへんそうだけど、今までもそうやってすぐあきらめてたせいでそんなことになってるんじゃにゃあの？」

智沙のこのひとことには、和彦もさすがに怒鳴り返しそうになった。おまえに何がわかるというのか。何十社となく採用試験を受けて、そのどこからも内定をもらえなかったときの、全人格を否定されたかのようなあのやるせなさが、普通の就職活動などした経験もないであろう半端な芸能人である女にどうしてわかる？

　専門学校で学んだコンピュータの知識を活かせる職場がいい、などとわがままを言ったわけではない。醤油メーカーから家電の量販店や外食チェーンまで、片っ端から受けまくったのに、雇ってくれるところがなかったのだ。万策尽きて、ずっと避けてきた家業を継ぐことをようやく真剣に考えはじめた矢先に、金谷酒店は倒産した。コンビニのフランチャイズに加盟することをかたくなに拒みつづけてきた父親は、もはや個人の努力ではどうにもならない額の借金を抱えていた。

　和彦は手元にあるタバコの箱を智沙に投げつけたい衝動に駆られたが、実際にそれをするだけの力を自分が出せないことに気づいた。だからかわりに、声を荒らげることもなくこう言っただけだった。

「そういう問題じゃにゃあよ。どうせそれは俺じゃにゃあって言ってるんだ。あのじいさんが生涯忘れずに感謝するようなことを、あの頃の俺がしたと思う？　それこそ、江見みてぇな優等生タイプならともかく」

「だけどその弁護士先生、〝或る事〟は必ずしも普通にいいこととはかぎらない、みてえな含みのある言い方してたぞ」

　そう言う樹に、和彦は吐き捨てるようにこう言って返した。

「程度の問題だら。俺なんか、キャンプ中叱られてばっかだったじゃんか」

「おう、そういや、夜中におみゃあと俺とで別荘抜け出して騒ぎんなって叱られたよな」

　樹が身を乗り出して食いついてきた。

「なんか、木の陰でカップルがやってたんじゃなかったっけか」

「ああ……あれはやってたな、あの頃はまだガキだったもんで確信持てなかったけどよ」

とっさにそう返しながら、和彦は自分がわれ知らず笑みを漏らしていることに気づいた。そのことは、言われてすぐに思い起こされたばかりか、はからずも「忘れがたい思い出」として細部まで鮮やかに脳裏に蘇ってきたからだ。

春海北小の鷲尾樹とはサマーキャンプが初対面だったが、不思議とウマが合って、ミニバンが南伊豆に着く頃にはすでに仲よくなっていた。利幸が「ガネトン」と呼ぶのを聞いて樹もすぐに真似をしはじめ、キャンプが終わるまでずっとその呼称を通した。同じ向島小でクラスまで同じだったのにもかかわらず、特に親しい間柄でもなかった利幸よりも、樹に「ガネトン」と呼びかけられた回数の方が、キャンプの間はあきらかに多かった。和彦の方は、樹本人が指示した「タッちゃん」という呼び名をためらいもなく採用した。

問題のできごとがあったのは、浜辺でキャンプファイヤーをした最後の晩のことだ。部屋数の多い別荘では子どもたち全員に個別の寝室が宛われていたが、山浦に指示されていた消灯時間の九時を過ぎても興奮していてなかなか寝つけなかった和彦は、樹の部屋に遊びに行って小声でおしゃべりをしていた。一度笑い声が高まりすぎて、子どもたちの世話係を任じられていた、名前を思い出せない男にやんわりと注意されたが、それでかえっていたずら心が嵩《こう》じてしまい、真夜中近くに二人で別荘を抜け出した。

別荘は海を見下ろす高台にあり、砂浜に出るには曲がりくねった小径《こみち》を降りていかなければならなかった。足もとの土が砂に切り替わる頃には、別荘は木立に隠されてまったく見えなくなった。海の色は真っ黒で、ねっとりした油がうねっているように見えた。その黒い海を隔てて、はるか遠く、ホテルや民宿が密集しているあたりにわずかな灯りが見えるだけで、和彦たちのまわりはおたがいの顔も見分けられないほど暗かった。夜がこんなに暗いものだということを、住宅地に住む和彦は初めて知り、そのことでむやみに興奮していた。

二人はしばらくの間、波打ち際で砂に穴を掘ったり、おたがいに水をかけ合ったりして遊んでいたが、体が冷え込んできたのでもう帰ろうということになった。そのとき樹が、いつも使っている小径とは「反対側」から丘を登って別荘に行けるかどうか確かめようと提案した。そちら側は見るからに斜面が急で、本格的な登山道具でもなければ登れなさそうに見えたが、樹が木の根に足をかけたり幹を摑んだりして着々と遠ざかっていくので、慌ててついていった。

十メートル近くも差をつけられた和彦が心細くなって大声でタッちゃんと呼ぼうとしたとき、白っぽいパジャマを着ていたおかげでかろうじてぼんやりと見えていたその影が不意に動きを止め、まるでなにかに襲われたかのようにあとずさってきた。それから樹は振り向いて、和彦を手招きした。そうしているように見えた。なんだよ、と訊ねると、シーッと言いながら指を鼻の前に立てた。樹の歯の間から漏れるその音の方が、ずっと大きかった。

「よう、あれ、なんだら？　男と女みてぇに見えるんだけど。おみゃあも見てこい、そこから下覗いて」

囁き声でそう言われるまま、幹で体を支えながら樹が指差した方に行こうとしたら、下の方からパジャマのズボンを引っ張られて、斜面を転げ落ちそうになった。立っていったら見つかるから「匍匐《ほふく》前進」していけと言う。二人で腹這《はらば》いになって数メートル進み、裂け目のように急な角度で切り立ったところから下を覗き込むと、ほぼ真下の、三メートルと離れていない木の根元に、なにかうごめくものがあった。それはどうやら、むき出しの白い足が四本、からまり合ったものだった。樹の顔がわからないほど暗いと思っていたのに、どういうわけかその四本の足は、驚くほどはっきりと見定めることができた。

たえまなく寄せては返す波の音の合間合間に、男の荒い息と、短い悲鳴に似た女の細い声が紛れ込んでいた。和彦と樹は、首だけを裂け目から突き出した格好で、しばしものも言わずにそのうごめくものを見つめた。やがて、和彦か樹のどちらかが、もっとよく見ようとして体を伸ばした拍子に、枯れ枝かなにかを踏んでパキンと音を立ててしまった。四本の足の動きが止まり、上に乗っていた方が和彦たちの方を振り仰ぐ気配が感じられた。二人は顔を見合わせる間もなく、なかば斜面を転がるようにしながらその場を逃げ出した。

その後、最前まで一緒に覗き見ていた光景が何を意味するのかについて、樹と意見を交換したかどうかは覚えていない。たぶん、二人とも同じ結論に達していながら、そのことを正面からあげつらうのが照れくさくて、あえて話題には出さなかったのではないか。父親が酒屋の古い帳簿類の間に挟んで隠し持っていた雑誌を盗み見たことがある和彦は、男女がその行為をどのように行なうのかすでにあらかた知っていたが、心の準備もないままに生でそれを目撃してしまった衝撃は、たやすく消化して論評できるような代物ではなかった。

十五年後の今、あらためてその光景を頭の中に再現すると、当時はことさらに意識していなかった、というより、意識で捉える余裕も持てなかったいくつかのことがわかる。二人はきっと、近場の旅館に泊まっていたカップルであり、刺激を求めて真夜中の海岸をさまよい、あの丘の裂け目のような場所を絶好のスポットとして見出したのだ。上から覗き込んだとき、二人の足の部分しか見えなかったのは、上半身を暗い色の服で覆ったままことに及んでいたからだろう。

「なに、あんたら二人して夜中に覗きやってたわけ？　ほんと、男ってしょうがにゃあら」

「覗こうと思って覗いたんじゃねえよ。それを言うなら真夜中の海岸で青姦《あおかん》やってる方が悪いら。あんときはさ、二人で散歩してたらガネトンが急に立ち止まってなんか見てるんで……」

　呆れ果てたように顔を歪める智沙に向かって樹が語り出したいきさつには、不正確な部分、あるいは少なくとも、自分が覚えているのとは異なる部分が多々あったが、和彦はこのできごとを思い出す際に一緒に頭に浮かんできた記憶の断片を追うのに気を取られていて、きちんと聞いていなかった。それはどこか、目覚めてすぐに忘れてしまいそうになっている夢のかけらを手放すまいとする感じに似ていた。やがてその断片は、意識の表層に上ってきて明確な像を結んだ。

　小柄で痩せっぽちで、頭の大きさばかりがやけに目立つあいつ。波を背にして、まるで初めからそこに突き立ててあった枯れ木の幹みたいに佇んでこっちをじっと見ていたあの空洞のような目。

「そのあとだよ、タッちゃん。俺っち、そのあとあいつ見たら？　あいつ……そうだ、志村！」

「そのあとって、どのあとだよ」

「だから、あのカップル見て逃げたそのあと。志村が砂浜に立ってこっち見てたら？」

「え、そうだったっけ？　覚えてにゃあよ」

　火のついたタバコを指に挟んだまま腕組みをして首を傾げている樹を尻目に、和彦は残りの二人に向かって勢い込んで訊ねた。

「それ以前に、志村はどうしたんだよ。いたじゃんか、キャンプに。おめえらと俺と、あと江見を入れて五人だら？　あの弁護士の通知書、なんで〝五人〟って言ってんだよ。志村入れて六人じゃにゃあのか？」

「……志村は死んだって。その弁護士によればね」

ほとんど黙ってほかの三人のやりとりを聞いていた利幸が、説明会の参加者全員を代弁するような口調でそう言った。

死んだ？　和彦には、それがどういう意味なのか理解できなかった。志村宏弥が、キャンプの最後の夜、あの目で自分たちを見ていた志村宏弥が「死んだ」とはどういうことなのか。言葉の意味はわかっても、それを自分が知っている宏弥の存在と結びつけて考えることができなかった。キャンプの間もそのあとも、特に親しくしていた相手ではない。だからそれは、悲しみとは違う。にもかかわらずその知らせは、和彦に簡単には打ち消せない動揺を与えた。

やがて、「志村宏弥は死んだ」という事実が、乾いた布に汚水が染み込むようにして認識の中に行きわたった頃、和彦の頭に、理由もわからないまま突如として異常な考えが兆した。宏弥が死んだと言うなら、暗い砂浜に立っていたあの宏弥こそが死人だったのではないか。自分たち五人がキャンプで会っていた宏弥は、始めから死んでいたのではないか。

2

人気《ひとけ》のない砂浜に、ひからびた生首のようなものがいくつも並んでいる。ひとつのところに密集していて、まるでだれかがわざと場所を定めてそこに集めたように見える。よく見ればどれも地面から直接生えていて、なにかの植物が枯れてしまったものだということはわかるが、それでもなお、それらは植物というよりは動物により近いなにかであるように思えてならない。

だれか、たぶん樹が、気持ちわりぃよこれ、と言いながら、風に乱れた白髪のように見える枯れた葉を乱暴に束ねて摑み、砂地からそれを引き抜こうとするが、容易には抜き取れない。あれはハマユウだよ、なんかのかげんで枯れちゃったんだね、とだれかが言う。大人の男の声だが、土地の訛りがあるようには思えない。東京の人間のような口調である。

樹たちと別れて実家に戻るまでの間に、利幸が唯一、自力で比較的はっきりと思い出すことのできたのがその情景だった。逆に言えば、サマーキャンプの間のできごとで、利幸にとって最も印象的だったのがそれだったということだ。

おそらく、全員で別荘の近場を散策したときのことだろう。一帯には点々と別荘が建てられていて、それらをつなぐように海岸沿いに設けられていた簡素な遊歩道を歩いていくと、先々で無数の小さな砂浜に出くわした。それらのほとんどには「遊泳禁止」の看板が立てられていて、まるで違反者を見張るかのようにハマユウが密生していた。ただ、夏場であるにもかかわらず、花を咲かせている株を見かけた記憶が利幸にはない。枯れたハマユウが不気味で、その印象があまりに強烈だったために、それしか記憶に残らなかったのだろうか。

そのとき、ハマユウの名を教えてくれた大人の男が誰であったかが気にかかった。山浦ではない。そもそも、散策の場に山浦が立ち会っていたようには思えなかった。海岸で子どもたちが水着になって遊んでいる間も、山浦本人はときどき別荘から出てきてビーチパラソルの下で服を着たまままそれを眺めているだけだったし、体を動かすような催しに直接参加することはなかったはずだ。

母親に訊ねたら、ああ、ちょっと待ってと言って当時の日記をひもとき、「それはたぶん湯川《ゆかわ》さんって人だと思う」と答えた。

「別荘との送り迎えで車運転してたのもその人だら？　山浦先生のあのダイエットの会社で働いてたんで、レッスンのとき何度か顔合わしたことあったよ。あんた連れて集合場所行ったときも、私の顔見てわかったみたいで、ああどうもって」

　利幸自身は、ミニバンが出る集合場所に、母親に引率されていった記憶自体がなかった。集合場所は公園として整備されている城の跡地付近で、一人でも迷わずに行ける程度の場所だった。そんなところに母親を伴っていったら、ほかの子どもの手前、不面目だと思ったはずだ。おおかた、「心配だから」といった理由をつけて母親が勝手についてきたのだろう。

「そういえば、山浦さんには向こうに着いて初めて顔を合わせた気がする。車を運転してたのは別の人だった。で、なんとなくその人がずっとうちらの引率役みたいのをやってた気がする」

「なんかひょろひょろに痩せてて、頼りにゃあ人だなあって思ってた。まだ若かったね、当時で三十にもなってなかったんじゃにゃあの」

　ひょろひょろに痩せていた、という母親の証言を耳にした瞬間、エラの張った、やや無造作に髪を伸ばした男の姿が脳裏をかすめた。雑踏の中からその人物を見分けられるというほど鮮明な像ではなかったものの、おそらくそれが、自分の中にかろうじて残存している「湯川」の視覚的な記憶なのだろう。その男は、若くとも三十五歳くらいに思えたが、母親の印象が正確だったとすれば、キャンプ当時は今の自分といくらも違わない年齢だったことになる。

　だいたいにおいて、自分が子どもだった頃に大人として認識した人間については、年齢の印象があてにならないことが多い。子どもというものは大人を、ただ大人であるというだけで、自分よりもずっと歳上の存在であり、いろいろなことを知っていて、あらゆることができて当然だと思いなしている。そしてその大人が、こちらの勝手な期待を裏切るようなことをひとつでもすると、「あいつはダメだ」と一方的に決めつけてばかにする。

　利幸は、中学一年のときのクラス担任だった男性教諭に、「教師失格」の烙印《らくいん》を捺していた。

騒々しい生徒のグループを抑えられないばかりか、ときどき子どもみたいに感情的になるところがあったからだ。その教師が当時二十五歳かそこらの未熟者にすぎなかったのだという点を考慮に入れれば、無理もないことだったと今では素直に思える。それでもなお、記憶の中のその教師は、「自分よりもずっと歳上」という不動の位置づけを守りつづけていて、今の自分がすでにその年齢を超えてしまっているのだということがどうしても腑《ふ》に落ちない。

ただ、母親が「頼りない」と評する湯川のことを、自分がことさらに舐めてかかっていたような覚えは、利幸にはなかった。どちらかというと、もの静かであたりの柔らかいその物腰に好感を抱いていたような記憶がある。相手が子どもでも大人でも、およそ押しの強いタイプに対しては、無条件に苦手意識を持ってしまう傾向が利幸にはあった。キャンプの間、子どもたちのめんどうをもっぱら見ていたのが湯川のようなタイプの大人であったことは、利幸をだいぶ安心させたはずだ。そのかわり、そういうやさしい物腰の人間というのは、長く記憶に残るような強い印象を人に与えることがない。

事故で死んだという志村宏弥も、湯川と似たようなタイプだったのだろうか。だから自分は、キャンプで一緒だったことを思い出せないのだろうか。

母親に確認しても、宏弥については何ひとつわからなかった。日記をまめにつけているといっても、母親は、自分が実際に見たことと、家族から聞いて特に銘記しておこうと思ったことしか記録していない。宏弥については、もともと存在を知らなかった上に、キャンプ後に特に利幸から興味を惹《ひ》くようなエピソードを聞かなかったのだろう。

いずれにしても、こんな断片的な記憶だけではなんの参考にもなるまい。手記としてまとめるには貧弱すぎるし、山浦が「感謝」を覚えるきっかけになることがらが、この中に含まれているとはとても思えなかった。三十一億という金額に一瞬だけ奮い立った気持ちが、自分の中で再び萎《しぼ》んでいくのを感じた。

ただそれは、あくまで自力ですべて思い出そうとした場合の話である。

記憶というのは不思議なもので、もう完全に忘れてしまったと思っていたことでも、人に「あのときはこうだった」と言われると不意に鮮やかに思い出したりする。いや、正確に言うなら、すでに忘れてしまっていることに関しては、「忘れてしまったと思う」ことすらできない。そのもの自体が認識の網の目から抜け落ちているからだ。しかしそれは往々にして、記憶庫のどこか、長いこと光も当てられずにいた片隅にひっそりと身を隠していて、なにかきっかけがありさえすれば待ちかまえていたかのように光の中に歩み出てくるのである。

きっかけとは、たとえば日記の類いだ。何年か経って読み返すと、そのことを思い出す際にはすっかり省略されるようになってしまっていた細かい経緯などをあらためて認識し、「ああそうだった」と思うこともあれば、現在記憶しているのとは少し違った形の事実が記録されていてはっとさせられることもある。それと同じくらいの、あるいはさらに強力なきっかけになるのは、同じ場に居合わせた他人の記憶である。

亡者のようにげっそりとやつれ果てた様子で居酒屋に現れた金谷和彦の姿に、利幸はかなりの衝撃を受けていた。もともと少しばかり離れすぎていた両目の距離は、頰がこけたせいで相対的にさらに広がって見え、その容貌にどこか人間離れした雰囲気を添えていた。余分な脂肪がまったくついていないその頰の片側にだけときどき皺のようなものが寄せられるのは、笑顔を作っているつもりなのかもしれなかったが、その試みはいつも途中で挫《くじ》けていた。小学・中学と通してサッカー部で活躍し、陽気で人なつっこく、どちらかといえばムードメーカーだった「ガネトン」のおもかげは、片鱗《へんりん》も残されていなかった。

ここまで追い込まれている人間を目の当たりにするのは、たぶん初めてのことだった。正社員になりたくてもなれず将来への不安に怯えている連中は自分のまわりにもいるが、和彦が陥っている窮状がその比ではないことは、ひと目見ればわかった。報道番組で折々に目にする派遣村やネットカフェ難民の話が絵空事でもよその国のできごとでもないということは、和彦のありさまを見れば納得できた。

だから利幸は、和彦が見るからに不機嫌な顔で同席していることに、というよりもむしろ、自分が結果としてそんな和彦を同席させていることにいたたまれない気持ちを抱いていた。和彦は、そこに存在していること自体を不愉快に感じ、一刻も早く解放されて疲れた体を休めたいと思っているように見えた。そして樹も智沙も、和彦のそういう思いを察して気遣おうとするタイプとはほど遠い性格の持ち主と思われた。

しかし和彦は、樹が持ちかけたキャンプにまつわる思い出話に、意外なほどの熱心さで食いついてきた。そして、変化は突然起きた。歪んだ「笑いのようなもの」を浮かべるのが精一杯だった和彦が、ある時点ではっきりとした笑顔になったのだ。長い間笑う機会がなかったために笑い方を忘れてしまった人間らしいぎこちない表情であり、ともすれば形状記憶合金のようにすぐにもとの仏頂面に戻ってしまったが、和彦はあきらかに思い出話を楽しんでいた。それは、十五年前のキャンプについて、楽しめるだけのたくさんの思い出を和彦が持っていることを意味していた。

実際に和彦は、樹といくつかの思い出を語った後、なんら屈託のない口調で、「楽しかったよな、キャンプ」と呟いた。利幸を含め、ほかの三人は必ずしも同調はしなかったが、和彦本人にとっては偽らざる感想であるようだった。

「うちってほら、店屋だったからさ、両親とも働いてて、長い休みも取りにくかったんで、家族で旅行とか行きたくてもなかなか行けなかったんだよ。だからおふくろが、旅行のかわりに行ってといでって。俺、楽しみで前の晩眠れなかったよ」

　その段階で利幸は初めて、宏弥の死を知ったときに和彦が示した反応の意味を理解した。利幸が存在さえ思い出せない宏弥が死んだという事実に対して、和彦はあきらかにショックを受け、しばらく言葉を失っていた。それはほかの四人が誰も示さなかった激しい反応だったが、和彦はほかの誰よりも宏弥のことをよく覚えていたのである。「楽しかったキャンプの思い出」の一部として。

　最初のうちは、まるで不用意にガブ飲みすると死ぬとでも思っているかのように、一杯三百円のグラスビールをちびちびと啜っているだけだった和彦は、興が乗ってきたのか途中から急にペースを上げ、樹に「立て替えといてくれ」と言って中ジョッキを追加注文した。そして、「それより、志村のことだけどさ」と自分から話を蒸し返した。ほかの三人が宏弥のことをろくに覚えていないことが不満だったようだ。

「変な奴だった」

「風呂に入りたがらなかった」

「嫌いなおかずにまったく手をつけなかった」

「みんなで遊んでても、ふらっと一人でどっかにいなくなっちまった」

　和彦はそうして、思いつくままに宏弥のプロフィールを一人で並べ立てていった。言われると思い出すらしく、樹も「そういえば」と言いながら、風呂場でのできごとを語った。

「あいつと組んで入ったとき、俺がもう体洗い終わって湯に浸《つ》かってんのに、いつまでものろのろタオルで体こすってるんで、早くしろよって手でお湯かけたら、あいつ、いきなり女みてえに金切り声上げてキレやがってさ、みんなが走ってきてえらい騒ぎになったんだよ」

キャンプ中の入浴にはルールがあった。一階と二階にひとつずつあった浴室のうち、一方は男子に、もう一方は女子に宛われていたが、たいていは七時ごろから始まる夕食前の一時間ほどの間に入浴を済ませておかなければならなかった。女子は智沙と今日子の二人しかいなかったので、一人ずつ、あるいは二人一緒ならゆっくり入ることができたが、男子四人は強制的に二人ずつの組に分けられ、前半と後半で慌ただしく交代させられた。誰と誰が組むかは、日によって違っていた。和彦と利幸、樹と宏弥、和彦と宏弥、樹と利幸など、順列組み合わせのようにローテーションが組まれていた。

そうしたこまごまとしたことを覚えていたのは和彦だが、別荘に滞在している間、なにかと決まりごとに従わせられていたことは、残りの三人もぼんやりと記憶していた。三泊四日を通じて何をするかは日ごとにすべてあらかじめて決められていて、朝六時半の起床から夜九時の消灯まで、六人は時間割に縛られていた。せっかく遊びに来たのにこれでは学校と同じでのびのびできない、と樹はいたく不満に思っていたようだ。

そのような「ルール」を定めていたのは、おそらく山浦自身である。それを踏まえて思い出そうとすれば、宗教家のようなその風貌以外にも、几帳面でやや神経質な、決して柔和とは言いがたい人となりが、記憶の中から立ちのぼってくる。そして入浴についても、利幸の中で眠っていた古い記憶が芋虫のように蠕動《ぜんどう》した。

お風呂に入るのは体を清潔にするためなんだ、お湯に浸かっても体は清潔にならないから意味がないんだ。

　妙に大人びた声音でそう呟き、かたくなに湯船に入ろうとしなかった少年。これは志村宏弥の記憶だろうか。

「あたしも思い出してきた。浜辺でスイカ割りしてるときにも、あいつ、なんか騒ぎ起こさなかったっけ」

　智沙がそう言って、眉をひそめながら宙を見据えた。

「ほら、バットの先でスイカぐちゃぐちゃにすりつぶしたりして」

「それは俺だら」と樹が笑いながら言うと、「うん、それはタッちゃん」と和彦も同調した。

「その前に志村がバカなことやらかしたんだよ。あいつが目隠しされてスイカ割ったんだけど、その半分をもっと細かくしてみんなで食ってるときに、残りの半分を勝手に割りやがったんだ。しかも、割れた面を下にしてだぜ。砂まみれでもう食べられたもんじゃにゃあよ。それでタッちゃん、キレて……」

「そうだった。なんかムカついてスイカすりつぶしてたことだけ覚えてた。それで結局、だれかがスイカ買い足しに行ったんじゃなかったっけ」

「だれかって、誰が？　あの別荘の近くに、そんなもの買えるような店があった？」

　利幸が口を挟み、「いや、車出したんだよ。ほら、あの……」と和彦が言いかけた時点で、智沙が突然、「待った！」と言って掌を突き出した。

「なんか……さっきからみんなナチュラルに思い出話してる。あたしもうっかりしてたけど、それってアウトだら？　さっきそう決めたっしょ」

「なんでだよ、いいら、普通に楽しいら！」

そう言って樹が唇を突き出した。だれかを恫喝するときの癖でも出たのか、荒っぽい声音を怒鳴るように絞り出したので、まわりの客の何人かがびくりと身を竦ませて一斉にこちらを窺《うかが》い、樹の出で立ちを見て慌てて目を逸らした。樹はやや気勢を殺《そ》がれた様子で鼻息をつき、いらいらした手つきで新しいタバコに火をつけてから、少し抑えた声で続けた。

「つうか大貫、おみゃあいったい何様？　〝さっきそう決めた〟って、おみゃあが勝手にそう言ってるだけだら？」

　わけがわからずに目を白黒させている和彦に、利幸が簡単にいきさつを説明すると、和彦は「ああ」とだけ言って、急に白けたように顔から笑みを消した。

　結局、悪くなった雰囲気はそれ以降も元に戻らず、酒席はほどなくお開きとなった。和彦は、最初のグラスビール代三百円を差し出した後、樹が「いいって！」と言うのも聞かず、自分が飲んだ分をきっちりと計算して財布に入っていたレシートの裏に書き込み、「そのうち必ず返すから」と言って樹の手の中に押し込んだ。智沙は樹に怒鳴りつけられてからずっと口をへの字にして押し黙っていて、解散する際も「じゃあ」と誰にともなく短く告げただけだった。案外、機嫌を損ねたというより、樹の怒号に怯えているだけなのかもしれない、と利幸は思った。

　車を出してスイカを買い足しに行ったのも、おそらく湯川だったのだろう。母親からその名を聞いてすぐに、利幸は合点がいった。利幸が湯川だと思っているその人物が、子どもたちに一度でも強圧的な態度で臨んだという記憶はなかった。スイカ割りの騒動の際も、大人としてひと声怒鳴りつければ一瞬で全員を黙らせることができただろうに、そういう形で事態を収拾することができないタイプの人間だったのだ。

「それでどうなん、書けそうなん、その手記は？」

母親にそう訊かれて、利幸は「うん……」と生返事するよりほかになかった。

さっきのように、ほかのメンバーと一緒に漫然と思い出話を語っていれば、それが刺激になって利幸もなにがしかのことを思い出せそうだったが、独力で記憶を呼び戻そうとしても、それはすぐに行き止まりに突き当たってしまう。メンバー同士でキャンプのことを話すのは不正行為の原因になるから「アウト」だとする智沙の主張にも一理あるが、これ以上、一人でどれだけ思い出そうとしても、はかばかしい成果が得られるようには思えない。

浮かない顔をしている利幸に、母親が「そうそう」と言いながらなにかを差し出した。

「これ、さっきあんたが説明会に行ってる間に探しといたんよ。あんた、こういう写真とか全部うちに置いてったたっしょ」

それは、DPEショップなどに写真の現像を頼むと無料でくれるポケットアルバムだった。デジタルカメラが普及してしまってからは、めったに見かけることがなくなった代物だ。最近では、写真といえばデジカメどころか携帯電話で済ませてしまう。紙の表紙を開くと、長年の間に湿気で貼りついてしまっていたページがペリッという音を立てた。

サマーキャンプのときの写真だということはすぐにわかった。あばらが浮くほど華奢《きゃしゃ》な水着姿の利幸自身が、戯けた顔を作っている和彦と並んで、両足を砂まみれにして座っているカット。花火を手にして驚いたような顔をしている利幸を捉えたものもあり、その背後には、現在のチンピラとしての風貌を早くも先取りしているガラの悪い人相の樹が半分ほど写り込んでいる。

「こんな写真あったんだっけ」

「そうよ、せっかく山浦先生が焼き増ししてくれたのに、あんた、どうでもいいとか言ってろくに見もしにゃあでほったらかしにしてたから、私が保管しといたんよ」

推察するに、これらを撮影したのも湯川だったのではないか。湯川自身が一緒に写っている写真が見当たらないことから考えても、その可能性は高い。もともと利幸が写っているものだけ選《よ》り分けてあったのだろう、アルバムに写真は全部で十二枚しかなく、埋もれてしまっている記憶を取り戻すに際してはさして役に立ちそうもなかった。ただ、最後のページにあった、別荘を背景に全員で撮影した記念写真風のカットには、思わず注意を惹き寄せられた。

中央に立って、両隣の樹と和彦の肩に軽く手を置いているポロシャツ姿の男が山浦だ。記憶にあるよりもずっと若々しく見える。顔の下半分を覆う鬚に白いものが混ざってはいるものの、「老人」と呼ぶのは少し失礼に当たるかもしれない。

「その太ってる子が、大貫さんの娘さんでしょ。かとれあ会を大貫さんちでやったときとか、何度か会ったことあるけど、ちょっとかわいそうなくらい太ってたら？　そんで、陰気な子だった。今でもそんな感じ？」

写真を覗き込んでそう言う母親に、「いや、今は……」とあいまいに答えながら、利幸は今日子の姿を目で探していた。今日子は、「かわいそうなくらい」太った智沙と並んで向かって左端に立ち、「笑って」と言われるままに作ったような行儀のいい笑顔でカメラに相対している。とっさにわからなかったのは、それが記憶にある姿よりも野暮ったくて生彩を欠いていたからだ。当時は、近寄りがたい美少女と思っていた。だからこそ、その後春海中学に上がってからは一方的に憧れていたのだし、高校生になって二人で遊びに行くほどまで接近したときはものすごい快挙を成し遂げたような気持ちだったのだ。

美少女といっても実際にはこの程度だったのか。利幸は、そんな風に意外に思うと同時に、きっと問題は純粋な見かけだけではないのだろう、と考えていた。人の記憶に残るのは、往々にして、数値化できるような客観的なデータそのものではなく、それが放っている「印象」の方である。当時の今日子は、「近寄りがたい美少女」だと利幸に感じさせるだけのなんらかのオーラのようなものを身にまとっており、その「印象」だけが利幸の記憶に刻印されていたのだ。そしてそういうオーラは、現在の今日子にも変わらずに備わっている。ただ、物腰が垢《あか》抜けたり、効果的なメイクのテクニックを習得したりすることによって、純粋な見かけと「印象」との間の距離が縮まっただけなのだ。

反対側の端、利幸自身の隣に立っている人物の姿には、見覚えがなかった。成人女性である。レモンイエローのノースリーブシャツに、白い膝丈のタイトスカートを身に着けている。前髪にウェーブをつけてうしろに流し、サイドだけをまとめてバレッタかなにかで留め、残りの毛はストレートにして背中に向けて長く垂らしているという、いかにも当時風のヘアスタイルだ。眉も、今の基準からするとちょっと考えられないくらい太い。そのせいで年齢が読み取りにくいが、公平に見て美人に属する方だし、おそらくまだそれほど薹の立った年齢ではなかったのだろう。二十代なかばといったところか。

「これ、誰だと思う？」と母親に訊ねても、「さあ」と首を傾げるばかりである。ほぼ同じ構図の写真がもう一枚あって、そちらにはこの女性は写っていない。かわりに同じ位置に立っているのは、黒っぽいTシャツにジーンズの痩せた男だ。それは、記憶の中にある「湯川」のイメージとほぼ一致した。おそらく、女性が写っている方は湯川が撮影し、記念写真だからということで、二枚目は女性がカメラマンを買って出たのだろう。女性は、湯川と同じく、ほかの写真には姿を現していない。存在を思い出せないことから推測すると、この撮影のときだけ居合わせたのかもしれない。しかし、だとするとどういう立場で？

女性が誰であるかを思い出せないことは利幸を落ち着かない気持ちにさせたが、写真を眺める視線は移ろって、やがて利幸自身の左隣の少年に行き当たった。

「あ、これが志村か」

独り言のようにそう言うと、母親が「え、どの子？」と首を突き出してきた。

「いや、このキャンプの後、事故で死んだっていう奴がいて。あんまり覚えてねえんだけど、消去法で行くとこいつがそうかなって」

「ああ、この子、たしかお母さんに連れられて来てた子でしょ、集合場所に」

「そうだった？　俺は、自分がお母さんに引率されてたこと自体覚えてねえくらいだから」

「なんかね、お母さん、ばかに咳き込んどって、やつれた感じの人だったけど、この子のことえらく心配してたよ。頼りにゃあところがあるんで、キャンプでよく鍛えてやってほしいとか言って、湯川さんに何度も何度もよろしくお願いしますって。私にまでよろしくとか言ってた。私に言ってもしょうがにゃあのにねえ。でも、死んじゃったなんて……」

写真の中の志村宏弥は、体つきにどこかアンバランスなところのある小柄な少年である。チェックの半袖シャツの裾をきっちりとジーンズにたくし込んでいるさまが、そのアンバランスさをさらに際立たせている。顔立ちそのものはいたって平凡で、特に描写できるような特徴もないが、その表情にはなにか、うまく言葉にできない特異なものがある。一人だけカメラから視線を逸らしていることが、そう思わせるのかもしれない。自分がなぜそこに立たされ、カメラの方に体を向けさせられているのかをまるで理解していないかのように見える。「頼りない」というよりは、「心ここにあらず」といった方が適切に思えるたたずまいだ。

その姿に見覚えがあるかどうかといったら、「あるようでもあり、ないようでもある」としか利幸には答えようがなかった。しかし、「こういう雰囲気を持つだれかが、三泊四日の間、たしかに一緒にいた」という感覚だけは、それまでよりも格段に手触りのしっかりしたものとして浮上してきていた。

お風呂に入るのは体を清潔にするためなんだ、お湯に浸かっても体は清潔にならないから意味がないんだ。

それを言っていたのは、たしかに宏弥だった。この顔の少年が、この写真と同じ表情のまま、そう言っていた。利幸は突然そのことに確信を持ち、そしてこの少年がすでにこの世にはいないのだということをあらためて意識して、なにか背筋が寒くなるものを感じた。

そのとき、ジーンズのポケットの携帯電話が振動した。利幸には、それがまるで霊界の宏弥からのメッセージのように感じられて思わず身を竦ませたが、ディスプレーには「鷲尾樹」の文字が表示されていた。少なくとも説明会の件が片づくまでは、と思って、不本意ながら番号を登録しておいたのである。

ほっとしたような、同時にうんざりしたような気持ちで、利幸は通話ボタンを押して携帯を耳に宛った。

3

「なんか今日は、久しぶりに人間らしく一日を終えられそうな気がするよ」

実家に泊まっていくという疋田利幸を見送った後、金谷和彦がぽつりとそう言った。

「だれかと飲んで昔のことしゃべったりとか、そういうのずっとなかったから」

「大げさだら、ガネトン」

そう言って笑いながら、鷲尾樹はこの古い友人を心底不憫《ふびん》に思った。日ごろ、どれだけ不毛で孤独な毎日を送っているのだろう。樹自身、思い出話に花を咲かせているところを大貫智沙に遮られて消化不良に陥っていたこともあり、せめてもう一軒は回らないことには気持ちに収まりがつきそうになかった。

「だったら、もう一軒行くら。おみゃあ、飲み足りにゃあら？」

自分からそう提案しておいて、樹は考え込んでしまった。店で飲めばまた和彦が、払えるあてもないのに「今度返す」と言い張るだろう。気兼ねなく飲むにはいっそ実家に連れていくという手もあったが、狭い団地に客を誘い込むのは抵抗があった。

2LDKに、母親と下の妹の瑠波、下の弟の芽駆の三人がごみごみと身を寄せている。十八になる瑠波は曲がりなりにも県立の商業高校に通っているが、その二つ下の芽駆は部屋をひとつ独占して引きこもり状態である。帰省の折に、かつて父親代わりとなって育てた当事者として、ふざけたまねをするなと殴ったこともあるが、その後も態度を改めていないと母親から聞いている。母親は年頃の瑠波にもうひとつの部屋を与え、自分はダイニングで身繕いをして、寝るときだけ申し訳なさそうに瑠波の部屋に敷いた蒲団《ふとん》に潜り込む。

その同じ2LDKに、かつては樹と勝斗と咲季を加えた計六人がひしめき合っていたのだ。弟妹たちはまだ体が小さかったとはいえ、いったいどうやって暮らしていたのか今では想像もつかない。当時は、狭いから恥ずかしいといった気持ちは不思議と湧かず、学校帰りにためらいもなく友だちを呼び入れたりしていた。和彦もその一人だ。ただ、かつての担任教師・日比野の言葉を借りるなら「もういい大人」である今は、さすがに体裁ということを否応なく意識してしまう。

「そうだ、いいとこある。ついてこい」

そう言って樹が和彦を連れていったのは、母親が経営するスナックだった。似たようなたたずまいの何軒かの小さな店と軒を連ねて、夜の闇にひっそりと沈み込んでいるように見えるその店の入口には、紫の地に黄色の文字で「Ｐｕｂ　蘭」と綴《つづ》った看板が立てられている。

この屋号は、結婚当時に父親が連れていた猫の名前「ラン」を少し気取って書き換えたものだと聞いている。その父親は、樹が十歳のとき、芽駆を身ごもっている母親を置いて家を出ていき、今では行方も知れない。

家族を捨てた父親の居場所を突き止め、何も言わずに半殺しの目に遭わせる夢を、樹はいまだにときどき見る。父親の思い出と結びついているようなこんな店名は変えた方がいいと何度言っても、母親は聞き入れなかった。この名前でなじんでいるお客さんがたくさんいるから、というのがその理由だったが、あんなひどい男でも未練を捨てきれずにいる母親を見るようで、樹はこの看板を目にするたびに不愉快な気持ちになる。

それに、店に顔を出すと母親は例外なく樹を息子として歓待し、代金も取らずにあれもこれもと酒やつまみを用意してくれてしまう。それがかえって気づまりなのもあって、こちらに戻ってくることがあっても普段はあまり寄りつかないようにしていたが、今回はかえってそれが好都合だった。母親は、息子の友人である和彦からも、代金を取ろうとしないだろう。

母親の店だと言うと、和彦は一瞬、ためらうようなそぶりを見せたが、ドアノブを摑みながら背中を押すと、それ以上は抵抗しなかった。

「あら、ガネトンくんじゃにゃあの。って、あたしがそんな呼び方したら失礼やね。えーと、金谷くんだっけ?」

「どうも、ご無沙汰です」

カウンターの向こうからあいそよく声をかけてきた樹の母親に向かって、和彦はぎこちなく挨拶を返した。その笑顔はあいかわらず無理に作ったような硬いものだったが、いくらかアルコールが入っているせいか、居酒屋に最初に姿を現したときよりは和らいでいる。

「どうだった、説明会」

母親は樹に視線を転じて、待ちかねた受験の結果を訊ねるような口調でそう言った。

「もらえそうなん、遺産」

「そういうこと、あんまできゃあ声で言うな」

樹が顔をしかめ、ひそめた声で注意すると、母親は「あ……」と言いながら掌で口を覆った。そして、たった今の自分の失態をごまかそうとするかのように、スツールに腰かけていた商店主風の男に向かってことさらに大きな声で言い添えた。

「息子なんよ、浜松からたまたま帰ってきてて」

「へえ、息子さん」

そう言いながら樹の方に頭を巡らせた客は、顔に浮かべていた笑みを一瞬で消し去り、竦めた首で曖昧《あいまい》に会釈だけしてすぐに目を逸らした。面識のない相手のこうした態度には慣れているが、こちらが威嚇する意志も持っていないときにむやみに怯えた様子を示されると、樹は苛立ち、機嫌が悪くなる。

「あとで話すから。とりあえずビールと、適当につまみを」

それだけ母親に伝えると、樹は隅の方の空いているテーブル席に勝手に和彦を座らせた。土曜の夜だというのに、どうせ店はすいていて、カウンターの男と、奥のテーブル席に着いているサラリーマン風の二人連れを除けば客もいなかった。二人連れは、三十を過ぎたくらいの肌荒れの目立つ女が接客している。ときどきアルバイトで来ている、昼間はＯＬだという女だろう。

ひとまずキリンラガーの大瓶を開けて、乾きものや母親手製の少々茹《ゆ》でが足りないポテトサラダをつつきながら和彦ととりとめのない話をしていたら、ほどなくしてカウンターの男が「今日はもう帰るわ」と言って立ち上がった。突然現れたママの「息子」の風体に怖《お》じ気《け》づいたのかもしれないが、樹の知ったことではなかった。痛む腰を庇うような老女じみた姿勢で男をドアのところまで送りに出て、「また来てね」と張り上げた母親の声が、酒とタバコで喉を焼いた年増女特有のいがらっぽさを帯びていることに気づいて、樹は少し悲しくなった。

これで邪魔者はいなくなったと言わんばかりに、母親はいそいそと水割りのセットを携えて樹たちのテーブルに着いた。

「これ、来なくなっちゃったお客さんの流れたボトルだから、飲んで」

そう言いながら三分の一ほど残っている角瓶から三つのグラスに手際よくウィスキーを注ぎ、「乾杯！」と言って自分もひと口啜ると、さっそく説明会の詳細報告を息子に求めた。金額を耳にすると、案の定、「三十一億！」と奥のテーブルの面々が驚いて振り向くほどの声で叫んで目を丸くしたが、樹に再び窘《たしな》められてしゅんと肩を落とした。

何年か前に観た、実話に基づいているというテレビドラマのことが樹の頭にはあった。ロト6で三億何千万円だかを当てたうだつの上がらないサラリーマンが、周囲に群がってきた連中に騙されたりいいように利用されたりして結局スッカラカンになってしまう、というような筋だった。主人公の無防備さも愚かしいと思ったが、彼にハイエナのようにつきまとう連中の心理も、樹には理解できた。三億でそのざまなのだ。桁がさらにひとつ上となったら、どんな胡乱《うろん》な連中が食指を動かして湧いて出てくるか知れたものではない。

もっとも母親も、樹が遺産を受け取れると決まったわけではないこと、その前にまず手記を書いて提出するという大きなハードルがあることを聞くと、自然に声のトーンを落としはじめた。

「そうすると、金谷くんがそのラッキーな人になる可能性もあるんだら？」

「ま、俺じゃにゃあと思いますけど」

「でもよ、結果として誰が山浦のじいさんのお気に入りだったとしても、まずキャンプのときのこと思い出さなきゃ意味にゃあじゃんか。俺、おみゃあと話しとったらすげぇいろいろ思い出してきたよ。ぜってぇみんなでキャンプのこと話した方が思い出せるって。それを大貫のやつが……」

「大貫って、かとれあ会の大貫さんの娘？」

智沙が妙な禁令を一方的に押しつけてきたいきさつを樹が語ると、母親は露骨に顔をしかめた。

「ああ、あの親にしてって感じね。お母さんの方も押しつけがましい人だったから。でも、娘の方はどっちかというと気が弱そうな感じじゃなかった？　あの太った子でしょ」

「それがしばらく見にゃあうちに体型も性格も変わっちまったみたいで。な」

樹はそう言って同意を求めたが、和彦はあいまいにうなずいただけだった。

「ね、こういうのはどう？」

会うたびに銘柄が変わっているメンソールの細いタバコをくゆらせながら、母親が若い娘のように浮き立った声で提案した。

「みんなで話した方がいいことはいいんだけど、そのうちの一人しかもらえにゃあんだったら不公平になるっしょ。キャンプのこと思い出すのにおたがいに協力し合ってんだもん。だから、山浦先生の言う〝或る事〟をしたって人がまず全額もらうのはいいとして、その人がほかの人たちに、協力してくれたお礼として一だけ払うの。三十一のうちの一だけ。そうすると、えーと、全部で五人いるんだから……？」

　母親がわざと「億」を外して言っているのは、樹にも了解できた。

「なるほど！　一ずつが四人で四、残り二十七が〝或る事〟をしたやつの取り分ってわけだな。それでも十分じゃんか。文句は言えにゃあよな。ほかのやつも、一だってもらえにゃあよりははるかにいいしな。母ちゃん、アッタマいいな！」

　得意げに顎を上向かせながら煙を吐き出す母親の斜め前で、和彦だけが話についてこられずにきょとんとした顔で二人の顔を見比べている。樹は笑いながら身を乗り出してその肩を叩き、「おみゃあ、反応遅すぎ！」とからかった。一瞬遅れて和彦が、「ああ、やっとわかった」と笑顔になった。

「それ、すごいいい案だと思う。最低一もらえるんなら頑張ろうって気になるし。大貫もそういうことなら〝アウト〟とか言わなくなるんじゃにゃあのか」

　思わぬ妙案の出現にすっかり気をよくした樹と和彦は、これでもう一億円獲得は堅いと思い定め、しばし漫然とした思い出話に興じた。途中で常連らしい工員風の二人連れが入ってきて母親は席を外したが、気兼ねなく話すにはその方がよかった。自分がトイレに一回行く間に和彦が三回も行くことは少し気にかかったが、機嫌がよさそうなのでそのことには触れずにいた。

「そういやガネトン、サッカーはもうやってにゃあのかよ。プロ目指すとか言ってたじゃんか」

　樹は、キャンプにも自分のボールを持参して暇さえあればリフティングしていた和彦の姿を思い出し、なんの気なしにそう訊ねた。口に出してしまってから、現在和彦が置かれている状態を思い出して、場違いな質問だったかもしれないと思った。思い出話をしていたせいで、和彦が春海中学サッカー部のエースだった時代からそれほど時が隔たっていないかのような錯覚を一瞬起こしていたのだった。

「いつの話してんだよ」

　案の定、和彦は皮肉っぽく口を歪めただけだったが、気を悪くした様子はなかった。

「懐かしいな、そんな時代もあったよな。でも俺、高校のサッカー部が弱小でさ、なんか虚しくなってそれっきり……。そのうち俺も就職できなかったり、家の酒屋がつぶれちまったりして、それどこじゃなくなっちまって。エスパルスも最近パッとしにゃあし、なんかサッカーはもういいかなって」

「人生、なかなか思いどおりには行かにゃあよな。俺もいろいろあったよ、中学出てからこっち」

「そうそう、これ、訊いていいのかどうかわかんなかったんだけど……おめえ、入ってたんだよな、少年院」

　そう言いながら和彦が、たてつづけに火をつけて吸っているタバコに咳き込んだ。樹は「おう」と言って苦笑いしながら、一瞬言葉に詰まった。

「いや、いいよ、話したくねえんだったら」

「話すほどのことじゃにゃあんだよ。つまんねえもんいくつか盗んで保護観察になってる間に、またちょっと人ボコっちまってさぁ……」

　入学した偏差値四十台の工業高校は、教師が言うところの「問題行動」が重なって、一年生を終えるのを待たずに退学処分になっていた。中卒を受け入れてくれる職場はほとんどなく、製麺所や卸売市場で短期間だけ働いたが、朝が早くて激務なわりに給料は雀《すずめ》の涙ほどしかもらえなかった。まじめに働くのがばかばかしくなって、高校時代の仲間と組んで窃盗を働いた。国道沿いの、警備が甘いカー用品の店などを狙い、夜中に忍び込んで持ち出した商品をネットで転売したのだ。商品のシリアル番号からやがて足がついて逮捕された樹は、十六歳にして初めての審判を受け、保護観察処分に付された。

担当になった保護司は空手の道場を開いている五十代の男だったが、樹に言わせれば「金八先生の観すぎ」で、なにか勘違いしているとしか思えない人物だった。「おたがい肚《はら》割って話さなきゃ何もわからんじゃないか」とか、「君が憎くてこんなこと言っとるんじゃない」などと言っている姿を見て、「酔っている」と樹は感じた。日比野の方が、よっぽど自分のことを理解してくれると思っていた。保護司を自分から指定することはできないのだろうか。もしそれが可能なら、まちがいなく日比野に白羽の矢を立てるのに、と。

世の中は世紀末ブームで沸き立ち、ノストラダムスの大予言が的中するかどうかと騒いでいる連中もいた。いっそ予言どおりに世界が終わってしまえばすっきりするだろうと樹は思っていた。なにもかもがうまくいかなくて、やたらとむしゃくしゃしていた。しかし「七の月」になっても恐怖の大王はどこにも現れず、おもしろくもない日常が淡々と続いていくだけだ。樹はゲームセンターでささいな言いがかりをつけてきた大学生をその場で叩きのめし、床に沈めてからもなお腹部に蹴りを入れつづけて、全治六ヶ月の重傷を負わせた。処置が少しでも遅かったら命を落としていたところだとあとで言われた。家庭裁判所は、保護観察中の非行という点を重く見て、樹を中等少年院に送致した。

少年院は「刑務所」とは違う。入院措置は「刑罰」ではなく、あくまで少年を健全な更生に導き、退院後のまっとうな社会生活へスムーズにつなげるための保護的な措置なのだ。そういう意味のことをくりかえし家裁の調査官に言い含められたが、樹には違いがよくわからなかった。およそ一年半にわたる入院生活は、想像していたほどつらくはなかったが、「被害者の気持ちになってみる」というテーマで何度も作文を書かされたのには心底うんざりさせられた。いくら考え直しても、言いがかりをつけてきた大学生の方が悪いとしか思えなかった。今まったく同じ状況に置かれても、自分は同じ暴力を働くだろうと思った。被害者の大学生は一命を取り留めたが、仮に死んでいたとしても、それで樹の悔悟の念がより深まったということはなかっただろう。

そして退院後、自分が「保護」されているという実感を抱けることはついになかった。どう言いくるめたところで、社会は樹を「前科者」としか見ない。入院前よりもはるかに、仕事は見つけづらくなっていた。ただ、樹の仮退院とたまたまほぼ同時に施行されていた改正少年法は、あきらかに厳罰化を志向したものだった。十六歳以上で故意に人命を奪った者は、原則として刑事処罰を受けることが決められた。自分は十分にその射程内に入っていると思った。入院前と同じ保護司のもと、樹は不本意ながら、言いつけられたくだらない遵守事項を守り、他人となるべく衝突しないで生きていくコツを学んだ。

規子の妊娠が発覚し、結婚して浜松へ移ったのも、秋川に拾われてフォール・リバーで働くようになったのも、その後の話である。秋川が某広域暴力団の傘下組織に名を連ねていることは知っていた。本人が樹にそれを明かさなくても、そういうことはどこからともなく耳に入ってくるものだ。そして樹は、秋川が誘いをかけてきさえすれば、その世界に足を踏み入れることにさして抵抗は感じなかっただろう。

最初の窃盗で逮捕されたそのときから、まっとうな生き方をしているかぎり永遠に浮かばれないことが運命づけられていたのだと樹は感じていた。いやあるいはそれは、教育者を名乗るあの連中が、樹をこれ以上高校という教育機関に置いておくことができない理由をしたり顔であげつらったそのときから始まっていたことなのかもしれない。

しかし今のところ、樹を自分の世界に引き入れるという考えは、秋川にはないようだ。樹はそのことに漠然とした不満を覚えながら、自分がぎりぎりのところで踏みとどまっていることに安《あん》堵《ど》を感じてもいるという中途半端な立ち位置にあった。その中途半端さこそが、自分を苛立たせているのかもしれないと思うこともあった。ただ、山浦の遺産が手に入れば、まちがいなく状況は変わる。秋川自身にも劣らぬ「力」を、再びこの手に収めることができる。一億だけだったとしても、これまでとは大違いだ。

樹はそういう意味のことを和彦に語ろうとしたが、いざ言葉にしようとすると、うまくまとめることができなかった。だから樹はただ笑って、「ほんと、話すほどのことじゃねえんだ」と繰り返すにとどめた。和彦も、それ以上問いただしてはこなかった。

母親が持ってきたボトルを空にしたあたりで、さっきの案を実行に移すなら、早めに手を打っておいた方がいいと和彦が言い出した。今は東京を引き揚げてこっちに住んでいるという智沙はともかく、東京の利幸や神奈川の今日子とは、そうちょくちょく顔を合わせることができない。山浦が「別紙」で指定する正当な「受遺者」が五人のうちの誰であるかが現時点で判明していない以上、この案は、全員の賛同を得て全員で進めなければ意味がないという。もし、参加していないだれかがその人物だったとすると、それ以外のメンバーには真相究明に「協力」したという事実さえ残らず、分け前に与《あずか》れないことになるからだ。

「それもそうだな、よくそこまで頭が回るな、ガネトン」

「別にそう難しいことじゃねえら。大丈夫か、タッちゃん」

和彦に訝《いぶか》るような目で見つめられて初めて、樹はかなり酔いが回っていることを自覚した。もともと、アルコールはそれほど強いわけではない。フォール・リバーでも、妙に気前のいい客に何杯も奢られているうちに、気分が悪くなって仕事が続けられなくなったことがある。樹は、焦点が定まらなくなっている目でまず大貫智沙の番号を探り、コールボタンを押した。

「そんなの、私の知ったことじゃにゃあよ。やりたいならやりたい人たちだけで勝手にやればっ?」

智沙の回答はそれだった。「なんだ、あの女！」といきり立つのを和彦になだめられ、気を取り直して今度は利幸に電話したら、こちらは脈のありそうな反応だった。明日の午後、東京に帰ると言うので、その前に三人でもう一度会えないかと持ちかけてみた。

「うるせえ大貫もいねえしさ、三人でいろいろ話してたらまたいろいろ思い出すんじゃにゃあのかって」

「タッちゃん、それは無理だら。俺、明日も朝早くから仕事入ってるし」

かたわらから和彦が口を挟んだ。

「え、そうなん？　それを早く言えって！」

そう言って和彦の肩を叩いているうちに、利幸との通話は途絶えていた。舌打ちをしている樹に、今日はもう帰ると和彦が言った。もっと飲もうぜ、と引き止めたところまでは覚えているが、そこから先の記憶はあやふやだった。気がついたら、市役所からさほど離れていないエリアに密集しているラブホテルのひとつの消臭剤くさいベッドに半裸で横たわっていた。和彦とはどこかで別れたらしかった。

目覚めたのは、フロントからの電話で呼び出されたからだ。もう十時だが、延長するのかどうかという内容だった。部屋には電気が煌々《こうこう》と灯《とも》されていたので時間がわからなかったが、とっくに朝になっているようだった。ホテヘルの女のサービスを受けたような記憶がかすかにあった。母親には実家に泊まると伝えてあったが、ダイニングのテーブルを横倒しにして母親が敷いた来客用の蒲団に寝る気になれなかったのだろう。

すぐに出る、とフロントに伝え、痛む頭を押さえながら服を身に着けている間に、ベッドサイドに置いてあった携帯がメロディを奏でた。店を任せてきたアツシからだった。

「昨夜も何度か電話したんすけど」

「おう、悪かった。ちょっと飲みすぎちまってさ、死んだみてぇに眠ってた」

「鷲尾さん、まずいっすよ。昨夜、秋川さんが店に来て……」

「チッ、マジかよ」

フォール・リバーの仕事をアツシに任せることは、秋川の許可を取らずにやっていることである。それにしても、めったに店には顔を出さない秋川が、なぜ狙い澄ましたようにこのタイミングで現れたのか。

「怒ってましたよ、秋川さん。すぐ電話した方がいいと思いますけど」

「わかってる。すまんな、おみゃあも叱られたら？　とにかく、すぐ電話すっから」

樹は大きくため息をつき、秋川の番号を表示させたが、すぐにコールする気になれず、ベッドサイドを探ってタバコの箱を摑み取った。しかし、中身は空になっていた。樹は箱をくしゃくしゃにつぶして、壁に叩きつけた。フロントからの電話がもう一度鳴った。

第4章　志村宏弥という少年

1

六月中旬のある土曜日、疋田利幸は、アパートの部屋で一人、多幸感に包まれて口元を緩めていた。事情を知らない者がその姿を見たら、頭のネジが一本外れて妄想の世界に漂い出している人間のように見えただろう。今にも雨が降り出しそうな空模様なので窓の外はやや薄暗いが、まだ五時にもなっていなかった。そして少し前まで、この部屋には矢口真名美がいたのだ。それも、昨夜渋谷で会ったときと同じ服装の真名美が。

昨夜、真名美は、利幸の見ているその前で母親に携帯で電話して、友だちのところに泊まると嘘をついた。そして、親元だと泊まった翌日には夜になるまでにいったんは帰宅しないとうるさいから、という理由で、ついさっき、真名美は帰っていった。

さして大きくはない映像ソフト販売会社に勤める真名美は残業や休日出勤も多く、思うほどデートをする機会も持てずにいた。それを思えば、初めて二人で遊びに行ってから一ヶ月で体を交えるところまで持っていけたのは、かなり順調と見てよかった。着痩せするタイプなのか、裸にすると意外に豊かな乳房。掌に吸いつくような柔らかい内ももの感触。苦痛に歪むかのようにかすかにひそめられた眉。控えめだが十分に利幸を興奮させる、耳もとの荒い声。それを反芻《はんすう》していると、どうしても顔がにやついてしまう。

そのとき、隣家の瓦屋根に一羽の黒い鳥が止まっているのが見えた。おそらくカラスだが、なにか別の鳥なのかもしれない。いつからそこにいたのかはわからない。さっきから窓の外に目を向けていたから、視界には入っていたものの、意識がそこに焦点を結んではいなかったのだろう。黒い鳥は、なにか考えごとでもしているかのように小首を傾げてから、嘴《くちばし》の先で羽を軽く繕うと、瞬く間に飛び去ってしまった。

なにか愉快でない、不穏な思いが頭を過った。それがなんであるのか、利幸は考えたくなかった。それをはっきりと見定めた途端に、今の自分が浸っているこの生温《なまぬる》い幸せな気分がだいなしになってしまうことが本能的にわかっていたからだ。しかし、そこから目を背けようとするのが一瞬だけ遅かった。

昨夜、もしも山浦の遺産のことを明かさなかったとしたら、それでも真名美は自分に体を任せただろうか。

真名美との間で遺産のことを話題に出したのは、昨夜が初めてだった。知り合って間もない、しかもこれから恋仲になるかもしれない微妙な間柄の相手に、不確かなことをむやみに話すのはどうかと思っていたからだ。しかし昨夜は、アルコールが入って少々気が大きくなっていたし、二軒目に入った照明の薄暗いバーの大人びた雰囲気に呑まれていた。

「最低、一億は手に入るかもしれない」

鷲尾樹の提案を念頭に置きながら利幸がそう言うと、真名美は口をあんぐりと開け、興奮した口調で詳細を訊ねてきた。

「三十一億全額もらえたら、ビバリーヒルズに豪邸が建てられるけど、一億だけでも目が眩んじゃうな。でも、そしたらやっぱり、合コンのとき言ってたみたいに、ユニセフに全額寄付するつもり？」

「あれは冗談だよ。そのあと、真名美ちゃんの捨て犬ランドに出資するって言ったじゃん」

戯《ざ》れ言《ごと》のようにそう言いながら利幸は、自分が実際にはそれを国連団体に寄付するつもりも、人の夢を実現するのに遣うつもりもさらさらないことに気づいた。何に遣うかをとっさに思い描くことはできなくても、それはあくまで自分の財産であり、自分自身のために遣うことになるだろう。自分の中に知らぬ間に訪れていたその変化に利幸は動揺し、不用意に真名美に経緯を明かしてしまったことを一瞬悔やんだ。さりげなく話題を変えた利幸は、酔いに任せて、話題を変えたという事実自体を忘れた。

しかし、素面《しらふ》に戻ってからその後のなりゆきを思い返すと、すべてが疑わしく思えてくる。捨て犬ランドの話を真名美が真に受けたとまでは思わない。ただ、誘われるまま利幸の部屋に泊まっていいかどうかという判断を下す際に、相手が近い将来大金を手に入れる見込みがあるという情報がなんらかの影響を及ぼしてはいなかったか。そのように疑うことは、真名美にさもしいところがあると見なすことである。それ自体が自分自身のさもしさであるような気がして、利幸は不愉快な気持ちになり、CDコンポのスイッチを入れて音楽で気を紛らそうとしたが、芽生えてしまったその考えを完全に拭い去ることはできなかった。

昨夜二人分の汗を吸ったベッドに中途半端に横たわり、なかば目を閉じて物思いに耽《ふけ》っていたので、テーブルの上の携帯電話が鳴っていることに気づいていなかった。トイレに行こうとして立ち上がったときに、ディスプレーが点滅しているのに目を留めた。フラップを開いたら、二件も着信があった。ひとつは真名美からのメールで、「楽しかった。次にいつ会うか約束するの忘れてた」という内容、もうひとつは電話で、「不在着信」扱いになっていたが、発信元は江見今日子だった。説明会の別れ際におたがいの連絡先を交換し合っていたのだ。

今日子が自分に電話をかけてくる理由が、とっさにはわからなかった。遺産獲得レースにもあれほど冷淡だった今日子が、その件に関してなにか相談してくるとも思えないが、およそ十年ぶりに再会した利幸個人に、婚約者のある身で興味を持つという線はもっと考えづらい。利幸は、真名美への返信はなんとなくあとまわしにして、まずは折り返し今日子に電話してみた。

「あ、疋田くん？　ごめんね、突然電話なんかして。今、大丈夫？」

「大丈夫だけど……どうしたの」

「あのね、こないだの遺産の件、その後どうなったのかなってちょっと気になって……」

そう言っていったん今日子が口を噤むと、もう何も聞こえなくなった。まったくの無音である。思わず「もしもし？」と問いかけると、「あ、うん、聞こえてるよ」と返ってきた。まるで、何も存在しない真空状態のどこかから声だけが発生してこちらまで届けられているかのように感じられた。利幸はCDを止めて、ベッドに腰かけながら言った。

「気になるって、興味なさそうだったじゃんか」

「うん、ただ、あのときは私もちょっとかたくなっていうか、取りつく島がなさすぎる態度だったかなって。遺産はあいかわらず特に欲しいとは思わないんだけど、私が積極的じゃないせいでみんなが迷惑してるんだとしたら悪いなって」

「迷惑ってことはねえけど……」

「だからとにかく様子を知りたいと思ったんだけど、あの中では疋田くんがいちばん話しやすいというか、話がまともに通じそうだし、それに鷲尾くんとかの連絡先、知らないし」

「実を言うと、鷲尾から言われてるんだよ。江見と連絡つくなら俺っちに加わるように言えって」

「加わる？」

　問い返す今日子に、利幸は鷲尾樹に提案された内容を簡潔に説明した。キャンプの詳細を思い出すためにメンバーで集まって話し、そのかわり、結果として三十一億を手に入れた者がそれ以外のメンバーに「協力費」として一億円ずつ配布する、というものである。参加メンバーが増えれば増えるほど遺産獲得の確率も高まる上に、誰にとっても損な話ではない。大貫智沙はすべてを独り占めするつもりなのかにべもなく不参加を表明してきたが、今日子ならまだ脈があるのではないか。樹はそう言った。

「ああいう優等生タイプってのは、意外と押しに弱《よえ》えんだ。しつこく言ってるとたいがい根負けするんだって、いやマジな話。俺の経験から言うとな」

　どんな「経験」を念頭に置いてそう言っているのだろう。そうやって今まで、どれだけの人間に言うことを聞かせてきたのか。結局、上履きの底で人の顔を平気で踏れるような人間は、三十歳が近づいても本質的に似たような方法で他人を踏みにじり、自分の欲を通そうとするのだ。不意に再燃した嫌悪感にあと押しされるように、利幸は「連絡先がわかるかどうかはわからない」と答えてしまった。そうでなくても、今日子がこの話に乗ってくるとは思えなかったし、興味がないとはっきり言っている人間に無理強いする形になるのは本意ではない。

　ただ、利幸自身はこの話に加わっていたし、今日子を引き入れた方が格段に有利にことが運ぶであろうこともわかっていた。今日子は、説明会の会場でみんながとっさに思い出せなかった宏弥のことも覚えていたようだし、概して発言が客観的で信頼できるような気がした。参加するように説得するだけしてみるべきだろうか、と迷いながら、連絡しあぐねていたのだった。

そうした内面の葛藤などを省略した利幸の説明を聞き終えると、今日子は少し呆れたように笑いながら、「いろいろ考えるね、鷲尾くんも」と言った。

「私は、悪いけど加わる気にはなれないな……。で、三人はもう何度か会って話したりしたの？」

「うん、まだ一度だけだけど、先週の土曜日に向こうに行って三人で会った。俺は土日じゃねえと動けねえし、でもガネトンは、土日でも仕事入ることが多いみたいで、なかなか時間を合わせられねえんだけど。鷲尾も夜は仕事だとかで早めの時間に集まらなきゃなんねえし、俺が向こうに行くのがなぜか当然ってことになってて交通費もばかにならねえし、なんだか俺だけ割りを食ってるような……」

利幸は冗談めかしてそう言ったが、実際、この件に関しては不公平に感じる点が少なくない。三人でキャンプのことを話せばたしかに連鎖反応的に多くのことを思い出すことができたが、樹も和彦も、それを適宜に記録したりまとめたりすることにはまったく無頓着だった。行きがかり上、利幸が書記の務めを果たすばかりか、各人がランダムに語ったできごとを時系列に沿って並べ直し、後日パソコンで清書してメールで二人に送る役目まで負うはめになっている。

最終的には、手記はそれぞれがしたためなければならないため、思い出せた内容を適当に三人に振り分ける必要があるが、このままでは樹たちの手記まで自分が代筆させられることになりかねない。結果として一億なりが手に入るのなら軽微な負担だが、それで樹たちともらえる額が同じだったとしたら、なにか釈然としない。

「あの二人、どう見てもそうやって情報を整理したりするのは得意じゃなさそうだもんね。でもただいいように利用されるのも癪だし、話うまく持っていった方がいいよ、疋田くんだけ二人から手数料を一千万円ずつもらうことにしておくとか」

「手数料が一千万！　ああ、なんか金の単位がでかすぎてわけわかんなくなってくるな」

そう言って利幸が笑うと、今日子も鈴を鳴らしたような声で笑った。耳に心地よい声だと利幸は思った。

「でも実際のところ、なかなか難航してるよ。話してればみんないろいろ断片的に思い出しはするんだど、順序がわからねえんだ。三泊四日のうちの何日目のできごとだったのかってのがね」

利幸はそう言って、樹たちと話した際に思い出すことができたエピソードを、ランダムにいくつか挙げた。スイカ割りをしたときは、たしか昼食自体が海辺でのバーベキューだったこと。別荘の二階の、「読書室」と呼ばれている部屋に、どういうわけか子ども向けの本がたくさんあり、山浦から指定された「読書時間」には、そこでじっと本を読んでいなければならなかったこと。みんなで散策に行こうというときに、なぜか宏弥がぐずついて外出を拒んだため、やむなく一人だけ別荘に置いていったこと。

「ああ、それは三日目のことだと思うよ」

と今日子が言った。

「ほら、夕方から浜辺でキャンプファイヤーやったっしょ？　あの日、朝からちょっと天気がよくなくて、キャンプファイヤー自体、できなくなるかもって言ってたんだよ。もともとの予定では、午前中が読書時間で、午後に散策ってことになってたんだけど、昼過ぎから雨が降るってわかったんで、急遽《きゅうきょ》、午前と午後の予定を入れ替えたの。そしたら、志村くんが〝予定と違う〟って言い出して」

利幸の記憶にはなかったが、宏弥はそのとき、「今日は、午前中は読書と聞いていたからそのつもりでいたのに、急に散策しろと言われても困る」という意味のことを愚直に繰り返すばかりで、今日子も覚えていた湯川が、天気の問題があるからしかたがないのだといくら説得しても耳を貸さなかったという。

案の定、午後から雨が降り出したので、一行は身動きが取れず、別荘の中に留《とど》まることを余儀なくされた。ただ、夕方近くになってからどうやら雨だけは上がったので、キャンプファイヤーは予定どおり決行した。今日子は、天気の移り変わりとセットにして一連のできごとを覚えていたため、それが三日目のことだと確信を持って答えることができたのだった。

「志村のこと、よく覚えてるら」と利幸が言うと、今日子は「やさしい子だったから」と短く答えた。

「しかしやっぱ、人によって覚えてるポイントが少しずつ違うもんだな。江見と話してるとまた新事実が発覚する」

「やっぱ、私も参加した方がいいのかな」

「いや、そういう意味で言ったんじゃなくて……」

慌てて取り繕おうとする利幸を遮るようにして、今日子が続けた。

「鷲尾くんたちに、私と連絡つかないふりしててくれたのは感謝するけど、やっぱ私も参加するべきなのかなって気持ちも正直あって。疋田くんはどう思う？」

「え、それは……」

返答に詰まる利幸をよそに、今日子は続けた。

「大貫さんはね、私だと思ってるのよ。山浦さんの言う〝或る事〟をしたのが。先生に気に入られるようなタイプの子どもだったからって。だから、キャンプの間に自分がしたことを教えろって言われた。それをあの子、自分がしたことみたいに手記に書くつもりでいるみたい。どうせ私は遺産欲しがってないし」

「どこまでがめちいんだ、あの女は」

そう言いながら利幸は、居心地の悪い思いに見舞われていた。実のところ、今日子ではないかという意見は、鷲尾たちの間からも出ているのである。現に、和彦が覚えていたあるできごとは、その見解を裏打ちするものだった。

キャンプを終えて別荘をあとにする日の午前中のことである。朝食を終えて、昼前にミニバンが出発するまでは自由時間ということになっていたのだが、今日子が突然、このまま帰ってしまっていいのか、お世話になった山浦先生になにかお礼をすべきではないか、と言い出した。とはいえ、全員の所持金を持ち寄ってもいくらにもならないし、どうせ近くに店もないのだから、お金をかけずに感謝の気持ちを示せるようなものがいい。みんなで歌を歌うのはどうか、ということになった。

和彦はチャゲアスの「YAH YAH YAH」がいいと提案したが、「先生はそんな歌知らないよ」と今日子が却下し、曲目は結局、「夏の思い出」に決まった。みんなで近場を散歩してくると嘘をついて全員で浜辺に出て、にわか練習をした。その間、主導権を握っていたのは今日子だったし、出発の前、食堂で山浦相手に披露する際、その他五人の前で指揮を執ったのも今日子だった。

それを聞いて利幸も、母親から渡されて参考のために東京に持ち帰ったミニアルバムの最後の方に入っていた一葉の写真が、何を撮影したものであるかを思い出した。別荘の一室らしきところで、みんながうしろで手を組んで横並びになっている。利幸自身も、両脇に並ぶ樹も和彦も智沙も、中途半端に口を開いているため、一見したところ、間抜けな感じに見える。ただ、カメラからいちばん遠い場所に立っている宏弥だけが、口を閉ざしている。集合写真と同じく、自分がなぜそこにいるのかを理解していないような表情で。

それはまさに、「夏の思い出」を全員で歌っている写真だったのだ。今日子だけが写っていないのは、みんなと向き合う位置で拍子を取っていたからだろう。写真の前景の左端あたりに、オレンジ色のなにかがぶれた状態で少しだけ写り込んでいるが、それがおそらく、指揮をする今日子の手の一部だったということだ。

このときのことについて利幸が記憶しているのは、気恥ずかしくていたたまれなかったというその感覚だけである。ほかの二人にしても、大差なかったようだ。樹に至っては、今日子に対して「いい子ぶんのもたいがいにしいや」と思い、山浦の前で歌っている間は、なぜ自分がこんな「バカくせぇ」ことをしなければならないのかと胸の内は不満たらたらだったという。

その「贈り物」に対して山浦がどんな反応をしていたかは、誰も覚えていなかった。ただ、歳の離れた大人なら、素直に感激したかもしれない。あるいはこの贈り物を企画したことそのものが、山浦の言う〝或る事〟なのではないか。そう考える向きもなくはなかったが、〝或る事〟が必ずしもいわゆる善行とはかぎらないとほのめかす相生の発言を踏まえても、これは「いくらなんでもベタすぎる」のではないかという和彦の意見で、ひとまず宙に浮いた。

いずれにせよ、このことからわかるのは、今日子が山浦の歓心を得るようなことを臆面《おくめん》もなく提案したり実行したりできる子どもだったということだ。この一件ではないにしても、今日子が〝或る事〟をした当人である確率は低くないというのが、三人の達した共通の見解だった。

本人に向かってかいつまんでそれを伝えると、今日子が電話の向こうで苦笑する声が聞こえた。

「大貫さんも似たようなこと言ってたよ。ほら、初日って八月六日だったっしょ、向こうに着いて最初の晩の夕食のとき、山浦先生が広島について話したの覚えてる？」

「ああ、そういえば」

海辺でビーチボールなどを使ってさんざん遊び、入浴した直後で、ひどく空腹だった。食堂には全員分の食事が用意され、湯気が立っていた。すぐにありつけると思っていたのに、山浦が「今日がなんの日か、皆さんは知っていますか」と切り出し、「原爆の悲惨さ」をめぐる、食欲がなくなるような話をひとしきり開陳した後で、「一分間の黙禱《もくとう》」を全員に命じたことを思い出す。

「あのとき、金谷くんと鷲尾くんが話も聞かずにじゃれ合ってたんだよ。それを私が注意したんだって。私自身は覚えてないんだけど」

「あの二人はどこでも騒いでた。行きの車の中でも。鷲尾は窓から首出して注意されてたし、ガネトンもだれかの物真似かなんかをずっとやってて」

「あ、田村正和じゃない？　古畑任三郎とか」

「そうだったかも。とにかく、うるさかったよ」

キャンプについて話せば話すほど、こうして紐《ひも》で引き寄せられるようにして具体的な細部が浮かび上がってくる。今日子も、自分たちに加わってくれれば、強力な援軍になることはまちがいない。それでも利幸は、今日子に参加を促すことに抵抗を覚えた。はっきりと自覚していたわけではないが、それは、「欲に目が眩んでいる」と今日子に思いなされることに対する抵抗だった。

「でもそこで注意するなんて、どっちかというと〝いやな奴〟じゃない？　いい子ぶってるというか」

利幸は、とっさに反応することができなかった。今日子が自ら、鷲尾が使ったのと同じ表現で当時の自分自身を評したのが意外だったからだ。

「キャンプのときのこと思い出すと、私ってすごくいやな子だったんだなって思う。ほかの人たちから見れば目障りだっただろうなって。子どもの頃の自分って大嫌い。いい子ぶって、いつも大人たちが〝これが正しい〟って言って褒めるようなこれ見よがしなことばかりして、それを人にも押しつけて」

「そんなことは……」

「いいよ、フォローしてくれなくても。疋田くんだってきっと、私のことうっとうしいとか思ってたでしょ。それにね、私、ほんとは〝いい子〟なんかじゃなかったんだよ。先生とかにはたしかに気に入られてたみたいだけど、心の中は真っ黒だった。見かけよりずっと邪悪だった」

何を言っていいかわからずに利幸が黙っていると、今日子は「あ、ごめん、なんか私の話になっちゃった」と言って、恥ずかしそうに口を噤んだ。

「あの、とにかくさ、江見は無理に参加しなくてもいいから。大貫のあつかましい話にも応じることねえよ。江見は江見が正しいと信じる道を進めばいい。うちらのことはかまわねえで」

利幸がそう言うと、今日子はその言葉を噛みしめるように少し間を空けてからそれに答えた。

「ありがとう。なんか、今すごく心強かった」

これで一億円が少し遠ざかってしまったかもしれない。ここ十年会っておらず、こんなことでもなければその後二度と顔を合わせなかったかもしれない女である。しかも、婚約者までいる。そういう相手になどどう思われてもかまわないはずなのに、少しばかり格好をつけすぎてしまったのではないだろうか。利幸がそんな淡い後悔を胸の奥に感じている間に、思いもかけぬことを今日子が言った。

「でも、疋田くんとなら組んでもいいかな」

「え？」

「分け前とかはいらないけど、協力する相手が疋田くんなら私も抵抗ないかなって。大貫さんとか鷲尾くんとかのためには、何もする気になれないけど」

窓の外ではいつのまにか雨が降りはじめていた。こんなとき、あの黒い鳥はどこで雨をしのいでいるのだろう。利幸はふと、脈絡もなくそんなことを思った。

2

「悪いけど、その年齢だと正直うちではちょっと。やっぱ、平均年齢二十二とかそういう世界なんで……。風俗とかなら、まだギリでイケるんじゃないの」

六月に入って三軒目の店の面接結果がそれだった。階段を下りきったところの壁を腹立ち紛れに蹴飛ばそうとした大貫智沙は、蝶ネクタイをつけた客寄せ要員がすぐそばに立っていることに気づいて、出しかけた右足を急いで引っ込めた。蝶ネクタイの男は、事情が呑み込めているのかいないのか、「おつかれさまでしたぁ」とどこかからかうような調子で言いながら智沙を見送った。

あの店長、キツネザルみたいなへんてこな顔のくせに、何様のつもりなのか。そして、私をなんだと思っているのか。どう考えても、最後のひとことはよけいだろう。ただ侮辱するだけのためにわざわざつけ加えたとしか思えない。持参した履歴書には、「貫井さやか」時代のテレビの出演実績や、モデルとしてこなした仕事を挙げられるだけ羅列しておいたが、それに目を通してさえいなかった。

　二十七歳という年齢だけで、キャバクラの類いにはまず門前払いを食わされる。性的なサービスを伴うランパブやセクキャバなら年齢制限が若干ゆるいと聞くが、そこまで身を落とすつもりもない。ましてピンサロやヘルスなどもってのほかだ。しかし現実問題、自由になる金はすでに完全に底を突いており、親から少しずつ借金をしているありさまである。両親が比較的ゆとりのある暮らしぶりだから今のところは大目に見てもらえているが、こんな生活をずっと続けていていいはずもない。

　貫井さやかとしての名声は、正確には、その名声に対する期待は、長くは続かなかった。「陰陽戦隊シキレンジャー」の放映が終了して三ヶ月後に、バリ島で撮影した個人名義のDVD「Portion」が発売されたときは、思惑どおり上昇気流に乗っていると確信していた。かなりきわどい水着姿で体中を泡だらけにしてシャワーを浴びるのも、猫のように四つん這いになって腰だけを高く突き出すポーズを取りながら媚《こ》びるような視線をカメラに向けるのも、ささいな代償と考えて厭わなかった。

　しかし、DVDはほとんど売れなかった。それ以降、事務所経由で回されてくるのは、何人が視聴しているのかもわからないインターネットテレビでの地味な仕事ばかりで、やがてそれにさえお呼びがかからなくなった。家賃を払うためにコンパニオンのアルバイトをしながら事務所からの連絡を待ったが、いっこうに声がかからない。痺《しび》れを切らして智沙の方から電話をしたら、いつのまにか担当者が行方を晦《くら》ましていて、次の年次契約は更新されなかった。「シキレンジャー」終了から一年を待たずに、智沙はキャバクラで働いて食いつなぐ生活に身を落としていた。

東京を引き払ってきたのは、勤めていた歌舞伎町の店が倒産したのがきっかけだ。どのみち年齢的に限界で、何度も肩叩きに遭っていた矢先でもあり、ほかに雇ってくれる店もなかった。ひとまず親元に身を寄せて態勢を立て直し、新規蒔《ま》き直しを図るつもりで地元の小さなモデル事務所に登録したが、たまに家電量販店の折り込みチラシや結婚相談所の広告などの仕事をお情けのように振られるだけでは、月の小遣い分さえ賄えなかった。

日々、親からの借金は嵩み、焦りは募った。親に対してせめて仕事は探しているのだというポーズを取るためにも、居酒屋でのアルバイトの面接だと偽っては、こうしてときどきフリーペーパーで見つけた求人に応じてキャバクラの面接を受けているが、これ以上続けても、無駄に屈辱を味わわされるだけの結果に終わるのが目に見えていた。そうかといって、今さら時給八百二十円のために本当に居酒屋で働くのも耐えられない。

こんな冴えない暮らしと袂《たもと》を分かつためにも、山浦の遺産はなんとしてでも手に入れなければならない。それが手に入るかもしれないという期待のせいで、地道に仕事を探そうとする気持ちが萎《な》えていく面もあった。

三十一億は自分の手に転がり込むことになるにちがいない。そういう確信に近いものが、かなり早い段階から智沙の中にはあった。納得できる根拠を挙げろと言われれば返答に窮しただろうが、智沙自身は単一の理由づけで納得していた。これまでの自分が不運すぎたということ。それこそが根拠だ。

デブと罵られつづけた少女時代。ただ肥満しているというだけの理由で人格さえ否定され、自分などがなにか言ってもどうせ誰も耳を傾けてはくれないだろうとあきらめきっていたあの頃。転機が訪れたのは高校に上がってからだ。思い切って自分の意見を言えば、聞いてくれる相手もいるということがわかったのだ。

自分はこれまで、もしかしたらものすごい損をしつづけていたのではないかと思った。これからの人生で、損した分を取り返していかなければならないのだ。そのためにはまず、コンプレックスの源になっている肥満を改めよう。その上で、物怖《ものお》じせずに前に出て自分の権利を主張すれば、神様も自分に微笑《ほほえ》みかけてくれるはずだ。

ダイエットと性格改造は表裏一体の形で進められ、それは成功した。高校三年の秋、家族には内緒で受けに行った東京のアクターズスクールのオーディションに合格したときには、ついに「自分の番」が回ってきたと確信した。しかし、高額な学費を取られたわりに、華々しいデビューが待っていたわけでもなく、ようやくチャンスを摑んだと思った「シキレンジャー」の仕事も、引きも切らぬその後の出演依頼といった形で実を結びはしなかった。

ということは、これではなかったのだ。これ以外に、「損を取り戻す」機会が自分には訪れるはずなのだ。

智沙はいつしか、そんな信仰めいた思いに囚われていた。だから遺産も、三十一億全額が自分のものになるのでなければいけなかった。樹たちが考え出した、「協力者」も一億ずつ受け取れるという案は、取りはぐれを避けるにはたしかに魅力的なアイデアだったが、自分が一億だけで、残りの大部分を受け取れる人間がほかにいるなら、自分が「損を取り戻した」ことにはならない。

問題は、その三十一億の入手をいかに確実なものにするかだった。山浦の言う〝或る事〟を自分がした可能性は低いと思っていた。太っているということ以外には特徴のない、地味で目立たない存在だったはずだ。水着姿を人目に晒すのが、またそれが原因で「肉団子」などと鷲尾樹あたりにからかわれるのがいやで、着替えるのを拒みつづけたことは若干目立ったかもしれないが、悪い意味で目立っても、山浦が巨額の遺産を譲りたくなる理由になるわけがない。

もっとも、微妙な内容の記憶なら、自分自身のものとしてひとつだけ思い当たらなくもなかった。

最初から覚えていたものではない。説明会の後、樹たちと居酒屋でキャンプについて話している間に、図らずも脳裏に浮上してきた、ぼんやりとした場面である。ただそれは、なにか強烈な禁忌の感覚を伴ったものだった。つまりそれは、「忘れていた」というより、「思い出さないように封印していた」といった方が近いなにかだと思われた。樹たちの手前、智沙はひとまずそれを元どおり記憶の奥底に押し込めて、思い出さなかったことにしていたが、一人になってからあらためてその記憶を探ってみた。そして、驚愕した。

窓の外では雨が降っているようである。そうでなくても、鼻孔にまとわりついてくるような湿っぽいにおいがあたりに充満している。ときどき、低く轟《とどろ》く雷鳴が聞こえる。智沙は一人で別荘の一室にいる。子どもたち一人ひとりに宛われたベッドつきの客室、日に三回みんなで食事をする食堂、グランドピアノや彫刻や巨大な観葉植物の鉢植えが置いてあったリビングルーム、三方が本棚で囲まれ、椅子やソファがところどころに配置された読書室。別荘の中にあった部屋はそうしてあらかた思い出すことができたが、このとき智沙がいた部屋だけ、なんのための空間であったのかが思い出せない。まして、そこにどうして自分が一人でいたのかも。

部屋は薄暗く、どこからともなく黴《かび》くさいにおいが漂ってくる。雑多なものがあったと思うが、はっきり思い出せるのは、智沙の胸あたりまでの高さのチェストと、その上で埃をかぶっていた人形だけだ。黒っぽいドレスを身にまとった細身の女を象《かたど》ったもので、仮面舞踏会で用いるような不気味なマスクを片手で顔に宛っている。その陰から覗く小さな唇は微笑んでいるが、真っ白な肌の中でそこだけが血のような赤い塗料で染められていて、いかにも毒々しい。

それを手に取ろうとしている智沙の背後に、知らぬ間に山浦が立っている。どうしてみんなと一緒にいないのか、といった意味のことを訊かれたと思うが、どう答えたかは覚えていない。君は大人の女の人のような足をしとるな。山浦がそう言う。そのとき智沙は、膝丈のデニムのスカートを穿《は》いていて、ふくらはぎがむき出しになっている。「大人の女の人のよう」というのは、要するに「太い」ということだろう。智沙はそう考えて傷つき、どうして山浦のような大人までこんないやなことを言うのだろうと恨みがましく思う。

しかし山浦は、それにしては好意的と言っていい態度で智沙に近づいてきて、ひとつお願いがあると言う。背中がひどく凝っているので、揉んでほしい。それが山浦のリクエストだった。手で揉むのかと思ったら、足の裏で踏んでほしいと言う。そんな無礼なことが許されるとは思えず、智沙は拒むが、相手はもうカーペットの上に腹這いになっている。おそるおそる片足の先を背中に宛い、軽く押してみたが、それでは弱いから、両足で乗って体重をかけてしまっていいと言う。

自分のような太った子どもが体重をかけたら、決して頑丈そうには見えない山浦の背骨はポキンと折れてしまうのではないだろうか。そう思って智沙は躊躇するが、結局は言われたとおりにする。山浦は、うん、うむう、ふん、と荒い息で唸《うな》りながら、さらに続けるように智沙に命じている。

思い出したのはそこまでだ。それがどのようにして終わったのかも、その後山浦が自分に対して、あるいは自分が山浦に対してどういう態度で臨んだのかも、まったく覚えていない。ただ、それをしている間ずっと、自分がなにか「いけないこと」をさせられているのだという、胸のうちで持てあましていた激しい罪悪感が、二十七歳の今になって生々しく蘇っていた。

背中の上に乗って凝りをほぐすというのは、普通のマッサージ法のひとつとして存在する。このときの山浦も、それをたまたま手近なところにいた智沙に頼んだだけだと考えれば、それまでの話である。その際、智沙が「大人の女」のような足を持つ子どもであることが、なおのこと目的に適《かな》っていたのだと。しかし、十二歳の自分がこの記憶をうしろめたいものとして心の奥底に封じ込めたことになんの意味もなかったとは、智沙には思えなかった。

おそらくそこには、なんらかの性的なニュアンスがあったのだ。そういうことは、かえって子どもの方が敏感に感じ取る場合がある。

それを併せて考えると、樹からの電話で初めて今回のことを聞かされたとき、「山浦至境」と「キャンプ」というキーワードからとっさに思い出したあの夢の記憶も、はたして本当に夢だったのか、と疑いたくなる。月明かりを背にして窓辺に立っていたあの人影、あれは山浦だったのではないか。子どもくらいの背丈しかないように見えたが、山浦も大人の男としてはかなり小柄な部類だった。あのとき自分が金縛りに遭いながら見たのは、眠っている自分になにか淫《みだ》らなことをしかけようとして、すんでのところで踏みとどまった現実の山浦の姿だったのではないか。あのとき人影が発した「まちがいだった」のひとことは、「君に性的な興味を抱いたのは誤りだった」という意味だったのだと考えれば、一応の辻褄《つじつま》は合う。

ただ当時の智沙は、自分にまったく自信がなかった。山浦が自分に特別な関心を抱くことなど、可能性として考えさえしなかっただろう。現に智沙は、自分がこのようなことを実際に経験していながら、山浦に小児性愛の傾向があるという、後に流れた噂を信じていなかった。まして自分のような肥満児など完全に興味の対象外だっただろうというのが智沙自身の見立てだった。

智沙がこのひと幕を記憶の底に沈めたのには、おそらく二重の理由があったのだろう。ひとつは単純に、大人、それも智沙から見ればもう「老人」と言っていい年齢の男との間で、なにやら性的な色合いを帯びた行ないをしてしまった衝撃と罪悪感から身を守るため。そしてもうひとつは、「おまえのような醜い肥満児に山浦先生がそんな形で興味を示すはずがない」という、誰とも特定できない第三者による誹謗《ひぼう》をあらかじめ回避するためである。

そうした入り組んだ心のメカニズムはさておき、まさにこれこそが山浦の言う〝或る事〟であるという可能性も、ゼロではないと智沙は考えていた。もしもこれが、徹頭徹尾、小児性愛者によるよこしまな誘惑の一端にすぎなかったとすれば、山浦自身、発覚を恐れてわざわざ言及することは避けるだろうが、智沙がこの記憶を封印したように、山浦もまた、自分の中でこのできごとを正当化し、実際とは違った形で記憶に収めていたとしても不思議ではない。たとえば、「背中の痛みを訴えたら、子どもたちの一人がマッサージを申し出てくれた」というように。

ただこれは、決定打として差し出すにはあまりに微妙な内容だった。これをあてにすることはできない。となると、残された道は、ほかのメンバーがしたことを、あたかも自分がやったかのように偽って手記に綴ることしかない。

とはいえ、当人も同じことを手記に書いていたら、相生弁護士は当然、真偽を質《ただ》そうとして両者を追及するだろう。そのときうまく言い抜けられる自信はないとなれば、考えられる方法は二つである。ひとつは、遺産に興味がないという人間にかけ合って、本人の記憶を借用させてもらうこと。もうひとつは、当人さえ覚えていないエピソードを、別の人間、できれば遺贈を受ける候補者ではない第三者から訊き出し、利用すること。

前者の線は、現時点ですでに見通しが絶望的になっていた。しつこくすればするほど、江見今日子は態度を硬化させ、智沙に協力する意志がないことをあらわにしはじめたのだ。

「相生さんにああまで言われたから、手記はとにかく提出するけど、通り一遍のことしか書かないつもりだし、そこで書かなかったことがあったとしても、それを大貫さんに教える義理はないと思うんで」

これ以上追いすがったところで、今日子から得られるものは何もなさそうだった。それに智沙は、〝或る事〟は道徳の教科書で取り上げられるような種類のことではないかもしれないという相生の言葉に引っかかりを覚えていた。ヒントは出せないと言いながら、あれは事実上のヒントだったのではないか。だとすれば、絵に描いたような優等生タイプで一見最有力候補に見える今日子は、実は思いのほか〝或る事〟から遠いところにいる人物なのかもしれない。

そこで智沙は、もう一方の手を試してみることにした。今のところ、自分以外の四人は誰もその点に気づいていないようだが、キャンプの場に居合わせていたのは、自分たち小学生だけではない。子どもたちの世話係や炊事係を仰せつかっていたあの男、湯川だって、三泊四日の間、子どもたちにぴったりと寄り添って、多くを目撃していたはずなのだ。しかも湯川は、キャンプ時点ですでに大人だったから、エピソードの数々を五人よりももっと正確に記憶しているかもしれない。

居酒屋で話したときは、誰も、キャンプについてこまごまと覚えていた金谷和彦でさえ、「湯川」の名を覚えていないようだったが、あえて口に出して言わなかっただけで、智沙にはわかっていた。そしてたぶん、五人のうちで、キャンプのとき以外にも湯川に会ったことがあるのは、智沙だけだ。母親の晴子に、山浦の開発したダイエット「メディテーション・メソッド」のレッスンに引っ張り出されたときに紹介されたのだ。

まわりに同じ年頃の子どももいなくて心細く思っている中で、なにかと気にかけてくれたそのやさしさと、人を安心させるものやわらかな雰囲気が印象に残っていた。だからキャンプに参加させられたときも、この人が一緒なら気が楽だといくぶんは安心したのだった。キャンプ後は顔を合わせる機会もなかったが、「メディテーション・メソッド」の場にいたということは、「株式会社シャスタパワー」の社員だったと考えてまちがいなさそうだ。そのかたわらで、サマーキャンプの手伝いをさせられたりしていたのだろう。

キャンプの翌年、地下鉄サリン事件が起きて、オウム真理教が一斉捜査を受けてからは、煽りを受けて怪しげなカルト扱いされたシャスタパワーもレッスンなどを開催できなくなったと聞いているが、山浦自身はその後も複数の事業をかけ持ちしていたようだ。シャスタパワーも、形を変えて存続しているかもしれない。智沙はインターネットに接続し、ためしに「シャスタ　山浦」で検索をかけてみた。

トップに、「株式会社シャスタ・インターナショナル」のウェブサイトが表示された。

三日後、智沙は市内の小さな雑居ビルの一室で、妹尾《せのお》彩子《あやこ》を待っていた。一室といっても、パーティションでかろうじて一部を囲ってあるだけの、倉庫の一角のような空間である。しかしそれを言うなら、フロア全体が倉庫の一部に似ていると言ってよかった。在庫の商品が詰められたものと思しい段ボールが至るところに積み上げられ、その合間合間にむりやり電話機や回転椅子を設置してあるが、「株式会社シャスタ・インターナショナル」と書いたプレートを掲げるドアを開けて智沙が中に入っていったときには、フロアは見たところ無人で、ただ電話だけが高らかに鳴り響いていた。

やがて、趣味の悪いネクタイを締めた三十過ぎくらいの風采の上がらない男がどこからともなく現れ、まず電話を取った。そして不明瞭な声で受け答えしながら頭を巡らし、入口に立ち尽くしている智沙に初めて気づいた表情になった。電話を切ってから、なんでしょう、と気のない調子で訊ねてきた男に、妹尾社長と約束があると伝えると、面談中だと言われ、この囲いの中に通されたのだった。

ウェブサイトに載っていた電話番号にかけたとき、最初に電話を取ったのが妹尾だった。まさか社長とは思わずに、一か八か、湯川という社員がいるかどうか訊ねたら、相手は警戒するように優に三つ数えられるほどの間を空けてから、「湯川卓巳《たくみ》でしょうか」と返してきた。智沙は湯川の下の名前までは知らなかったが、話しているうちに、二人が指しているのが同一人物であること、そして、その湯川卓巳はすでにこの会社に籍を置いてはいないことがわかった。同時に、電話の相手が社長だと知って智沙は驚いた。さらに驚いたのは、この女性と自分が過去に一度顔を合わせているという事実だった。

「そう、あのキャンプのときの……。ごめんなさい、私も皆さんと一緒にいたのはひと晩だけだったから、一人ひとりの顔までは覚えてないんだけど、あのときのことは今でも懐かしく思い出すわよ」

社長と聞いて智沙は、六十代くらいの化粧の濃い女を自動的に想像してしまったが、妹尾が実際にはやっと四十代にさしかかった程度の年齢であることはわかっていた。キャンプの時点で、湯川とほとんど変わらない年齢だったはずだからだ。

中背の、ほっそりした、都会風に身を装った大人の女。智沙の記憶に残っている妹尾彩子は、そういう存在だった。最後の晩、キャンプファイヤーが始まる前に入浴して、浴室から出てきたらすでに彼女はいた。忽然《こつぜん》として別荘に現れたこの女性に、子どもたちはみんな戸惑っていた。

今にして思えば、子どもたちが入浴している間に、湯川が最寄りのバス停まで車で迎えに行っていたのだろう。

「アヤコさんって呼んで。今日、ひと晩泊まって、明日はみんなと一緒に帰るだけだけど、よろしくね」

そう言って微笑むアヤコを、芸能人のようだと智沙は思った。白いスカートから覗く、ストッキングに包まれた両足が、海辺の別荘では妙に場違いに見えた。苗字は名乗っていなかったから、ウェブサイトで社長の名前を見てもピンとこなかったのだ。それに、湯川のことはともかく、二十四時間も一緒にいなかったアヤコのことは、ほぼ忘却の彼方にあった。

智沙が期待したとおり、シャスタ・インターナショナルは、シャスタパワーの直系の後継会社だった。そのことは、ウェブサイトを見た時点で智沙もほぼ確信していた。通信販売で扱っている商品の中に、ツキを呼ぶという触れ込みのパワー・ストーンや、海外のどこかの村と特約しているという鉱泉水などと並んで、「驚異のダイエット法　メディテーション・メソッド教則レッスン」と銘打ったDVDのシリーズがあり、ジャケットに山浦至境自身の姿が刷り込まれていたからだ。ただ、そうした内容のビデオ商品は、山浦自身の指導でレッスンが行なわれていた当時から販売されていた。その頃の映像素材をただDVDに移し替えただけのものかもしれない。

山浦がこの会社の代表取締役社長の座を妹尾に譲り渡したのは、去年の春、腎臓癌を始めとする臓器の疾患をいくつも併発し、自分でもすでに先が長くないと見切りをつけた段階でのことだったという。ただ、それ以前から経営は思わしくなかった。オウム真理教が起こした一連の事件の衝撃が風化していくにつれ、人々の間で再びスピリチュアルなものへの関心が高まってきたとき、再興のチャンスが巡ってきたと社員の多くが考えたが、ことはそううまくは運ばず、ここ数年は従業員も一人また一人と減らさざるをえない状況に追い込まれていた。

「湯川さんもそれで？」

智沙が遠慮がちにそう訊ねると、妹尾は電話の向こうで「湯川は」と言っていったん言葉を切り、「湯川さんは」とわざわざ言い直してから続けた。

「湯川さんがこの会社を去ったのは、そういう理由からではないの。私がここに入社するよりずっと前のことだしね。彼が辞めたのは、あのキャンプの直後。当時は私もまだシャスタパワーの社員というわけではなくて、なんとなく山浦先生の個人秘書のような立場で雇われてただけなんだけど、キャンプに顔を出さないかって急に先生に言われて……。たまたま都合がつくのがあの最後の晩だけだったのね」

そこまで話してから妹尾は、「長くなりそうだから」と言って、後日じかに会って続きを話すことを提案したのだった。

智沙が来たのは約束どおりの時間だったが、妹尾はなかなか現れなかった。手持ち無沙汰なので、テーブルの脇のラックに無造作に積み上げてある商品サンプルらしきものを手に取って眺めたりした。その中には、「メディテーション・メソッド」の教則ビデオもあった。ウェブサイトで紹介されていたDVDではなく、VHS時代の古いものである。色褪せたパッケージ写真はやはり山浦自身であり、マオカラーのついた白装束のようなものを身にまとってヨガに似たポーズを取っている。

母親に連れられてただ一度だけレッスン会場に向かったときのことがまざまざと思い出される。メディテーション・メソッドは、瞑想によって体内の不要な脂肪を燃焼し、肥満につながる悪い体液を解毒することによって痩せる、という触れ込みのダイエット法だった。子どもの目で見てさえいかがわしく、それになにがしかの効果があるとはとても思えなかった。二度とレッスンに行こうとしなかったのは、まず第一に同じ年頃の生徒がいないことが恥ずかしかったからだが、そうでなくてもあのレッスンを受けつづける気にはなれなかっただろう。

　高校に上がって本気でダイエットを始めた際も、メディテーション・メソッドのことは一瞬たりとも頭をかすめなかった。もっともその頃には、母親の晴子も山浦とはいっさいの関わりを断っていたから、仮に智沙が山浦式のダイエットを行なっていたら、問答無用でそれを禁じただろう。

　そのとき、どこかのドアが開く音と同時に、「それじゃ、どうぞよろしくお願いします」と滑舌のいい調子で言う女の声が聞こえた。智沙が、手に取っていた古いビデオを棚に戻そうとした拍子に、もともと無理に積み上げてあった商品が雪崩《なだれ》を打って棚から転がり落ちてきた。

「ああ、いいのよ、そのままで。散らかしている方が悪いんだから」

　うろたえて商品を拾い上げている智沙の隣に、黒いパンツスーツにショートカットの女が駆け寄ってきた。それが、妹尾彩子だった。

「大貫さんね、お待たせしてごめんなさいね。前の用件がちょっと長引いちゃって」

　それが記憶に残っている「アヤコさん」と同一人物なのだとは、言われなければわからなかっただろう。十五年分の歳を重ねていただけでなく、髪型もメイクの仕方も当時とはまるで違っていたからだ。変わらないのは、「洗練されている」という印象だけだ。倒産後の残務整理をしている最中ででもあるかのようなフロアの荒《すさ》んだありさまとは裏腹に、この女社長はいかにも最前線で活躍する有能で潑剌《はつらつ》としたビジネスウーマンといった風情である。

「それで、湯川さんのことを聞きたいんだったわね」

「はい。というか……」

「実はあなたが電話をくれるちょっと前にも、同じ番号に湯川さん目当ての電話がかかってきたことがあって、もうとっくに辞めてる人なのにたてつづけでちょっと気味が悪いなとは思ってたんだけど……」

電話で最初に湯川の名を挙げたときに妹尾が示した警戒のトーンはそれが原因だったのだと智沙は得心した。しかし、だとしたらいったい誰が？　樹たちのうちのだれかが自分と同じことに気づいて抜け駆けしようとしたのだろうか。智沙はそう考えて顔をこわばらせたが、妹尾はそれを気取った様子もなく、「あれは先生が亡くなってひと月くらい経った頃だったかしら」と続けた。それなら二月ごろだから、少なくとも四人のうちのだれかではない。

「その人は、湯川さんについて何を知りたかったんでしょうか」

智沙がおそるおそるそう訊くと、妹尾は軽く肩を竦めた。

「ああ、その人は雑誌の取材かなにかで、湯川さんというより山浦先生自身について知りたかったみたい。親族はいるのかとか、そういったこと。なにかのかげんで、昔、湯川さんがまだうちの社員だった頃の連絡先が、先生に関する問い合わせの窓口として伝わっちゃってたのかもね。私でも答えられる内容だったから、適当に答えておいたけど」

ひとまず遺産問題とは無関係らしいとわかって智沙は胸を撫《な》で下ろしたが、湯川個人について知りたくて電話したのではない、という点では、自分もその記者と同じだと思った。湯川に会って話を聞くことができれば、キャンプの間の忘れているエピソードを仕入れられるかもしれないと考えたのだ。ただ、遺産については最後まで伏せておくつもりだったから、湯川と連絡を取りたい理由をうまくでっち上げられる自信がなかった。

もっとも、実際にはもっともらしい口実を考え出すまでもないことがすぐに発覚した。

「で、その湯川さんなんだけど、その後連絡は取ってないから、今はどこにいるかもわからないのよ。彼はもともと東京の人で、会社を辞めてから向こうに戻ったってことだけ風の噂に聞いたけど……。ひどい辞め方だったしね」

「ひどい辞め方って……」

落胆を隠せない調子で智沙がそう訊ねると、妹尾は「クビよ」と短く答え、鼻を鳴らすような音を立ててから、「原因は私」とつけ加えた。

「先生も亡くなって、もういいかげん時効だと思うし、あなたももう大人だから言っちゃうけどね、私、いわゆる愛人だったの、先生の。もっとも先生は生涯独身だったから、不倫というのとはちょっと違ってたんだけど、〝愛人〟と呼ぶのがいちばんしっくりくる関係だった。しかも、こっそりふたまたかけてたの。湯川さんと」

思いもかけなかった新事実に智沙は戸惑ったが、妹尾はその沈黙も意に介さぬ様子で、当時のいきさつを赤裸々に語りはじめた。だれかがそれを聞いてくれるのをずっと待ちつづけていたかのようだった。そして、「実はあのキャンプの晩も」と言って妹尾が明かした話は、驚くべき内容だった。

キャンプファイヤーとその後の「反省会」も終わり、子どもたちが寝静まってから、妹尾と湯川は示し合わせて別々に別荘を出て、夜の浜辺で落ち合った。しかし、大きな木の陰で「密会」している現場を、上の方からだれかに目撃された。暗かったために確信は持てなかったが、子どもたちのうちのだれか、それも、慌てて走り去るときに漏らした声の感じから、たぶん男の子だろうと思われた。

樹と和彦だ、と智沙は思った。二人が「匍匐前進」して覗き見たのは、なんのことはない、湯川と妹尾だったのだ。考えてみれば、個人所有の別荘が点々と建っているだけのあの土地で、夜のデートを楽しんでいるカップルなどがそう都合よく近場に居合わせることの方が不自然である。

とにかくすぐにことを中断して別荘に戻った二人は、一階の窓に煌々と灯りが灯っているのを見てぎょっとさせられた。とっくに寝入っていたはずの山浦が、険しい顔でリビングをうろつきまわっていたのだ。妹尾の寝ている部屋に忍び入り、湯川とともに雲隠れしていることに気づいたのかもしれなかった。二人はとっさに、「子どもたちがちゃんと寝ているかどうか見回りに行ったら、ベッドの中にいない子がいたから、二人で手分けして近くを捜していた」という言い訳をひねり出した。まさにそれを裏づけるように、ほどなく男の子二人が玄関から忍び足で入ってきたので、山浦も二人の言い分を信じたように見えた。

「この子たちに見られたんじゃないか、この子たちが先生になにか言いはしないかって思って、もう生きた心地もしなかったわ。先生の手前、湯川さんはそ知らぬ顔で〝心配かけちゃだめじゃないか〟ってその子たちを叱りつけてたけど、木の下で抱き合ってたのが私たちだってわかってたとしたら、この子たちどう思うんだろうって」

最悪の事態はからくも回避できたと胸を撫で下ろした妹尾は、しかしその翌日、それが思い違いであったことを知ることになる。妹尾は当初、子どもたちと一緒に、湯川が運転するミニバンで帰途につく予定になっていたが、ちょっと頼みたいことがあるから一緒に別荘に残ってほしいと直前になってから山浦に引き止められた。二人きりになると山浦は、君と湯川くんのことは知っている、と切り出した。

「子どもたちのうちの一人がそれを見ていて、親切にも教えてくれたって言ってたわ。やっぱりわかってたんだって思った。どの子だったのかは覚えてないけど、そのへんのこと、その後あなたも本人から聞いてたりしない？」

智沙は、ただ黙って首を横に振った。同じ話を樹たちから別の形で聞いてはいるが、少し腑に落ちない点があったからだ。樹も和彦も、そのカップルが誰であったかまではあきらかにわかっていなかったし、あの口ぶりでは、その後、大人たちのだれかに自分たちが見たものを明かしたとも思えない。それとも山浦は、「変なことをしているカップルがいた」ということだけを二人から聞き出し、それが湯川たちだったのだと決めつけたということなのだろうか。

そこまで考えたとき智沙は、樹たちがこのエピソードを話しているとき、和彦が言ったひとことをふいに思い出した。

「そのあとだよ、タッちゃん。俺っち、そのあとあいつ見たら？　あいつ……そうだ、志村！」

和彦はそう言っていた。カップルに見られたと思って逃げたあと、志村宏弥が一人で砂浜に立って彼らの方をじっと見ていた、と。もしも宏弥もまた、夜中に別荘を抜け出して散歩している間に、妹尾たちの情事を目撃していたのだとしたら？　そしてそれを、ありのままに山浦の耳に入れていたとしたら？

「先生は、その後即刻湯川さんを解雇したわ。私は、もう二度と彼とは会わないし連絡も取らないって条件で、先生のもとに留まることを許されたの。私も自分がかわいかったし、湯川さんとはまだつきあいも浅くて正直それほどの思い入れもなかったから、それっきり……。何年かして、先生との愛人関係はなんとなく自然に解消されてしまったけど、婚期を逃した私に責任を感じたのか、先生は私をシャスタの役員にしてくれた。だから先生に恩義は感じてるわ。でもね……」

そう言って妹尾は、組んだ足の上で上半身を折り曲げ、膝に肘を突く姿勢でこう言った。

「湯川さんには、十五年が過ぎた今でも罪悪感を覚えてるの。先生に告げ口した男の子のことも、しばらくは恨んでたわ。大人の世界によけいな嘴を入れるんじゃないよって。逆恨みだってことはわかってるんだけど。もしその子に会う機会があったら、ひとこと文句言っておいて。大人になった今なら、あなたにも私たちの立場がわかるでしょって」

冗談めかしてそう言いながら短く笑った妹尾の両目の脇に、カラスの足跡のような皺が走った。そのことづけを果たす機会は、残念ながら永遠に訪れないだろう、と智沙は思った。当人はすでにこの世にいないのだから。そして、死人に口はない。死人がやったことを自分がやったかのように書いても、誰がその嘘を告発できるというのか。

智沙にはもうわかっていた。開け放した窓辺に立っていたあの人影、あれは夢ではなく、まして自分に夜這《よば》いをかけようとした山浦でもなく、宏弥だったのだ。あれはまさにキャンプファイヤーをやった日の深夜のことで、宏弥はおそらく、樹たちが騒ぎを起こしたのよりだいぶあとになってから、誰にも気づかれずに一人でそっと別荘に戻ったのだろう。もともと窓から抜け出していて、戻る際に迷わないように開け放したままにしておいたのだ。そして、同じように開け放してあった智沙の部屋の窓をそれと取り違えた。「まちがいだった」は、「まちがえた」だったかもしれない。ベッドが空でないのを見て初めて、自分の錯誤に気づいたのだろう。

宏弥はたぶんまちがいなく、樹たちより前に、湯川と妹尾の交わる姿を見ていた。二人が誰であるかさえわかっていたかもしれない。そしてあの、空気の読めなかった、今ひとつ何を考えているのかがわからなかった宏弥なら、悪気もなくそれを山浦に伝えていたとしてもさして不自然ではない。

湯川と連絡を取るという当初の目的は果たせなかったものの、今日の訪問は思いのほか大きな収穫を自分にもたらしたかもしれない。智沙はそう考えながら、四十を過ぎておしゃべりになった女の懺悔《ざんげ》の残りを聞き流していた。

3

ドアを開けて「ただいま」と言うと、「おう、お帰り」という荒い息混じりの声がリビングの方から届いた。兄の隆一は、日課としての毎晩の筋肉トレーニングを欠かさない。接待で深酒をして帰宅が深夜になったときでさえ、一定のメニューをこなしてからでないとベッドに向かう気になれないようだ。

リビングでは、ケーブルテレビのニュース専門チャンネルをつけっぱなしにしたまま、隆一が上半身裸でクランチをしていた。わが兄ながらなんて均整の取れた肉体だろう、となかば見とれながら、江見今日子はテーブルの上にバッグを置いた。そして椅子のひとつに身を投げ出すようにして腰かけた。しばらくは口をきく気にもなれなかったので、兄の体を文字どおりただ観賞しているような格好になった。

「どうした、浮かない顔して」

決められたメニューを消化したらしい隆一が、立ち上がってタオルを首にかけながらそう言った。

「今日は横内《よこうち》くんと会ってたんだら？　喧嘩でもした？」

「うん、ちょっとね……」

今日子が答えを宙に浮かせたまま黙っていたら、隆一は続きを待たずに洗面所に行って顔を洗いはじめた。隆一は深追いしない。こちらから詳しく話せばなんでも親身になって聞いてくれるが、言いよどんでいるところへ無理に追及の手を伸ばしてくることはない。そういうさっぱりした部分が、今日子には好ましくもあり、いくぶん恨めしくもある。もっと根掘り葉掘り訊いてほしいと思うことがある。

二つ歳上の横内涼《りょう》とは、来年の三月に挙式することになっている。十月にはここを出て、同じ神奈川県内である溝《みぞ》の口《くち》のアパートで同居を始めることも決定済みである。しかし今日子は、いまだにそれをどこか人ごとのように感じていた。

兄との二人暮らしは、かれこれ九年にも及ぶ。父親とも母親とも顔を合わせていたくなかったばかりに、東京の大学だけを受けて、第一志望に合格するや逃げるようにして上京し、もともと隆一が一人で住んでいた江東区のアパートに転がり込んだ。そこに約四年、相模原の賃貸マンションに移ってから五年。両親は、隆一という監督責任者がそばについているかぎりは何も言わなかった。親の目を逃れ、放縦な暮らしがしたくて家を出たわけではない。隆一の目がなくても、今日子はおおむね品行方正な生活を守っただろう。それとは別に、ただ兄のそばにいることを今日子は望んだのだ。

勉強ばかりでなくスポーツも万能で、中学時代からバスケットボール部のエースだった隆一。留学経験もないのにTOEIC九百点台の英語力を持ち、経営学を専攻した大学の指導教授に院に残ってほしいと強く懇願されていながら、広い世界を経験したいという理由で、日本で最大手のメガバンクに就職した隆一。コンビニで強盗に遭遇しては躊躇なくタックルを食らわせて捕まえ、電車の中で痴漢を見つければ腕を摑んで駅長室に連行する勇気ある正義漢。まるでスーパーマンのようなこの兄に、今日子は憧れつづけた。

自分のような小姑《こじゅうと》めいた存在がまわりをうろちょろしていたら、隆一は結婚しづらくなるかもしれない。そういう考えが頭をかすめることは以前からあったが、九年も二人で寝食をともにしていると、夫婦として暮らしているかのような錯覚を起こすことさえあった。自分は兄と一緒に暮らす正当な権利を持った唯一の女であり、それ以外に兄に接近してくる女はすべて排除すべき邪魔者なのだ。気がつくと、そんなことまで考えていた。

実際、隆一には不思議と女の影がほとんど感じられなかった。端整な顔立ちに、長身で筋肉質の体、おまけにメガバンク勤務で、上司からの信望も篤《あつ》い、という好条件を揃えた男を女たちが放っておくとは考えづらいが、三十代に突入しようというこの歳になるまで、将来を誓い合うような相手が現れた気配がない。そのときどきに交際している女性がいるのかどうかさえ、はっきりしなかった。

自分の存在が原因なのだろうか。今日子はそう考え、複雑な思いに駆られた。想像どおりだとすれば、それは兄が自分を大事に思ってくれている証拠であると同時に、自分が兄の足手まといになっていることを意味してもいるからだ。友人の紹介で知り合った横内と婚約まで踏み切ったのは、不健全と言われてもしかたのない兄との蜜月関係に自らケリをつけるためでもあったし、もともと「三十になるまでに結婚する」というのが、今日子の中で、「堅実な」人生を築くための里程標のひとつとして位置づけられていたからでもあった。

準大手の保険会社に勤務し、職務に励んで上司に能力を認められようとするまっとうな野心はあっても、変にヤマをかけるような欲をかいたところがなく、金遣いも荒くなく、浮気性なところも皆無である横内は、今日子の人生設計においては申し分のない伴侶《はんりょ》と言っていい。しかし今日子は、横内を知れば知るほど、隆一との比較という観点からその美点を測るようになった。結婚が決まってからは、なおのことその傾向が強まっている。

同じ金融業界でも、横内の勤務する会社はあきらかに「二番手」の地位に甘んじている。勉強はそこそこできたようだが、おおむね「クラスの上の方」に属していたというだけで、学年トップの座を別の人間に明け渡したことがない隆一と比べると見劣りする。体に贅肉をつけているわけではないが、胸板が若干薄く、上腕二頭筋がいくぶん貧弱に見える。二人でカナダに旅行に行ったときは、道を訊くにもレストランで注文するにも常に率先して相手に話しかけ、エスコートしてくれたが、横内が使う英語はたどたどしく、相手からちょっとでも長いセンテンスで返されると、一度では全部を聞き取れない様子だった。

あらゆる意味で、横内は隆一の「劣化コピー」だった。兄の持つさまざまな美点と同じものを備えてはいるかもしれないが、それぞれのレベルが兄よりも少しずつ低いのである。百七十二センチという身長まで隆一より五センチ低いという点については、念入りな冗談としか思えなかった。

結婚の日が、さしあたっては同居を始める日が近づくにつれ、本当にこの男と婚姻関係を結ぶことが「正解」なのかどうかという疑念が、今日子の頭に兆しはじめていた。そしてそれが、自分の設計したとおりに人生を組み立てていかなければならないという命題との間で、不快な軋《きし》みを発していた。そこへ来て、今日の横内の発言である。

「くれるっていうものはもらっておいていいんじゃないかな。今日子がそこまでかたくなになる理由が俺にはわからない。結婚するとなった以上、それは俺にも関わる問題だと思うし」

遺産のことを明かし、その獲得レースにどうしても加わる気持ちになれないと今日子が言ったのに対して、返ってきたのがその言葉だった。身の丈に合った生活を拒んだ結果、家族を深刻な危機に直面させた父親を許しがたく思う今日子の気持ちも、横内はすでに知っているはずだ。それに対しては深い同情を寄せておきながら、一方ではその気持ちを逆なでするようなことを言う横内が理解できなかった。

しかも、「俺にも関わる問題」とは。夫婦になる男女の間でも、共有できるものとできないものがある。たしかに財産は夫婦共有のものかもしれないが、自分が個人の資格で提示されたものを受け取るか否かは、自分の意志で決めてしかるべきことではないのか。それとも、「大金が手に入るかもしれないとなれば話は別」というわけか。かたや隆一は、「今日子の気持ちもよくわかるし、参加したくないなら参加しなければいい」と即答してくれたというのに。

ただ、翻って考えてみれば、横内がそうした反応を示すことは、あらかじめだいたい予想がついていたような気がした。それが読めたからこそ、さらに幻滅してしまうのがいやで、今まで遺産のことを口にしなかったのかもしれない。説明会に赴いてからすでに一ヶ月、その間に横内とは何度も顔を合わせ、メール等で頻繁にやりとりをしているが、話そうと思うたびになんとなくあとまわしにしてしまって今日まで至っていた。

「まあ結婚するなら、それまでにある程度は喧嘩もしといた方がいいんじゃないの？」

洗面所から戻ってきた隆一は、あいかわらず同じ姿勢で考え込んでいる今日子を見てそう言いながら、冷蔵庫からミネラルウォーターのペットボトルを取り出した。

「喧嘩しないとわかんにゃあこともあるってな。相手の考え方の癖だとか、思いもかけなかったこだわりポイントとかな」

「喧嘩っていうかね。山浦さんの遺産のこと、今日初めて話したんだけど……」

今日子がいきさつを話している間、隆一はときどき喉を鳴らしてボトルの中身を飲み込みながら、うんうんとうなずいた。

「ま、横内くんの言い分もわからないでもにゃあけど。今日子は昔から潔癖だからな」

「だって、なんだかさもしい感じがしない？　まるで、〝そのお金は俺も半分もらう権利がある〟って言ってるみたいで。さもしいよ、みんな。大貫さんだって、私からキャンプの記憶訊き出そうとしたりして、なんかずるい手を使って自分だけ得しようとしてるし」

「でも今日子は、えーと、疋田くんだっけ、その人には協力してもいいって思ってるんだら？」

「あ、うん……」

反射的にうなずきながら今日子は、なぜ利幸だけ例外の扱いになったのだろうと考えた。

「彼にはそのさもしさみたいなものをあんまり感じないから。なんでかな、まわりのペースに引きずられて行きがかり上レースに参加せざるをえなくなってるみたいな感じがするからかも。ほかの人はみんな、なんだか目の色変えちゃって。私自身は別に遺産なんて欲しくないけど、だれかがズルしたり、他人を出し抜いたりして遺産もらったとしたら、それは許せないって気持ち」

「レースに参加したら、自分も〝さもしい〟ってことになっちゃいそうで、まずそれがいやなんだら、今日子は。でも不正は許せにゃあ。だから、自分はレースに参加しなくても、その疋田くんって人に協力することで、せめて不正を阻止しようとしてるわけか。今日子らしいな」

そう言って隆一は笑った。自分の心理を鮮やかに読み解かれた今日子は、裸にされたような恥ずかしさを感じた。これでは、「いい子ぶっている」だけのいつもの自分と変わらないではないか。子どもの頃から大嫌いだった自分。曲がったことを許せないと感じる気持ちは本物だった。状況に応じてその思いに手心を加え、融通を利かせることがいくつになってもできない自分の不器用さが嫌いだったのだ。ただ、人は結局、自分自身をある型にはめ込んでいる枷から自由になることはできない。それは、二十七年間生きてきた中で、骨身に沁《し》みるほどよくわかっている。

だから今日子は、「まず、不正があるかもしれないことについて、率直にその弁護士先生に相談してみたらどうかな」という隆一のアドバイスを、ごく素直に受け入れた。そうだ、まずはそこからだ。そこがクリアになれば、また違った見方でこの問題全体を見渡すことができるようになるかもしれない。今日子はそう考えて隆一にうなずき返しながら、自分のことをこんなにわかってくれているからこの兄と離れがたく感じるのだ、とあらためて思った。


疋田利幸とは、仕事帰りに東京まで足を延ばしてすでに一度顔を合わせていた。キャンプについてざっくばらんに話すという名目だったが、横内以外の異性と二人で会うということをここしばらくしていなかった今日子には、そのシチュエーション自体が新鮮だった。ときどき飲みに行く男友だちも何人かはいたが、婚約を知ってからはそれぞれ遠慮して声をかけてこなくなってしまったのである。

そのときは遺産のこと自体まだ横内には話していなかったから、利幸と会ったことも言わなかった。いざというときによけいな猜疑《さいぎ》心を生まないように、横内以外の異性と二人で会うときは基本的にオープンにする方針で臨んでいたが、その横内自身に対する漠然とした不満が鬱積《うっせき》しているタイミングでのことだったので、さして気にもならなかった。

二人はまず、利幸が鷲尾樹たちと話して集めた素材を時間軸に沿って並べ、どのできごとが八月六日から九日の間の何日に起きたことだったのかを表の形にまとめる作業に取りかかった。それは利幸も試みていたことだったが、思いついたことをランダムに口にするだけの樹たちはあてにできず、さりとて単身ではすぐに行き止まりに突き当たってしまうので、中途で投げ出していたのである。

初日の午前中は、比較的はっきりしていた。朝の六時半に集合して湯川の運転するミニバンで出発し、向こうに到着したのはまだ朝のうちだった。山浦は別荘で子どもたちを出迎え、まずは食堂に全員を通したのではなかったか。そのときふるまわれた麦茶の目が覚めるような冷たさは、今日子もよく覚えている。全員の自己紹介が済んでから、山浦による挨拶代わりの談話があった。これは、樹と和彦がじゃれ合っているのを今日子が注意したという、広島についてのレクチャーとは別物である。原爆の話を聞いたときは、「海辺で遊んだあとで空腹だった」ということを利幸がはっきり覚えていたからだ。

その談話にひきつづき、子どもたちは別荘の中を案内された。六人の部屋割りを決めたのもこのときのことだろう。その後、昼食までの半端な時間は、別荘の周囲をぐるりと回って位置関係を把握することに費やされたはずだ。そして別荘での初めての食事となる昼食の際、持参していた七味唐辛子を和彦が料理に大量に振りかけているのを見《み》咎《とが》めた山浦が、「その歳からそんなことをしていると味覚が麻痺する」と言ってそれをやめさせた。これは、和彦自身が記憶していたことだ。

問題は、その日の午後に何があったかだった。夕食時に披露された山浦のレクチャーとの関連から「海辺で遊んでいた」のはまちがいないとしても、それは利幸の言うスイカ割りのエピソードと同じ日のことだったのか。

「違うと思う」

と今日子は意見を述べた。

スイカ割りをしたのは、昼食自体を海辺でのバーベキューの形で行なったときのことだ。デザートとしてスイカを食べたのである。初日の昼食は食堂だったから、その点だけ見ても、「海辺で遊んだ」機会は少なくとも二回あったことがわかる。それに、今日子にはもうひとつ、日の異なるふたつの「海辺」を区別できる記憶があった。バーベキューのときは、今日子はあまり水には浸からず、せいぜい波打ち際を行ったり来たりする程度だった。前の日に溺《おぼ》れそうになった恐怖がまだ覚めやらず、警戒していたからだ。

「じゃあ、その前の日っていうのが……」

そう言う利幸に、今日子は答えた。

「初日のことだと思う。初日は逆に、ばかにたくさん泳いだの。みんながビーチボール遊びとかに疲れて、なんとなく浜辺でまったりしてる間も、私、一人で沖の方に向かって延々泳いでた。湯川さんも、そのときはたまたま目を離してたんじゃないかな」

利幸には言わなかったが、そのときの今日子には、泳ぐことにこだわる理由があった。キャンプの直前、浜名湖で開催された遠泳大会で、隆一の加わっていた中学生のチームが優勝していた。兄に対する憧れと対抗心から、自分も長距離を速く泳げるようになりたいとひそかに気焔《きえん》を上げていたのである。高校に上がる頃には、隆一にはどうあがいてもかなわないということを悟り、いつか追いつこうと考えることもやめてしまったが、当時はまだ、兄にできることなら自分にもできるはずだと信じていたのだ。

「で、岸辺がもうだいぶ遠くなって、みんなの顔が見分けられないくらいになったとき、急に足が攣《つ》ったの。怖かった。足なんてぜんぜんつかないし、叫んでも誰にも聞こえないし、しょっぱい海水が口の中にたくさん入ってきて、ああ、私このまま溺れて死ぬんだって思った。そのとき、腋《わき》の下にだれかの手が入ってきてぐいっと引っ張り上げられて……」

「え、誰だったの」

「それが、志村くんだったんよ。そばにいたなんてまったく知らなかったから、すごくびっくりした」

志村宏弥は、最初からなんとなく全体の中で浮いていて、あまりみんなと行動をともにしていなかった印象がある。このときも、文字どおりの単独行動を取って一人でしばしば姿を晦ませていた。監督責任のある湯川が、勝手にどこかに行かないようにと注意しても、何度も同じことを繰り返すので、しまいには匙《さじ》を投げてしまっていた。宏弥の態度は、反抗的というより、その言葉になぜ従わなければならないのかが理解できていないという雰囲気だった。

そのうち、三対三に分かれてバレーボールの真似ごとをしようということになった。水着になるのをいやがって服を着たままつまらなそうにしゃがんでいた智沙でさえこのゲームには参加したのに、宏弥の姿がないので、本来は審判役になるはずだった湯川がしかたなく一方のチームに加わったのだった。

今日子が「遠泳」に出て溺れかけたのは、そのあとのことだ。宏弥に助けられてからしばらくは、その背中に子ガメのようにしがみついていた。宏弥の背丈は今日子よりも小さく、その体は華奢で骨張っていたが、そのときの今日子にはそれほど頼りがいがあるものはほかになかった。岸の方がはっきり見えてきてようやく人心地がついてから、今までどこで何をしていたのかと訊いたら、「そのへんにずっと浮かんでた」という答えが返ってきた。

「海って、塩分のせいで体が勝手に浮いておもしろいら?」

「たまたまうまい具合にそのそばで私が溺れかけたの?」

「あんたの姿を見かけてからは、ちょっと離れたとこでずっとあとを追って泳いでた。どこまで行くんかなって思って」

　声をかけてくれればいいのに、と思ったが、今日子は黙っていた。宏弥がちょっと変わったところのある男子であることは、同じ春海北小学校の子どもとしてなんとなく知っていたからだ。それに、経緯はどうあれ、今や宏弥は命の恩人だ。今日子は安堵と感謝の念で胸がいっぱいだった。

　やがて足が元どおりになったので、もう大丈夫だと言って背中から離れたら、宏弥は「だったら俺はもうちょっとそのへんで浮かんでるよ」と言って、岸に着く前に横に逸れていった。砂浜に戻ってから、たった今起きたできごとについては誰にも話さなかった。溺れかけたなんてなんとなく体裁が悪いと思ったからだ。宏弥がみんなに言うかもしれないと思ったが、気を遣ってくれているのか、それとも単に興味がないのか、その後はなにごともなかったかのような顔をしていた。だからこのできごとは、たぶん今日子一人しか知らない。

「それはまちがいなく初日のできごとだったから、初日も二日目も午後は海で遊んで、二日目がバーベキューとスイカ割りだよ」

　今日子はそう言って話を本筋に戻そうとしたが、利幸は「変わった奴だったんだな、志村って」と言いながら考え込んでいた。

「いや、その後死んじゃったっていうし、俺自身があまり思い出せねえこともあって、こいつのことがばかに気になってしまって。江見は同じ北小だったんだら？　どういう奴だった？」

「同じクラスになったことはなかったから詳しくは知らないけど……いじめられてたとかいう話も聞いたことあるよ。今から思うと、いじめっていうより、鷲尾くんみたいなああいうタイプの生徒が〝おみゃあ、なんなんだよ〟って感じでちょっかい出したりとか、その程度のことだったみたいだけど」

「そうか、鷲尾も北小だったな。あいつはいろんなやつにちょっかい出すんだ。で、自分ではそのことをとっくに忘れてる。実は俺も中三のときやられた。いまだにちょっと恨んでる」

そう言って笑ってから、利幸は続けた。

「それより、志村が事故で死んだっていう話、実はひとつわかったことがあって。こないだ江見と電話で話したときは、長くなるから言わなかったんだけど」

利幸には奈々江という二つ歳上の姉がいて、現在は富士宮市で夫と一緒にペンションを経営しているが、樹たちとの会合のために実家に戻ったとき、たまたま一人で帰省してきていて、宏弥のことが話に出たら、「お姉さんを知ってる」と言い出したのだという。

奈々江は、まさにサマーキャンプが開催された年である中学二年のときに、宏弥の姉と同じクラスになった。どこか近寄りがたい、影のある大人びた雰囲気の少女だったが、弟同士がキャンプで一緒だったと偶然わかってからなんとなく口をきくようになった。家にも遊びに行ったことがあるが、その機会は一度きりで終わった。志村家は母子家庭で、いるだけで気まずくなるほど貧しい構えの家だったからだ。それにどのみち、新しい年が明けないうちに、この一家は遠くに引っ越すことになってしまった。もともと生活苦と無理が祟《たた》って病気がちだった母親が亡くなり、幼い姉弟を養う別の大人が必要になったのである。

「茨城の、ひたちなか市って言ってたな。たまたまその直前にふたつの市が合併してその名前になったとかで、当時はひらがなの市町村名ってめずらしかったんで、姉もよく覚えてたみたいで。そこに伯父さんだかがいて、二人して引き取られたんだって」

その後も奈々江は、宏弥の姉と何度か手紙のやりとりはしていたが、翌年の春先くらいからぱったりと返信が途絶え、どうしているのかと再度手紙を送っても反応がなかった。このまま疎遠になってしまうのかと思っていたら、夏の終わりごろになって突然届いた手紙に、目を疑うようなことが書いてあった。弟が自殺した、という内容だった。

「自殺？　事故じゃなくて？」

今日子が目を丸くして問い返すと、利幸は眉をひそめた。

「それがよくわからねえんだけど、志村のお姉さんはそうだと思ってる、と書いてたらしい。死んだのは春ごろで、事故扱いにされてたけど私は絶対に違うと思ってる、その証拠を見つけた、みたいな」

いずれにしてもその手紙は、狂乱状態で書きなぐったような支離滅裂な文面であり、書き手がひどく取り乱してなかば正気を失っているのはあきらかだった。その中でただひとつ読み取れたのが、「弟は事故ではなくて自殺だった」という点だったのである。奈々江は折り返し、どうか気持ちを落ち着けて、何があったのかもう一度詳しく教えてほしいと書き送ったが、それに対する返事はなく、結局それを最後に、宏弥の姉との交流は断たれてしまったという。

「それは気になるね……。お姉さん、その手紙を今でも取ってあったりとかしないの？」

「見つかんねえって。だって、十四年も前の中学生が書いた手紙だよ。ま、なんかの参考になるかもしれねえから、もし出てきたら連絡もらえることになってるけど」

二人の間にしばし、重苦しい沈黙が降りた。特に、この話を初めて聞いた今日子は、容易に消化できないような重たいしこりが心の中に形作られるのを感じた。もし本当に自殺だったとしたら。しかもそれは、キャンプでともに過ごしてから一年も経たない間にあったことなのだ。「自殺」と聞くと、まるで自分自身が宏弥を追いつめた加害者の一人であるかのような気持ちになってくるのはなぜなのだろうか。

「まあ、それはそれとして、話を戻そう。初日と二日目がそれだったとして……」

利幸のそのかけ声によって、今日子も気を取り直し、キャンプの間のできごとを並べ替える作業に戻ることができた。その結果、一部は推測で補いながら、このような表がまとまった。

8月6日
午前　集合～ミニバンで別荘へ。車中で金谷が田村正和等の物真似。
　　　別荘着。山浦氏の出迎え・談話。部屋割り。近所の確認など。
昼食　食堂にて。金谷、七味について山浦氏に注意される。
午後　海岸でビーチバレーなど。大貫は水着にならず。志村、単独行動。
　　　江見、溺れかけたところを志村に救助される。
入浴
夕食　食事前に山浦氏が広島を語る。
　　　鷲尾と金谷、じゃれ合っていて、江見が注意。
消灯

8月7日
朝食
午前　読書室で読書。
　　　鷲尾と金谷、騒いで湯川氏に注意される（8日の午後？）。

昼食　海辺でバーベキュー。
午後　引き続き海辺で過ごす。大貫は水着にならず。スイカ割り。
　　　志村、スイカの残り半分を割って鷲尾がキレる。
　　　湯川氏、事態収拾のためスイカを買い足しに。
入浴・夕食
消灯前　別荘の庭で花火？
消灯

8月8日（天候不良）
朝食
午前　読書時間の予定が急遽近隣の散策に変更。
　　　志村、予定変更をいやがって1人で別荘に待機。
　　　鷲尾、枯れたハマユウを引っこ抜こうとする。
昼食　食堂？
午後　雨。読書室で読書。または自由時間。
　　　鷲尾と金谷、騒いで湯川氏に注意される（9日の午前？）
　　　夜までの間に女性到着？
夕食　キャンプファイヤーをしながら飯盒《はんごう》炊飯など。
　　　女性、「負けないで」を歌う。
　　　反省会。金谷が涙ぐむ。

消灯
深夜　鷲尾と金谷、別荘を抜け出して逢い引き中の男女を目撃。
　その後、海辺に1人で立っていた志村を目撃。
　別荘では、鷲尾らがいないため騒ぎに。

8月9日
朝食
午前　自由時間。江見、山浦氏へのお礼を提案。海辺で合唱の練習。
　合唱を山浦氏に披露。ミニバンで帰路に。
昼食　道中のドライブインで？
午後　渋滞のため（？）、遅めの時間にS市着。

八日夕方の「女性」とは、利幸のミニアルバムに入っていた、別荘を発《た》つ直前の集合写真と思しいものにのみ写っている謎の成人女性のことである。利幸に写真を見せられて今日子もおぼろげにその存在を思い出したが、最初から最後までいたとはどうしても思えなかった。ただ、キャンプファイヤーのときにこの女性が子どもたちの手拍子だけでZARDの「負けないで」を歌ったことだけは鮮烈に覚えていた。今日子自身、当時はこの曲が大好きで、途中からは女性と一緒に歌ったほどだったからだ。したがって、女性はおそらく八日の遅い時間に到着して、ひと晩だけ一緒に過ごしたのだろうということになった。
「こうして見ると、俺、ほとんど何もしてねえな。俺が〝或る事〟をしたって線はまずなさそう」

　そう言って利幸は笑っていたが、それならそれでしかたがないと言わんばかりに恬淡《てんたん》としている様子には好感が持てた。

　相生と連絡を取るという案は、その時点で二人の間に上がっていた。

　三泊四日のできごとをざっくりと表にまとめることで大枠はできたものの、情報の総量としてはあいかわらず貧弱で、ここからなにか有力なものが引き出せると考えるのは難しかった。なにかもっと決定的なエピソードがあるはずだというのが二人の共通見解だった。たとえば、あの別荘を再訪してみるというのはどうだろうか、と今日子が提案した。現地に行って、もし中に立ち入ることも許されるなら、思い出せるエピソードの件数が飛躍的に増えるかもしれない。相生なら、山浦家から鍵を借り受けることもできるのではないか。

　その話はなんとなくそれきりになってしまっていたが、この機会に、それも併せてとにかく一度相生に相談してみるのがいいと今日子は考えた。利幸も快諾したので、さっそく相生の携帯に電話をかけて、一度会えないかと持ちかけた。相生は多忙らしく、最初は難色を示したが、最終的には、今日子が候補日として挙げた中の一日を指定し、その日の午後七時から一時間程度なら都合がつくと答えた。ただし、出先からまた別の出先に向かう合間なので、事務所ではなく、渋谷あたりのどこかにさせてほしいというのが相生の希望だった。

　その声は消え入りそうにかぼそく、顔を見ずに話していると、相手が病弱な少女かなにかであるという錯覚を起こしそうだった。

第5章　判　定

1

「よく考えたら、普通、こういうときって喫茶店とかですよね。すみません、普段あまりそういう店を使わないもんで、気が回らなくて」

　説明会のときと似たり寄ったりのスーツ姿で現れた相生真琴と斜めに向き合いながら、疋田利幸は恐縮して何度も頭を下げた。渋谷あたりは不案内なので、相生への相談に使う店を適当に見繕ってほしいと江見今日子に頼まれ、とっさに思いついて予約したのが、このバーの奥まったところにある半個室状のスペースだったのだ。「なるべく静かに話せるところがいい」というリクエストに応えてはいるが、あいかわらず笑みひとつ浮かべずきっちりと膝を揃えてソファに腰かけている相生を前にすると、自分の選択がいかに場違いなものであったかを思い知らされる。

「しかも僕、こういう店だからって反射的にこんなの注文しちゃって」

　利幸がそう言って自分の前のビアグラスを指差すと、相生は「あ、いえ、どうぞご遠慮なく」と言いながら右手を差し出した。

「場所は別にどこでもかまいませんし、お仕事の後でお疲れでしょうから、ビールの一杯もお召し上がりになりたくなるでしょうし」

そう言う相生自身はグレープフルーツジュースを注文し、喉が渇いていたのか、最初の一分でほぼ飲み干してしまっていた。グラスは、底の方に残ったわずかな液体を除けば、まだほとんど溶けていない氷だけで満たされている。

職場でトラブルが発生し、その対応に追われているため、七時には間に合わないかもしれないという今日子からのメールが、六時過ぎに携帯に届いていた。最悪の場合、先に始めてしまっていてほしいということだった。利幸は七時十五分前に店に着き、ビールをちびちびと飲みながら時間をつぶしていた。今日子から電話がかかってきたのはそのときのことだ。

「ごめんなさい、目一杯頑張ってるんだけど、どうしても終わんないのよ。そっちに行けたとしても、相生さんがもう次のところに移動したあとになっちゃってるかも。悪いんだけど、疋田くん一人で会っておいてくれない？　私から言い出したことなのに、無責任でほんとごめんね」

「いや、いいよ、しょうがねえら。それに江見はもともと俺のために協力してくれてるわけで。相談内容はわかってるから、一人でもどうにかなるし」

利幸はそう答えたが、今日子は最後まで、まるで出席すると約束していた結婚式に出られなくなったことを謝るかのように申し訳なさそうにし、また連絡をすると言って通話を終えた。

そして七時ジャストに、相生が現れたのである。今日子が来られなくなったことについて、相生は「そうですか」と無表情に言っただけだったが、利幸はこの歳若い女性弁護士と一対一で相対しなければならなくなったことに心安らがないものを感じていた。相生の物腰には、どこか利幸を不安な気持ちにさせるものがあった。説明会のときにはそれほど気にならなかったが、二人きりという逃げ場のない状況では、それが圧迫感となって利幸に息苦しい思いを強いていた。

利幸は、それを払いのけようとばかりに口火を切った。

「それじゃ、時間もないことですし、本題に移りますが……。あの、最初に確認しておきたいんですが、このご相談は有償でしょうか。ほら、弁護士さんって、相談料が三十分で五千円が相場とかいうじゃないですか」

「いえ……」

相生は、そんな質問は想定さえしていなかったと言うように少し口ごもってからこう答えた。

「あの、この案件に関しては、別途山浦先生の遺産から手数料や成功報酬をいただけることになっておりますので、こうしたご相談に関しては、それも込みになっているということで」

「そうですか、では安心してお話しさせていただきますが……」

そう前置きをしてから、利幸はまず、キャンプの記憶を補強するために、南伊豆の別荘をもう一度訪れる機会を作ってもらえないかどうかを訊ねた。

「これは僕と江見の間で出てきた案ですが、もし僕たちだけがそうするのが不公平に当たるというのであれば、五人全員一緒でもかまいません。やはり、現地を見ると思い出せることがもっと多くなると思うんですよ」

「それは……」

相生は、ストローでグラスの残りを飲み干してから続けた。

「そうしていただければいいなとは思うんですが、実は皆さんがお泊まりになった別荘は、現存していません。何年か前に、火災で全焼したと聞いております」

「火災ですか、あんな、まわりに何もないところだったのに。でも、跡地であっても、行けばなにか思い出せるかも……」

「申し訳ございません、住所までは山浦先生から伺っていないんですよ。火災後に土地自体を売却されたようで」

そう言って相生は、ストローをくわえてさらに飲もうとした。そして、ズズという音を聞いてから、グラスがすでに空になっていることに初めて気づいたような顔をして、きまりが悪そうにストローから口を離した。

「あ、なにか頼まれますか」

「あの、私もなにかアルコールをいただいてもよろしいでしょうか」

「ええ、もちろん。でも、このあともお仕事なんですよね？」

「すみません、少し緊張しているようで……」

相生は頰に垂れかかる髪を右手で梳《す》き上げながらつけ加えた。

「実は、やっと見習いから昇格したばかりの新米なもので。担当として単独でご依頼を受けたのはこの案件が初めてなんですよ」

利幸は意外の感に打たれて相生の姿を眺めた。説明会会場で終始あいそのかけらもなくロボットのように冷厳にふるまっていたのも、緊張感の裏返しだったのかもしれないと考えれば合点がいった。

「そんな風には見えなかったな、説明会のときは。毅然《きぜん》としていて。失礼ですが、おいくつなんですか？」

「二十八です。もうすぐ九になりますが」

それに対してうなずきながら利幸はウェイターを呼び止め、相生に注文させた。相生は場違いに思えるほど真剣な目でメニューを見つめ、少し迷ってからモスコミュールを注文した。

「じゃあ、僕と二つしか違わないじゃないですか。尊敬しますね、その歳で一人前の弁護士さんとして身を立ててるなんて」

「ぜんぜん。一人前なんかじゃないですよ」

そう言ってはにかんだように自分の顔の前で掌を左右に動かすその仕草は、同じ年頃のそこらの女となんら変わらないように見えた。利幸は、この弁護士に初めて人間らしい一面を見た気がして、思わず笑みを漏らした。

「それにしても、今回のことは正直、戸惑いました。今でも戸惑ってると言っていいかもしれません。ほかの人はどうだか知りませんけど、僕にとってあのサマーキャンプは、言われなければそのまま一生思い出さなかったかもしれない程度の遠い思い出でしたから」

「申し訳ございません、お騒がせして」

「いえ、いいお話ですし、相生さんはご自分の職務を果たしておられるだけですから。ただ、手記に関しては難航してますね。別荘の中を見て回ればかなり思い出せるんじゃないかと期待してたんですが、それもかなわないとなると……これ以上、なにか出てくるのかなって」

利幸がそう言ってビールを口に含むと、相生は気遣わしげに利幸を見上げながら、「やはり、難しいでしょうか」と言った。

「簡単ではないですね。だって、十五年前ですよ、相生さんだったらどうです。十五年前のことをすらすらと思い出せますか？」

相生は目を伏せて少し考え、慎重な口ぶりでこう答えた。

「思い出せることと、思い出せないことがあると思います」

それは、あたりまえすぎるほどあたりまえのことだったが、相生が言うとまるでなにか深遠な真実を含んだ格言ででもあるかのように聞こえた。

「中には、今でもまるで昨日のことみたいにありありと覚えていることも」

呟くような低い声でそう言ってテーブルの一点を見つめている相生は、今まさにそのことをまざまざと脳裏に思い描いているところであるのにちがいなかった。そして、その目に兆した暗い影から察するかぎり、それはどちらかというと悲しい、あるいはつらいできごとであるように利幸には思えた。

幸か不幸か、人は往々にして、自分にとって否定的な意味を持つ思い出をこそ、長く心に保持しているものだ。楽しかったことについては、「楽しかった」という漠然とした記憶しか残らない。しかし、つらかったことや悔しかったことは、そのとき自分が置かれていた状況や、自分自身の微細な心の動きも含めて、細部まで生々しく思い出すことができる。十二年前の夏、鷲尾樹に上履きの底で顔を殴られたときのことを、利幸が今もって頭の中で詳細に再現できるように。樹の白いシャツの、大きく開いた襟の部分が茶色く汚れていたこと。樹と徒党を組んでいた別の生徒が近くの机に腰を乗せて嘲るように笑っていたこと。そのとき感じた悔しさ、屈辱感。

その間にモスコミュールが届き、相生は待ちかねたようにそれに口をつけた。そして、ジュースのようにごくごくとグラスの半分ほどを一気に飲むその様子に、利幸は目を瞠った。視線に気づいた相生が、恥じ入ったようにグラスを置いた。

「ごめんなさい、目の前になにかがあるとどんどん飲んでしまうんです。卑しい癖ですね、恥ずかしい……」

「いや、そんなことは」

「それより、お話を戻しますが、みなさんのキャンプの思い出をもっとスムーズに取り戻せるように、なにかお手伝いできることはないでしょうか。別荘にご案内するのは無理としても。できるだけたくさん、正確に思い出していただけた方が、私としても職務をまっとうしやすくなりますし」

「そうですね……。せめて写真でもあれば、思い出すきっかけにはなるんでしょうけど、どうも散逸してしまっているケースが多いみたいで。僕の場合はたまたま母親がわりとマメなタイプだったので、ミニアルバムが出てきて、それは多少参考になったんですけど」

　相生は神妙な顔でうなずき、「写真ですね、考えてみます」と言ってから、またグラスを傾けた。

「あの、ひとつ気になってるんですが」

　利幸が問いかけると、相生はグラスに口をつけたまま視線だけを上げて、目で先を促した。

「山浦さんは、六名のうち死んだ者や連絡がつかない者がいた場合は、残りのメンバーに手記を書かせるようにと遺言に書き残してますよね」

「はい」

「その、残った僕たち五人が書いた手記の内容から判断して、もしも〝或る事〟をしたのが、死んだ志村だったと判明した場合は、どうなってしまうんでしょうか」

　グラスを置いた相生は、「それは……」と言ったきり黙り込んだ。利幸はかまわず続けた。

「いえ、ここだけの話、僕は志村だったんじゃないかって気がしてるんですよ、〝或る事〟をしたのは。僕自身は彼のことをあまりよく覚えてないんですが、みんなの話を聞くとちょっと変わった子どもだったみたいで。山浦さんの遺言書に、〝子どもというのは思いもかけないことで大人を喜ばせてくれるものだ〟みたいなことが書いてありましたよね。志村って、そういう意外性のかたまりみたいな奴だったんじゃないかなって」

「意外性のかたまり、ですか」

「そう、たとえばですね……」

　そう言って利幸がなにか典型的なエピソードを語ろうとしたとき、ウェイターが「お飲物のおかわりは」と言って相生のグラスを指した。モスコミュールは、早くもほぼ飲み干されていた。相生は機械的に、「あ、では同じものを」と答えた。ウェイターが行ってしまってから、このあとも仕事なのにいいのかと再度念押しをしようとしたが、くどいかと思ってやめた。相生は話の続きを待っているようなので、スイカ割りのときの逸話を披露した。相生は注意深くそれに耳を傾け、考え込むように何度かうなずいた。

「意外性というか、とにかくなにか、いつもその場の流れとは無関係に、一人で勝手なことをしているという印象です。今で言えば〝空気が読めない〟っていうのかな、空気を読もうという発想自体がないというか」

　そう言いながら利幸は、まさに別荘からミニバンで引き上げようとしているときのあるできごとを思い出した。

　状況から言って、おそらく例の集合写真を撮った直後のことだろう。めいめいが荷物を持って、湯川の手を借りながらミニバンに詰め込んでいる。先に窓際のシートに着いていた利幸は、別荘の玄関の手前で、みんなから一人だけ離れて妙にぎこちない動きでなにかをしている宏弥の姿を目に留めた。そのときはよく晴れていたが、夜のうちにまた雨が降ったのか、ところどころに水たまりができていた。宏弥はそのうちのひとつに関心を奪われているらしく、足の先で水をつついてはしゃがみ込み、また立ち上がって、今度は違う角度から同じことをしたりしていた。

　だれか、たぶん樹か和彦が、何やってんだよ、早く荷物持ってこい、と怒鳴りつけたらようやくその場を離れたが、地面に置いていた荷物を手にしても急ぐ様子はなく、まだ水たまりが気にかかっているようで、振り返ったり空を見上げたりしている。

その一連の動きがおかしかったので、利幸は思わず吹き出し、「ミスター・ビーン」みたいだと評した。当時、ＮＨＫの深夜の時間帯に放映されていたイギリスのそのコメディ番組がおもしろいと評判になり、利幸も録画して観ていたのだが、一人だけ他人とは違うことに興味を抱き、滑稽な動きでなにか突拍子もないことをやってのけるミスター・ビーンと宏弥には、実に多くの共通点があることに気づいたのである。まわりの何人かも、そういえば似ていると言って笑った。しかし山浦だけはまじめな顔をして、なにかおもしろいものでもあったのかと宏弥に訊ねた。

水たまりに空の雲が映っていて、それが海に浮かぶ雪に覆われた島に見えたので、水を揺らして、その島に地震が起きたときのことを想像していたのだ、というようなことを宏弥は言った。正確には覚えていないが、あらかじめ作文したものを読み上げたかのような説明調の答えだった。山浦はいたく感心し、豊かな想像力に恐れ入ったというような意味のコメントで宏弥を褒めそやした。そのせいでほかの子どもたちはなんとなくしらけてしまい、特に利幸は、自分がひどく子どもっぽい、くだらないことを言ってしまったのだと思って恥ずかしくなった。

利幸はこのエピソードも相生に明かそうとしたが、すぐにその不用意さに気づいて口を噤んだ。このとき山浦は、まさに宏弥の予想外の行動に感じ入っていたわけであり、これ自体が「或る事」である可能性もある。たわいもない内容だが、山浦がどんなことにどれくらい感動する人間だったのかはわからないのだ。こんなささやかなことを終生大事に覚えていたような思いもかけぬツボの持ち主ではなかったと誰に言えるのか。そしてもしそうなら、相生はあらかじめ正解を知っているのだから、この時点で受遺者探しは終了してしまうことになる。

「いや、でもこれは、今ここで話すべきことじゃないですよね。念のためですけど、今のスイカ割りの話は、違いますよね？」

慌てて話を収束させようとした利幸の問いかけに、相生は一瞬、目を泳がせてから、「違うとも違わないとも、現時点で私の口からは……」と答えた。

「そういう言い方されると気になっちゃうな。今の点についてだけでいいんで、こっそり教えてください。違うか違わないか、それだけ」

両手を拝むような形にしながら、なかば冗談めかして利幸がそう言って迫ると、相生は観念したようにかすかに笑って「違います」と答えた。利幸が記憶しているかぎり、この女弁護士が初めて浮かべた笑みだった。

「ほら、このように、気になってしまうわけですよ、志村なんじゃないかって思うと。話が行ったり来たりしますけど、志村だった場合、遺産はどうなるんでしょうか」

「そうですね……。正直に申し上げますと、そこまでは想定しておりませんでした。山浦先生も、ご一緒に遺言書を作成させていただいた私も、ということですが。ただその場合、法的には、受遺者資格を持たれるのはあくまで志村宏弥さんということになり、ご当人がすでに亡くなられているということであれば、その資格は彼の法定相続人に引き継がれることになりますね」

相生はもとの無表情な顔に戻ってそう言った。

「お子さんは当然いらっしゃらないので、通常は直系尊属ということになりますが、ご両親もすでに物故されておりますので……」

「そうすると、お姉さんですか」

二杯目のビールに口をつけながら利幸がそう言うと、相生は目を上げて、「あ、ご存じだったんですか」と言った。

「ええ、僕の姉がたまたま、志村のお姉さんと同級生だったことがあるらしくて」

「そうなんですか」

そう言って相生はグラスからまたひと口含んで飲み込んだ。

「ただ、そのお姉さんも現在は消息不明なんです。ですから私は、この案件に関しては、ご養父だった伯父の方と連絡を取らせていただいているんですが……」

「ああ、ひたちなか市のですか？」

「はい」

そう答えたきり相生は黙り込み、なにかしきりと考えを巡らせているような顔で、手元のグラスを指でくるくると回した。

「あの……」

「あ、いえ……打開策を考えていたんです。つまり問題は、受遺者資格を持っておられるのが志村さんである可能性が低くないと考えられる以上、疋田さんを始めほかの方々としては、手記をまとめるモチベーションを維持しづらくなる、という点にあるわけですよね」

「まあ、そうですね」

「では、こういうのはどうでしょうか」

もしも〝或る事〟をしたのが宏弥だったと判明した場合は、残りの五名に無条件に六千万円ずつを提供し、残りの二十八億を宏弥の法定相続人に遺贈することとする、というのが、相生の出した提案だった。相生は電話で今日子からすでに樹が提案した方式について聞いており、それを参考にして思いついたものだという。さいわい、これは隠し遺産の処理をめぐる内密の案件である上に、宏弥の伯父方にはまだ具体的なことは何も伝えていないため、そこはどうとでも采配できると相生は言った。

「でも、そんなことができるんですか。遺言に背くことになっちゃいませんか」

「実は、〝或る事〟の内容を記した遺言書の〝別紙〟、説明会で皆さんにはお見せしなかったその部分に、こういう一節があるんです。――〝或る事〟を為《な》した当人を特定するに際して障害が発生した場合は、遺言執行者の裁量によって、総額の十パーセントを超えない範囲において、遺産として指定する金額の一部を障害回避のために使用するを得るものとする」

「なるほど、十パーセントでも三億一千万ですからね、それを五人で分ければ六千万円……。そんな裏ワザがあったんですか」

　利幸が感心していると、相生は急いで補足した。

「私としては、というか、これは山浦先生の思いでもあるのですが、遺産を受け取られるべき方が特定できずに終わるというのがいちばん不本意ですので。最初からそうすべきだったかもしれません。少し甘く考えておりました」

「でも、だったらいっそ、志村だった場合だけじゃなくて、すべてのケースにそのルールを適用したらどうですか。〝或る事〟をしたのが誰であったとしても、手記を提出したそれ以外の全員が六千万円ずつ、いわば手数料として受け取れるということにしたら。そうすれば、みんな安心してもっと熱心に手記を書こうとするんじゃないですかね」

「それは……どうでしょうか」

　相生は、少しくぐもった声で抗弁した。

「結果としてあきらかになった事実のいかんにかかわらず、手数料として一律六千万円が手に入るということになれば、それさえもらえればいいと思って手を抜く方が現れる気がします。それこそ、山浦先生の本意に反することです」

今、問題になっているのは、宏弥が受遺者資格の持ち主である確率が低くないにもかかわらず、その本人がそれを立証するすべを持っていないということである。手記を書ける立場にあるほかの五人と比べて、故人である宏弥は圧倒的に不利だ。実際に宏弥が〝或る事〟の行為主であったとして、五人が誰も宏弥のやったことに言及しなければ、真相は永遠に闇に葬られたままになってしまう。その不公平さを補正するための方策なのだから、六千万円はやはり、行為主が宏弥であった場合にのみ、ほかの五人に支払われるものであるべきである。相生の言い分はそういうものだった。

「ただ、お話を伺っていて思いましたが、手数料というお考えには一考の価値がありますね。誰しもタダ働きはしたくないものでしょうし。額はだいぶ下がりますがたとえば……一律五十万、ということでいかがでしょうか」

「なるほど。それは理に適っていると思います」

利幸は、依頼主である山浦の「本意」を可能なかぎりまっとうしようとしてとっさにこれだけの方策を考え出せる相生に素直に感心しながら語を継いだ。

「それなら、手記の提出率も高くなる上に、結果として内容の精度も高まりますよね。それで、もう一方の問題もおのずと解消するかもしれません。あ、これはどっちかというと江見が気にしていたことなんですが、どうも一部に、自分だけ得をするつもりで不正をしようとする動きがあるようなんですね。まあ、誰のことを言ってるのかは消去法でわかってしまうかもしれませんが」

利幸がそう言って笑うと、相生も察したように笑いを含んだ声で「はい」と言った。

「つまり、人のやったことを自分がやったかのように手記に書いて当事者になります、みたいなことです。手数料の保証があればそういう邪心も少しはトーンが弱まるでしょうし、結果として精度の高い情報が相生さんのもとに集まれば、真偽の見分けがつけやすくなると思うんです」

われながら説得力のある言いまわしだと利幸は思い、心の中で自画自賛したが、相生はそれには答えず、あらぬ方を見つめている。なにか問題でもあるのかと訊こうとしたら、ふいにしゃっくりをして突然立ち上がった。

「すみません、お手洗いはどちらでしょう」

見れば、二杯目のモスコミュールもなくなりかけている。これだけ水分を摂《と》れば当然だろう、と思いながら利幸がトイレのある方向を指し示すと、相生は立ち上がりざまにテーブルに膝をぶつけ、ふらつきながらそちらに向かった。そして戻ってきたときには、なぜかスーツの上着を脱いで腕にかけており、利幸の顔を見るとにんまりと笑って、「なんか、酔っぱらっちゃいました」と言った。

「大丈夫ですか、そろそろ次のお仕事の時間だと思いますが……」

「次の仕事？　ああ……あれは、なくなりました」

「え？」

「キャンセルになったんです。だから私、このあとは自由です。フリーダムです。だからもう一杯、飲みませんか？」

そう言って相生は、上着をソファの隅にぞんざいに放ると、おぼつかない手つきでメニューをめくり出した。利幸はその態度の豹変《ひょうへん》に当惑したが、真っ白な開襟シャツの合わせ目から覗く白い胸元や、裾がめくれ上がったタイトなスカートから伸びる組んだ脚に目を奪われ、こうして見ると相生真琴は女としてなかなか魅力的なのではないかと思いはじめていた。

「でも見たところ、そんなに強くないですよね、お酒」

利幸がそう言うと、相生は「ああ」と投げやりに答えてからウェイターを呼び止め、カルアミルクを注文してから、利幸に向き直った。

「だからよく、叱られてました。仕事にならないって。飲めもしないんだったら飲むなって。私、強くないくせにペースだけは速いから」

「叱られてたって、誰にですか」

「私、こう見えても昔、キャバ嬢やってたことあるんですよ」

利幸は驚いて、「信じられない」と口にしたが、その言葉とは裏腹に、この女にそういう過去があったとしてもそれほど違和感はないと思っている自分がいることにも気づいていた。体を傾《かし》がせて利幸を見上げるその目は、瞼がなかば下りていて焦点も定かではなかったが、これで服装やメイクさえそれらしくすれば、十分に蠱惑《こわく》的な女の姿であると言うことができたからだ。

キャバクラに勤めていたのは「十年くらい前」のことで、その頃の自分は「いわゆる苦学生」だったのだと相生は語った。そして、同席している男性がタバコを出して口にくわえると、ライターを差し出して火をつけてやらなければならないような強迫観念にいまだに襲われて困ることがある、疋田さんがタバコを吸う人でなくてよかった、と言って笑った。

出身はどこかと訊くと、少し迷ってからただ「うんと田舎の方」とだけ答えた。そして、東京に出てきた当初は、他人がみんな事務的で冷たい感じがしてなかなかなじめなかった、と言った。

「疋田さんも地方出身ならわかるかもしれませんけど、こっちの人って割り切っていて、いろんなことをばかにあっさり片づける感じがするじゃないですか。私は、そんな簡単にいろんなものを切り捨てられない。もう、自分でもおかしいんじゃないか、だれか止めてって言いたくなるほど、こだわることにはこだわるし……執着します。って、同じですね、〝こだわる〟も〝執着〟も」

「でも、なにかにこだわってしまうときは、こだわってしまうだけの正当な理由があるんだと思いますよ。そういうときよく、〝もっと大人になれよ〟とか言う人がいますが、僕はあの言い方が嫌いです。大人かどうかってこととは関係ないと思うんですよね」

利幸がそう言うと、相生はカルアミルクのグラスを顔の高さに掲げたまま、「そうでしょうか。そうだといいんだけど」と呟きながら、懸命に考えをまとめようとするように視線をあちこちに走らせた。

「でも、私は、今の自分が……」

相生がそう言って言葉を詰まらせたそのとき、利幸のズボンのポケットの中で携帯がバイブ音を発した。今日子からの続報かもしれないと思ってすぐにフラップを開いたが、ディスプレーに表示されていた名前は「矢口真名美」だった。例の疑念が心に兆してから、利幸はなんとなく真名美と距離を置いていた。そして、相手もそれを察しているのがわかっていた。

メールの本文は短いもので、すぐに全文読むことができたが、今は目を通す気持ちになれなかった。この状態を続けていれば、早晩真名美は、利幸にとってこの関係は「遊びだった」のだと解釈するにちがいなかったが、それならそれでしかたがない、と思いはじめていた。

「あ、もし返信が必要なら、どうぞ……」と言う相生に、利幸は「いいんです」と短く答え、携帯をポケットにしまい直した。そして、自分もカクテルを飲もうと考え、メニューを繰りはじめた。

2

呼び鈴が鳴っても、家族の誰も玄関のドアを開けようとしなくなって久しかった。色褪せた「金谷酒店」の看板を掲げてはいても、一年中シャッターを下ろしたままのこの家を訪れる者といったら、九割方は借金の取り立てと相場が決まっていたからだ。自治会の回覧板を届けに来る隣人もそれは心得ていて、儀礼的にベルを一度だけ鳴らし、家人が出てくるのを待たずにそっとクリップボードをドアの脇に立てかけていく。

七月上旬の蒸し暑いその晩、金谷和彦は電気もつけていない自分の部屋でぼんやりとパソコンのディスプレーを見つめていた。画面には掲示板が表示されており、ウルムチ市で起きたウイグル族の騒乱をめぐって「反中国的」な言辞が飛び交っている。

「チャンコロの人権無視行動、お約束過ぎてワロタｗｗｗｗ」

「こんな虐殺国家にゴマする売国民主党は全員斬首」

「マスゴミの親中姿勢はなんとかならんのか」

「中国人の犯罪行為を挙げたらキリがない。支那畜共は日本人も虐殺している。cf.通州事件」

和彦自身、書き込みをしようとしてふと虚しさを感じ、キーボードを叩く指を止めたところだった。

中国人や韓国人、在日韓国・朝鮮人らを憎悪するようになったのは、その日その日をどうにかやり過ごすこんな立場になってからだ。寄る辺ない毎日の中で、和彦はいつのまにか極端な、そして歪んだ愛国者になっていた。ただひとつたしかなことは自分が日本人であることであり、その日本に敵意を向けてくる国家や民族のことは許しがたく感じた。

　自分が明日をも知れぬ苦境に立たされている原因が彼らにあるわけではないことはわかっていたが、彼らを憎み、ネットでしか接点を持たない同志たちと一緒になって彼らを糾弾すると、少しだけ気が晴れた。しかしそれをしたあとで必ず、出口の見えない鬱々《うつうつ》とした気分の中に落ち込んだ。結局のところそれには、解決不能の問題から一時的に目を逸らさせるだけの乏しい効果しかなかったからだ。

　呼び鈴が鳴ったことには気づいていたが、和彦は身じろぎさえしなかった。ここのところ自分の返済は滞っていないから、借金取りだとしても父親目当ての方だろうと思った。本人は夜勤の警備員の仕事で不在であり、一階に一人でいる母親が、気が向けば玄関に向かうはずだった。ベルはだいぶ間を空けてからもう一度鳴った。それは、回覧板とも借金取りとも異なるパターンだった。マチ金の社員なら、たてつづけに何度も鳴らすはずだからだ。

　やがて母親がそろそろと玄関に向かう気配が伝わってきた。低い話し声が聞こえ、軋む階段を上ってくる母親の重たい足音が近づいてきた。

「なに、あんた、電気もつけずに……」

　部屋のドアを開けた母親は、そう言って皺っぽい顔をしかめながら「お客さんだよ、あんたに」と言った。

「俺に？」

「うん、中学のときの先生だって。ヒビノって……担任とかじゃにゃあよね。とにかく、上がってもらったんで」

ヒビノと聞いてから、春海中学校の痩せた女性教師・日比野睦美《むつみ》の姿を思い浮かべるまでに、和彦は優に数秒を要した。母親の記憶どおり、日比野は学級担任になったこともないし、所属していたサッカー部とも無関係だった。生活指導担当だったため、何度か口をきいたことはあるが、特に深い関わりを持ったことはない。まして卒業後、個人的に交流があったわけでもない。その日比野が今になって自宅を訪ねてくる理由は、和彦にはまるで想像がつかなかった。

居間に通されていた日比野は、洗いざらしのTシャツにジーンズという出で立ちで、卓袱台《ちゃぶだい》を前にきちんと背筋を伸ばして正座していた。和彦が中学生だった頃と変わらず、無造作にうしろで束ねただけの髪には白いものがたくさん混じっている。それを見て、日比野が母親と同じくらいの年齢だったのだということに和彦は初めて気づき、不思議な気持ちになった。未婚だと聞いていたが、今でも独身を通しているのだろうか。

「おう、金谷。すまんな、夜分突然押しかけてきて」

和彦が居間に入っていくと、日比野はよけいな肉をまったくつけていないように見える腰を軽く浮かせてそう言った。まるで、まだ自分が春海中の教師であり、和彦がその現役の生徒であるとでも言わんばかりの態度だった。

「どうしたんですか、先生」

「ま、もうとっくに〝先生〟じゃにゃあけどな。今は介護の仕事をやってる。悪いな、びっくりしたら？　今日はちょっとメッセンジャーとしてな」

当惑を隠せないまま和彦が向かい側に腰かけると、母親がコップ入りの麦茶をふたつ持ってきて、それぞれの前に置いた。

「あ、もしかして夕飯とかまだだったか。邪魔なようなら……」

「いや、それはもう済んだんで、いいんですけど」

さっき自分の部屋でコンビニの弁当を食べたばかりだった和彦は反射的にそう答えたが、台所の方からは煮物のにおいが漂っている。もう八時半を回っていたが、母親はこれから食事するつもりだったようだ。

家に月々いくらかは入れるようにしていたが、一人暮らしをしている連中に比べれば楽なはずだった。食事も親が用意したものを食べればもっと安上がりになることはわかっていたが、こんな生活になってからは親の顔を見るのもいやだと思うようになった。金谷家の長男として両親と同居していながら、生活を共有してはいなかった。

父親が警備員の仕事で、また母親がクリーニング屋のパートで月々どれくらい稼ぎ、そのうちのどれくらいを返済に充《あ》てているのかも和彦は知らなかったし、家族が家にいるのかいないのかさえろくにたしかめないまま、玄関から二階にある自分の部屋に直行するのが常だった。朝食は抜いて、昼も夜も揚げ物中心のコンビニの弁当。残金が乏しくなってくればカップラーメンや菓子パンでしのいだ。そして部屋の中にゴミが溜まってくると、その分だけまとめて自分で集積場所まで持っていった。

だから和彦はここ数年、家の中で自分の部屋と浴室とトイレ以外の場所にはほとんど立ち入ったことがない。卓袱台の前に座るのも、いつ以来か思い出せないほどだった。来客の存在を意識して見渡すと、居間はいかにも雑然としている。いたるところに古新聞や洗濯物が積み上げられていて、卓袱台の上も濡れた湯呑みや食器を置いた無数の痕跡《こんせき》で汚れている。母親は気を遣って別室に姿を消したが、そのときスイッチを入れていったらしい空調から、黴くさくて湿っぽい冷気が降りてくるのにも閉口させられた。普段は電気代を浮かせるためにほとんど稼働させていないのだろう。

日比野は出された麦茶にも手をつけないまま、この家は築何年かとか、和彦の部屋は二階かなどとあきらかに本筋とは関係のない質問をきれぎれに投げてよこし、間の悪さを紛らそうとしてかしきりと首を巡らせてその汚い部屋の中を見まわした。いたたまれなくなった和彦が「それで先生、メッセンジャーって……」と促すと、日比野は「おう」と言いながら居住まいを正した。

「鷲尾のな。あいつ、今ちょっと身動きが取れにゃあもんで」

やっとつながった、と和彦は思った。日比野は、鷲尾樹にとっては三年生のときの学級担任である。卒業後も定期的に顔を合わせて酒を酌み交わしていることは、なんとなく聞いた覚えがある。そしてその樹とは、ここ二週間ほどなぜか連絡がつかなくなっていた。手記の提出期日を今月末に控え、相生弁護士から新しい条件の提示も受けて、今後どうするつもりなのか気にかかってはいたが、自分から率先して動くほどの体力も気力もなかった。二度ほどメールを送って反応がないので、そのまま放置していた。返事がないこと自体さえ、普段は忘れていた。

「身動き取れにゃあって、なんかあったんですか」

「うん、今ちょっと、留置場にな、浜松の」

和彦はそれを聞いても驚きはしなかった。なにかそういうことをやらかす男だろうと思っていたし、言っていないだけでこれまでにも似たようなことがあったかもしれない。ただ、なぜこのタイミングで、という漠然とした苛立ちを感じただけだ。

「どうもその……自分の子どもにな、あいつ、五つの子と三つの子がいるんだけど、その下の女の子に、怪我《けが》させちまったみたいで」

泣きやまないので叱っただけだ、と本人は弁明しているようだが、女の子は頭の骨を折る重傷で救急外来に担ぎ込まれた。以前にも児童相談所に通報があったことなどから樹には虐待の嫌疑がかけられて、即時、身柄を拘束された。当初は妻も同時に任意同行の形で連行されたが、共犯の疑いは薄いということでこちらはすぐに家に帰された。樹自身は取調べ中だが、起訴される確率が高く、最悪の場合このまま拘置所送りとなり、公判を待つ形になるという。

詳しい事情は知らなかったが、必ずしも望んでした結婚ではなかったらしいことは和彦もうすうす察していた。子どもを持つことになった事情も、推して知れるというものだ。和彦が子どものことを訊いても、めんどうくさそうにおざなりな返事をよこすだけだった。足手まといだとでも思っていたのかもしれない。

くわえて樹は、近ごろ妙にいらいらしていた。五月の説明会の際、バーの仕事を無断で弟分に任せてひと晩空けたことを雇い主に厳しく咎められたらしく、翌月疋田利幸と三人で会ったときも、わざわざ仕事に障りのない昼間の時間帯を指定していた。そして、利幸が席を外している間に、いつまでも三下《さんした》扱いでいいかげん頭に来る、早く一億でも三十一億でも手に入れて見返してやりたい、というようなことをこぼしていた。

「本人はしつけのつもりだったって言ってるし、私もそれを信じてる。たしかに行きすぎだったかもしれにゃあけど、ハナから怪我させるつもりでやってたわけじゃにゃあって。あいつはそんな奴じゃにゃあ。弟妹を親代わりに育てたあんな面倒見のいい奴が」

日比野は苦虫を嚙みつぶしたような顔でそういう論評をつけ加えたが、和彦は同じ意見ではなかった。あいつはまさに「そんな奴」だ。つきあいはそれなりに長いからわかる。日比野がこんな言い方で樹を庇うのは、かつて自分自身が生徒への体罰を糾弾されて教職を辞することを余儀なくされた過去を持っているからだろうと和彦は思った。別の中学校に転任してからの話だが、噂は和彦の耳にも入っていた。

「それで、どうして先生がうちに？」

「留置場じゃ電話も使えにゃあら？　携帯とか取り上げられるし。私も弁護士から連絡もらってさぁ」

弁護士と聞いて、和彦はとっさに相生のことを思い出したが、そうではないとわかった。樹は、逮捕後に初回の相談だけ無料で請け負ってくれる弁護士を警察経由で呼べる当番弁護士制度をあらかじめ知っていたらしく、それを通じて留置場から呼び寄せた弁護士に、日比野に面会に来てほしい旨を伝えたようだ。弁護士は樹が名前を覚えていた日比野の勤務先の電話番号を調べ、本人と連絡を取った。そして浜松まで面会に赴いた日比野に、樹は和彦への連絡を託したのである。

「おめえが金谷酒店の子だってことは知ってたんでな。春海中にいた頃、先生同士の慰労会、公民館でやってて、そのときはよく世話になったもんだよ。ビール、ケースで持ってきてもらってな」

そう言ってから初めて日比野は麦茶に口をつけ、もともと細い目をさらに細めた。

「看板、下ろしてにゃあんだな。鷲尾から聞いたよ、親子ともどもたいへんみてえだな」

「今は誰でもたいへんっしょ」

和彦はそう言ってはぐらかした。自分がいた中学校の教師だったというだけで、深い関わりもなかった人間から変に同情を寄せられるのは気分がよくなかった。

「で、なんかあいつと組んで、期限のある仕事してんだって？」

そう言われて一瞬なんのことかわからなかったが、少し考えて、樹は遺産獲得レースのことを日比野にはそのように伝えているのだろうと察した。

「まあ、仕事というか」

「鷲尾から聞いたまんま伝えるけど、それについて相談したいから一度面会に来てくれねえかって」

「面会っすか……」

浜松との往復に要する電車賃もばかにならない。それに、面会というからには平日の日中にちがいないから、そのときには仕事を入れることもできない。反射的にそこまで頭を巡らせて渋い顔をしていたら、日比野が財布から千円札を二枚抜き出して和彦の前に差し出した。

「さしでがましいかもしれにゃあけど、これ、なんかの足しに」

「なんでですか、先生にそんなことしてもらういわれはにゃあですよ」

和彦はそう言って紙幣を日比野の方に押し戻しながら、手記さえ提出すれば手数料として五十万は手にできるようになったのだということを思い出した。さらに、もし志村宏弥が〝或る事〟をした当人なら、無条件に六千万円が手に入る。樹と利幸と三人で連合を組んで一億を獲得するより、こちらの方が格段に確率が高そうに思えた。相生からその旨の連絡を受けたときも今も、それは夢のようで、今ひとつ現実のことと見なすことができずにいたが、そのとおりになったとしたら、電車賃ごときをめぐって面会を渋ったりしたことなど、冗談として笑い飛ばせるようになるだろう。

しかし現実問題、遺産を手にするまでは、乏しい収入を割り振りしていかなければならない。押し問答の末、結局二千円を受け取った和彦に向かって、日比野は念押しをした。

「その仕事の話がなくても、面会には行ってやってくれ。あいつ、怯えてた。子どもみたいにしゅんとなって、心細そうだった。でも心配かけたくにゃあって、おふくろさんにも連絡してにゃあらしい。携帯がつながらなかったら心配するからせめて手紙書いとけって言っといたけどな。そんな具合だから、金谷、友だちとして元気づけてやってほしい。どうしていいかわからなくてとっさに私を呼び寄せたみたいだけど、私だって何もしてやれにゃあし」

そんなことを言われるほど樹と親しいわけではない。遺産のことさえなければ年に一度も顔を合わせない相手だった。和彦はそう思ったが口には出さず、ただ「わかりました」と言って、この老いた元教師を玄関まで送った。


警察署の総合窓口で、面会の予約を取っていると伝えたら、制服姿の女性職員に「ああ、ヒリュウチシャへのセッケンですね」と言われ、二階に行くように案内された。薄暗い階段を上りながら、職員が「被留置者への接見」と言っていたことに和彦は気づいた。その「被留置者」は、原則として一日に一度しか「接見」つまり面会が許されていないらしい。また、日によっては面会自体が認められない場合もあるので、必ず事前に警察署に連絡するように日比野には言われていた。

電話して樹との面会を希望する旨を伝えたとき、時間は十五分程度ですがよろしいですかと念押しをされた。そのたった十五分だけのために浜松との往復電車賃を支払うのはやはりばかばかしいと思ったが、日比野から受け取った二千円を別の用途に転用するのもしのびなかった。

身分証の提示を求められてから、接見室に通された。思っていたよりも広かったが、どこからともなく果物が腐ったような不快なにおいが漂っていた。穴の空いたアクリル板が部屋を二つに仕切っており、ああ、これがテレビドラマでよく見るあれか、と和彦は場違いな感動を覚えた。丸椅子に腰かけて所在なく待っていると、やがて板の向こう側に派手な模様のジャージ姿の樹が現れた。囚人服のようなものに身を包んでいるのを想像していたため、肩透かしを食らったような気持ちになったが、考えてみれば樹はまだ「容疑者」にすぎないのだ。

「よ、わりいなガネトン」

そう言ってポケットに両手を突っ込んだまま大股を開いて椅子に腰を落とした樹は、整髪料の類いが使えないためか洗いっぱなしの髪が若干乱れている程度で、日比野の描写とは違って打ち萎《しお》れているようには見えなかった。しかし、娘が頭の骨を折るというのはそうとうな重篤な事態である。下手をすれば即死だし、そうでなくても重い障害が残る場合がある。樹がそのことをどう考えているのか、常日ごろとろくに変わらぬその物腰から窺い知ることはできなかった。

「びっくりしたよ、いきなり日比野先生が訪ねてきて」

事件のことに触れていいのかどうかがわからなかったので、和彦はそこから話しはじめた。

「いや、ほかにおみゃあと連絡取る方法がなかったからさぁ。携帯の番号なんか覚えてにゃあし。前のときは、自分の携帯とか弁護士に託下《たくさ》げできたから、それ使って誰とでも連絡取ってもらえたけどよ」

「託下げ？」

「ああ……没収されたものを娑婆《しゃば》のだれかに渡すってこと。ここはなんかちょっと口うるさくってよ」

樹は、そばで無言のまま立ち会っている係員を憚《はばか》るように、後半だけ声をひそめた。「前のとき」があったということは、容疑の内容はともあれ、また起訴にまで至ったどうかはともあれ、少なくとも逮捕されたのは今回が初めてではないということだろう。和彦はなんとなくそれに気づいていないふりをして話題を変えた。

「あの、なんか差し入れ持ってこようかと思って……タッちゃんの場合、これかなって」

そう言って和彦がポケットから未開封のマイルドセブンをひと箱取り出すと、係員が手を振って否定のサインを出し、同時に樹が「わりいな、モクは受け取れにゃあさぁ」と言った。

「オッサンに銘柄言って買ってもらうことはできるんだけど。ま、どうせ朝飯の後、一日二本までしか吸えにゃあしな。もっとも巻紙《まきがみ》のときは吸い放題だからさぁ。巻紙の時間が待ち遠しいくらいなんだよね」

「巻紙？」と和彦が訊き返すと、樹は「これこれ」と言いながら卓上のライトを被疑者の顔に向けて睨みつけるテレビドラマの刑事の姿をパントマイムで演じてみせた。取調べのことを「巻紙」というらしい。和彦はおとなしくタバコをポケットにしまい直した。自分も喫煙者でまだましだったと思った。ひと箱買い与える金さえ、本当は惜しい。

「それより、どうするんだよ、手記。こんなことになっちゃって」

「ああ……それなんだよな。チッ、まったく間がわりいな」

樹は頭をかきながら、まるで悪いのは逮捕されるようなことをしでかした自分ではなく、自分がそういう目に遭うときに手記を書くなどという難題をふっかけてきた相生なのだとでも言わんばかりの調子でそう言った。和彦は念のため、相生からの手紙を受け取っているかどうか訊ねたが、想像していたとおり、逮捕されたのは手紙が届く前のことだったらしく、「六千万円」と手数料五十万円の件を、樹は知らなかった。

ただ、二人のやりとりに耳をそばだてているように見える係員の目の前で大きい金額の話をするのは気が引けて、和彦としては生きた心地がしなかった。まるで自分まで樹と同類で、きなくさい次の「ヤマ」の相談でもしているかのようではないか。

「マジかよ。すげえじゃんか。あの女、なんで最初っからそうしにゃあんだら。隠し金だってのをいいことに、俺っちうめえこと言いくるめて一部着服しようって肚だったんじゃにゃあの？」

樹はあたり憚らぬ大声でそう言いながら、丸椅子の上で貧乏揺すりを始めた。係員がちらりとその姿に目をやった。

「それはどうだか知らにゃあけど、今度のことは疋田が弁護士先生に直接かけ合ってくれたらしいぜ」

「へえ。あいつ、イマイチやる気あるんだかないんだかわからにゃあけど、いい仕事するじゃんか」

「そうすればみんな熱心にいろいろ思い出して手記を書く気になるんじゃねえかって」

「少なくとも志村のことはな。しかし、あいつなのかどうかも結局わからにゃあわけだし。最低五十万か。一銭も入らにゃあよりはましだけど、しょぼいな」

「俺はそれだけでもかなり助かるな。少なくともひと息はつける」

アクリル板を挟んで、二人の間に沈黙が訪れた。まだ十五分は経っていないはずだと思ったが、和彦は居心地の悪さを感じ、早くこの時間が過ぎ去ってほしいと心の中で願った。そして、ただ沈黙を回避したい一心で、こう言った。

「手記、書けんのかよ、こんなとこで」

「おう、便箋は買えるし、筆記用具も言えば貸してもらえるしな。手書きってのがかったりいけどな。おう、あの弁護士の住所、教えといてくれよ。今わかんなかったら、あとでハガキででもいいから」

「それより……タッちゃん、このあとどうなるんだら？　日比野先生、弁護士から連絡もらったって言ってて、てっきりあの相生って人なのかと思ったけど、違うんだら？　これからのこともあるし、いっそあの人に弁護頼んだ方がいろいろ便利なんじゃねえの？」

「俺もそれはちらっと考えたんだわ。どっちみち、今月末までにはまず出られそうになかったんで、そのへんのこと相談したかったし。でも連絡先、控えてなかったんで、とりあえず当番弁護士に訊いてみたんだ。ほら、弁護士会の名簿とかあって連絡先わかるんじゃにゃあかって」

そう言って樹は、右足の脛《すね》を左足の上に乗せて貧乏揺すりを続けた。

「で？」

「いや、なんかその名前で登録されてる弁護士は見つけられなかったとかいう話で。あの先生、〝相生真琴〟で間違いにゃあよな。結婚して苗字でも変わったんかいな」

そう言って首を傾げる樹をよそに和彦は、係員が「そろそろ時間ですので」と声をかけてくれる瞬間をただ心待ちにしていた。ここに入ったときから気になっていた果物の腐ったようなにおいが、着ている服の繊維一本一本に染みついていくような気がした。

3

手記の提出期限である七月末がやって来るのは、あっという間だった。

勤務する家電メーカーがたまたま同じ七月末に新型の洗濯機を発売することになっていたため、広報部勤務の疋田利幸もニュースリリースや取材への対応に追われ、普段よりも余裕のない毎日を送っていた。そんな中で、矢口真名美とは自然消滅的に疎遠になった。同じ合コンに出席していた同性の仲間からは、なんてもったいないことをするのかとさんざん詰《なじ》られた。

鷲尾樹と金谷和彦の二名と組んだ同盟は、樹が逮捕されたことによって事実上解消されていた。郵便で留置場と連絡を取り合うこともできたが、罪証湮滅《いんめつ》防止の名目であらゆる郵便物は検閲されると聞いていた。その条件下で、莫大な隠し遺産をめぐってあれこれと密談に近い内容のやりとりを交わすのやはり具合が悪いだろうという判断もあったが、それ以前に、樹がやる気をなくしていた。

もともと樹に焚きつけられる形で重い腰を上げた和彦も似たり寄ったりで、あとは自分でなんとかするし、最悪、五十万の手数料がもらえればそれでいいと言って、自ら協力関係の停止を利幸に申し出てきた。現実的な問題として、生活を維持するのに精一杯であるようにも見えた。それでなくとも樹たちは、なにかを文章の形でまとめるような作業を得意としているようには見えなかった。

和彦は樹と面会するために浜松の留置場まで行ってきたという話だったが、樹がなんの容疑で拘禁されているのかについては口を濁した。その後、結局起訴されてしまったので、手記提出期限までに出てくるのは絶望的になったと携帯のメールで短く伝えてきたが、やはり、容疑の内容には触れていなかった。利幸としても、その点には特に興味がなかった。これで晴れて縁が切れると思ってせいせいしてさえいた。

それにしても、手数料のことなど言い出さない方がかえってよかったのだろうか。山浦の意を汲んで真相を知りたいと願う相生によかれと思ってした提案が、かえって足を引っ張る結果になっていはしまいか。利幸はそう考えて、申し訳ない気持ちになった。そうでなくても、利幸には相生に引け目を感じる理由があった。

あのとき、自分はどうかしていたのだ。月の初めに渋谷のバーで落ち合い、結局江見今日子が現れなかったあの晩以来、利幸は何度もその後のことを思い出しながら自分にそう言い聞かせることになった。ハイペースで空けた何杯かのカクテルに酔った相生が、突如としてそれまでのロボットじみた事務的な物腰をかなぐり捨て、三十路《みそじ》入りを前にした一人の生きた女としてふるまいはじめるのを見た瞬間、利幸の中でもなんらかのスイッチが入ってしまったのである。

すでに足もともおぼつかなくなっている女弁護士を抱きかかえるようにしてバーを出たのは、九時過ぎだっただろうか。その時点での利幸は、多少アルコールが回ってはいても、相生に比べればまだ素面と言っていいほど正気を保っていた。本来なら、そこで相生をタクシーにでも乗せて帰らせるべきだったのだ。しかしあろうことか利幸は、もう一軒行かないかと自分から誘いをかけてしまった。

手をうしろで組んだまま、「いいですよお」と言って上半身を前のめりにさせながら顔を自分に近づけた相生を愛らしいと思い、この女ともっと一緒にいたいと思った。二軒目の途中から、利幸自身の記憶もあやふやになる。カラオケにも行ったような気がする。立って踊りながら、意外に芯の太い声で絢香《あやか》かなにかを熱唱している相生の姿も脳裏にこびりついている。そして、人通りの絶えたあの暗い坂道。あれはどのあたりだったのだろうか。道玄坂か、神泉《しんせん》か。

ああ、楽しい、と相生真琴は言った。夏の夜の生ぬるい空気の中で、全身にうっすらと汗を滲ませながら。まるで学習塾へ行こうと手提げカバンを手にした子どもみたいに、黒いアタッシェケースを軽々と振りまわしながら。街灯の冷たい光がその小さな顔を白く浮かび上がらせ、こめかみに何本かの髪が汗で貼りついているのがわかった。楽しい。嘘みたい。自分がこんな気持ちになるのって、嘘みたい。相生はそう言って電信柱に凭《もた》れかかり、ふうとため息をついてから前に傾いだ。

そのまま倒れ込みそうになるのを両手で支えた利幸の胸の中に、相生は羽根のようにふわりと舞い込んできた。蒸すように暑い外気よりさらに高い温度の蒸気が、甘い汗のにおいとともにその全身から立ちのぼっていた。アタッシェケースが手からこぼれ落ちて鈍い音を立てた。利幸は、目の前でうっすらと開いている唇に思わずむしゃぶりついた。グロスの味がした。何も考えず、舌を差し込んで貪《むさぼ》った。喉をこすって鼻から漏れるようなくぐもった声が、二度、三度と利幸の鼓膜をくすぐった。

その後どのようにして相生と別れ、どのようにしてアパートまで帰り着いたかは、覚えていない。翌朝、這《は》うようにして出社した後、午前十一時ごろになって、相生からのメールが携帯に着信した。ひどい迷惑をかけた、強くもないのにアルコールをあんなに口にすべきではなかった、どうかしていた、多々失礼があったことと思う、なにか妙なことを口走っていたとしても聞かなかったことにしてほしい、といったことが何十行にもわたって狂おしいまでに縷々《るる》綴られていた。

どうかしていたのはこちらの方です、むしろこちらが猛省しているところですので、どうぞ気になさらないでください、と返しながら、相生はあのキスのことを覚えているのだろうか、と思った。記憶に留めずにいてくれた方が助かると思うと同時に、もしそうなら残念だと感じる気持ちもあった。真名美との関係も風前の灯《ともしび》になっている今、相生と恋愛関係に陥ってはいけないとする理由は、考えてみれば何もないはずだ。ただ、遺産の件が片づかないうちに、これ以上関係を深めるのはフェアではない。

利幸はそう考え、とにかく一度、渋谷でのことはカッコに入れて、相生をあくまで、たまたま自分が関わることになった案件を担当する弁護士として遇することに決めた。

その背景には、今日子に対する微妙なうしろめたさもあった。翌朝気づいたことだが、あの晩、今日子はさらに二件のメールを利幸の携帯宛てに送っていた。ひとつ目は午後八時ごろ、やっと職場を出られたところだが相生はもう帰ってしまったか、という内容で、ふたつ目は十時ごろ、結果が知りたいので連絡してほしいというものだった。それに返信もせず、相生と二人で酔っぱらって遊びまわっていたのだとはさすがに言えない。ひどく疲れていたので帰宅してすぐに寝てしまい、着信に気づかなかったのだと言い訳するよりほかになかった。

「別荘見に行けないのは残念だったけど、とにかくやれるだけのことはやったよね。私も自分なりに手記は書いて提出することにする」

利幸の報告を聞くと、今日子はそう言った。遺産を受け取ることにはあいかわらず興味が湧かないにしても、山浦のために真相を知りたいという相生の思い入れには心を動かされたらしく、そのためにも、覚えていることはひととおり書くつもりだということだった。その中には、海で足が攣った今日子を宏弥が助けた一件も含まれていた。今日子はそのことを誰にも話していないが、宏弥がどうしたかは結局のところわからないからだ。それ自体が山浦の言う〝或る事〟ではないにしても、そうしたささいな逸話も、誰がそれをしたのかを特定する手がかりのひとつにはなるかもしれないというのが今日子の考えだった。

それほど優等生的な発想に基づくものではなかったものの、利幸も手記はできるだけていねいに書こうと思っていた。

自分が三十一億を手にできる可能性があるとは、もはや微塵《みじん》も考えていなかった。キャンプの間のできごとを表にまとめる作業をしている間に、いい意味でも悪い意味でも、だれかの記憶に残るようなことを自分は何ひとつやっていないと確信せざるをえなくなっていたのだ。だから利幸は、せめて宏弥をめぐるできごとは何ひとつ漏らさずに綴っておくことにした。

「故人である志村さんは手記を書くこともできないのですから、圧倒的に不利です」という相生の言葉が耳に残っていた。その部分に特に力を入れれば、酔った勢いでふらちなまねをしたことに対する罪滅ぼしにもなるし、うまくすればそれで六千万も手に入るのだ。

そして利幸は、土日などを使ってパソコンで以下のような手記を書いた。

1994年8月6日から8月9日にかけて、私は故・山浦至境先生が開催した南伊豆の別荘でのサマーキャンプに参加した。参加のきっかけは、母親が所属していた主婦の集まりである「かとれあ会」で、リーダー的存在だった大貫さん（後述の大貫智沙さんの母親）に声をかけられたことである。

8月6日、朝の6時台だったと思うが、付き添いの母親に連れられて集合場所である○○公園の前に着くと、ミニバンが停まっていて、山浦氏の会社の部下である湯川さんという男性が紙で作った看板のようなものを持って私たちを誘導していた。私自身は覚えていないが、このキャンプの後に事故（自殺？）で死んだ志村宏弥君も母親に連れられて来ていて、その母親が「この子は頼りないところがあるのでくれぐれもよろしく」と私の母親や湯川さんに何度も頭を下げていたという。

こんな調子で利幸は、おおむね今日子と一緒にまとめた表をなぞる形で、個々のできごとを細かく書き綴っていった。出迎えた山浦が談話を披露したこと。昼食に七味唐辛子を大量に振りかけた和彦を山浦が注意したこと。食後に海辺で遊んでいる間、智沙が水着にならなかったこと。宏弥だけが一人でどこかに行ってしまっていたこと……。

そうしてあらたまって文章の形にまとめている過程で、初めて思い出したこともいくつかあった。たとえば、山浦が最初に披露したその談話の内容である。「小学六年生の皆さんに集まってもらったことには意味がある」というような意味のことを言っていた。中学進学以降は、「子ども」というよりは青年に近づいていく。六年生はまだ「子ども」だが、「青年」への階段に足をかけようとしているところだ。これから「青年」へと脱皮していく皆さんに、このキャンプで大事なことをたくさん学んでいってほしい。そんな趣旨の話だった。利幸はそれも手記に書いた。

土壇場で思い出したことはほかにもあった。全員分の一日三度の食事を毎回調理して、食後には汚れた食器を全部片づけていた湯川の手伝いをしようと今日子が言い出し、洗い物については毎回交替で二人が補助要員としてキッチンに向かうようになったこと。宏弥と組んで食器を洗ったとき、洗い終えたグラスの口を利幸が布巾《ふきん》で拭っていたら、「それで拭いたら汚くなる」と言ってわざわざグラスを洗い直したこと。一度は全員でハンバーグを作ったこと。和彦が、こねたひき肉を使って「ドラゴンボール」に見立てたくだらない遊びを始め、収拾がつかなくなったこと。

中でも以下のエピソードは、利幸自身が〝或る事〟の行為主であったかもしれない可能性をかろうじて示唆する唯一の記憶だった。

これは7日午前中のことだったか、それとも8日午後のことだったかはっきりしないが、「読書室」で皆で本を読んだりしているとき、私は本棚の中に偶然、手足の生えたタマゴの絵が表紙に描いてある本を見つけた。当時家にあって、好きでよく読んでいた「マザーグースの歌」に出てくるハンプティー・ダンプティーではないかと思ったが、英語の本だったのでわからなかった。私がそれをじっと見ていたら、山浦氏が覗き込んで、「それはマザーグースだよ」と言った。

そこで私は、「最初から最後まで覚えている詩がひとつあります」と言った。山浦氏が、「では、ここで皆の前で読んでみてくれんか」と言うので、私はそれを披露した。「これはジャックの建てた家」という詩だった。「これはジャックの建てた家」の1行から始まって、「これはジャックの建てた家に寝かせたこうじを食べたねずみ」「これはジャックの建てた家に寝かせたこうじを食べたねずみを殺した猫」…というように、1つの文がどんどん長くなっていく詩だ。そして一番長くなったとき、最後は、「…麦の種まくお百姓」で終わる。

当時の私はなぜかその詩が気に入っていて、1人で何度も読んで暗唱していた。そして、家にお客さんが来ると、皆の前に立ってこれをソラで読み上げて得意になっていた。それでも普段なら、緊張して途中でつっかえたりどこかを飛ばしてしまったりして、思うようにうまく言えないこともあったが、このときは完璧だった。皆が「すごい！」と言ってほめてくれて、山浦氏もニコニコしながら拍手をしてくれた。「ブラボー！」と言っていたと思う。私は「ブラボー」という言葉をそのとき初めて知った。

くだんの詩を最後に人前で諳《そら》んじてみせたのがいつだったのかは、思い出せなかった。遅くとも中学の三年間が終わるまでには、かつて自分がそんな「芸」を持っていたことさえきれいさっぱり忘れてしまっていただろう。しかし、当時さんざん読み上げただけあって、十数年を経ても利幸は、「一番長くなったとき」のフレーズをすべて思い出すことができた。

あのときの山浦はたしかに感心していたし、褒美としてその英語版の「マザーグース」をその場で譲ってくれさえしたような気がする。来年から中学に上がれば英語を勉強するから、そのとき読めばいい、というようなことを言っていた。利幸はそれを受け取り、家まで持ち帰ったはずだが、その後それをどうしてしまったかまったく覚えていなかった。おそらく、一度くらいはお義理でページをめくってみたものの、読めもしないものに興味を持つことができず、ほったらかしにしているうちに存在自体を忘れ、やがてなにかの折りにその他の不要物と一緒に処分してしまったのだろう。

キャンプ後の利幸のそんな冷淡な対応は、山浦の与り知るところではない。予想もしなかった得意技を披露してみせた子どものことが、強い印象とともに山浦の記憶に刻み込まれていたとしても不思議ではない。このことを思い出して文章にしたその瞬間には、利幸も自分が三十一億を手にすることを現実にありうることとして夢想した。しかし、ものごとというのは往々にしてそううまくはいかないものだ。利幸はすぐにかぶりを振り、むしろ宏弥をめぐる記憶をできるだけ正確に、詳しく記述することに力を注いだ。

苦手なおかずにいっさい手をつけなかった宏弥。浴室で樹にお湯をかけられてヒステリックに激怒した宏弥。スイカの残りを勝手に割ってしまった宏弥。覗き見ていたカップルから見つけられそうになって逃げた樹たちが目撃した、砂浜に一人立つ宏弥。それらは利幸自身が記憶していたことではなかったが、樹たちがあてにならなくなってしまった今、自分がしっかりと記録しておかなければならないと思って書いた。風呂に入るのは体をきれいにするためだ、と言ったのが宏弥だったのかどうか、利幸にはいまだに確信が持てなかったが、それも「おそらく志村君」の言ったこととして手記に加えた。

急に予定が変更になったとき、強い抵抗を示して一人だけ散策に加わらなかった宏弥。出発の朝、みんなで撮った集合写真に、一人だけそっぽを向いて写っている宏弥……。この二ヶ月の間に発掘された「志村宏弥についての記憶」を、誰のものであったかは問わず、利幸は「細大漏らさず」手記に書きつけた。

利幸はそれをプリントアウトして読み返し、その過程でさらに思い出した細かい点などを加筆してから、誤字脱字を改めて再度プリントアウトした。手記は、A4の用紙で八枚にもわたる長いものになった。相生に言われていたとおりすべてのページの余白に自筆で署名をし、三つ折りにして封筒に入れると、かなりの厚みになった。提出期限は単に「七月末」とされていて、「必着」なのか「当日消印有効」なのかははっきりしていなかったが、文字どおり三十一日には確実に福光法律事務所の相生真琴弁護士の手元に届いているように、利幸は二十七日の朝、出勤する途上でポストにそれを投函《とうかん》した。

最初の二、三日は、相生はもうあれを読んだだろうか、ほかの四人からも手記は続々と届いているだろうか、と気にかけていたが、一週間も過ぎる頃には、そのことに思いを巡らすことに飽きて、また日々の雑事に興味やエネルギーを吸い取られて、忘れていることが多くなった。仕事中にトイレに入ったり、電車を降りてアパートに向かって歩きはじめたりするふとした瞬間に、そういえばあれはどうなったのか、と思う程度だった。

絶好調の石川遼が賞金ランキングでトップに躍り出て、裁判員制度による初の裁判が開かれた。アフガニスタンで爆弾テロが発生し、ビル・クリントンが北朝鮮を非公式に訪問した。そして八月六日、広島で平和記念式典が開催されたその日の晩、すでに会社から帰宅し、風呂上がりの火《ほ》照《て》った体をよく冷えた缶ビールで冷ましていた利幸が着信に気づいて携帯を取り上げたとき、時計は午後十時過ぎを指していた。

電話の主は、相生真琴だった。

「夜分申し訳ございません。疋田さんですね」

相生の声を聞くのは、渋谷の晩以来だった。利幸は、酔いのむやみな昂揚《こうよう》感の中で交わしてしまった抱擁とキスを思い出して少しどぎまぎしたが、相生が電話をかけてきた用件が、手記を精査した結果を知らせるものだとはつゆほども考えていなかった。おおかた、利幸が書いた手記の内容について細かい点を確認したい、といったことだろうと決めつけていた。

しかし相生は、利幸が「はい」と応じてから数秒の間、口を開こうとしなかった。怪訝《けげん》に思った利幸が「あの……」と言いかけたところで、それを遮るように相生が声を発した。

「疋田さんだと思われます」

「えっ？」

「三十一億円の受遺者資格をお持ちなのは、疋田さんであるとほぼ確認されました」

一瞬、頭の中が完全な空白になった。相生の言っている意味がわからなかった。言葉の意味はわかっても、それが自分にとって具体的な意味をなすフレーズとして脳の中に入ってこないような気がした。それはまるで、突然肉親の死を告げられたようなものだった。なにか桁外れに大きな意味を持つ知らせを受けた瞬間、人はおしなべてそういう反応を示すものなのかもしれない。その内容がいいものであるか悪いものであるかは、関係がないのだ。

茫然《ぼうぜん》自失の状態にある利幸に向かって、相生は事務的な調子で、今後の手順等について話したいので近々お会いできないかと申し出てきた。動揺を抑えきれないまま、利幸は震える指でスケジュール帳をめくった。翌日の金曜日は社内の若手だけの飲み会に出る約束をしていた。土曜日なら都合がついたので、そう伝えた。相生は時間と場所を指定してから、まだ一点だけ不明確な部分があるため、当日詳しい話をするまでこのことは決して他言しないようにと念を押した。機械的に「わかりました」と返事をしながら、むしろ明日の飲み会をキャンセルすべきではなかったかと一瞬思った。

電話を切ってから初めて利幸は、今日があのサマーキャンプの初日から数えて奇《く》しくもぴったり十五年後であることに気づいた。

土曜日の午後一時、利幸は指定されたとおり恵比寿駅のアトレ側出口を出たところで相生真琴を待っていた。説明会のときも、渋谷で会ったときも、計ったように約束の時間ぴったりに現れた相生が、めずらしく遅れていた。よく晴れた日で、海にでも遊びに行きたくなるほど暑かった。Tシャツ一枚でじっと立っているだけでもうなじに汗が噴き出し、背中を伝い落ちていくのがわかった。

人待ち顔で何度も携帯に目をやっていた薄着の女たちが、次々にデートの相手と落ち合って街なかに消えていく。もしや、相生から遅れるという連絡が入っているのに、着信に気づかなかったのではないか。そう思って利幸がジーンズのポケットから携帯を取り出したまさにそのとき、手の中のそれが鈍い音を立てて振動した。しかしメールは、姉の奈々江からだった。

いつものとおり、「件名」には何も入っていない。特に急ぎの用件ではないということだ。奈々江はこうしてたまに手が空いたときなどに、携帯のメールでよもやま話をしかけてくることがある。八月といえばペンションはオンシーズンだが、宿泊客の大半が出払ってしまっている昼下がりは比較的暇なのだと前に言っていた。

元気？　リーマンショックの影響というわけじゃないんだろうけど、今シーズンはうちもお客さんの入りがいまいちです。利幸がこないだ言っていた遺産の件はどうなったの？　忙しくて伝えそびれてたんだけど……

そこまで目を走らせたとき、背後から「遅くなりまして申し訳ございません」という細い声が聞こえた。振り返ると相生が息を切らし、額に汗を浮かべていた。いつものとおりダークスーツだが、さすがに上着は脱いで腕に引っかけている。

「ああ、いえ……」

そう言いながら利幸が携帯を閉じてポケットにしまい直すと、相生は「まいりましょう」とひとこと言っただけでくるりと踵《きびす》を返し、エスカレーターに乗った。無言で先導する相生の背中には幾筋も汗が伝っていて、白い開襟シャツ越しにそれが透けて見えた。利幸は、渋谷でのあの夜、相生を抱きしめたときに鼻先に漂ってきた汗のにおいを思い出して、抑えていた欲望が体の中心で疼《うず》くのを感じた。

アトレ内の喫茶店かなにかに行くものと思っていたのに、相生は建物の中は素通りし、スカイウォークを経由してアトレの利用客向けの駐車場へと利幸を導いた。戸惑う利幸に向かって相生は、これから南伊豆の別荘に向かうのだと説明した。

「これからですか？」

「現地に行ってみないと確認できないことがあるのです。別荘本体は焼失しておりますし、土地もよそに売却済みですが、住所だけは山浦家に問い合わせて確認しました。現在は別の方が別荘を建て直して使用されているそうです」

　相生は、反論を寄せつけないような切り口上でそう言いながら、白いボディのラクティスのドアロックを解除し、助手席側のドアを開けて利幸を中に座らせた。

「車で行くんですね」

「あのあたりは鉄道も通っておりませんし、全行程、車で行くのが結局いちばんの近道かと」

　熱気のこもっていた車内は息が詰まりそうだったが、エンジンがかかり、空調の吹き出し口から冷気が吐き出されると、生き返ったような気持ちになった。車が相生の所有物なのかどうかはわからないが、フロントガラスの手前に無造作に転がしてある猫のマスコットが、少なくともこれがレンタカーではないことを物語っている。

　相生のハンドルさばきは、律儀に前後左右を確認して初めて動くような慎重なものだった。その分、運転に全神経を集中させているようにも見え、利幸はしばらくの間、声をかけるのを憚っていた。

　渋谷ＩＣから首都高速三号線に入るまでの間に訊けたのは、わざわざ現地まで行って何を確認するのかという点と、手記は全員から提出されたのかどうかという点だけだ。ひとつ目の問いに対して相生は、それは現地に行けばおのずとわかることだと答え、ふたつ目の問いに対しては、金谷和彦以外の四人からは回収できたと答えた。

「鷲尾さんの書かれた手記は期日より数日遅れで届きましたが、現在、浜松拘置支所で公判待ちの状態におられるとのことで、その点を考慮して有効とさせていただきました。金谷さんからは、今現在、特に遅延等のご連絡もございませんので、なんらかのご事情で棄権されたものと解釈させていただいております。いずれにしましても、疋田さんご自身の手記だけで事実確認はほぼ完遂されましたので」

　樹はともかく、和彦はどうしたのだろうか。「手数料」の五十万だけでも手に入ればだいぶ違うだろうに。

「あの……まだ最終確認は済んでないんでしょうけど、十中八九、僕だということですよね」

　利幸がそう訊ねると、相生はまっすぐ前方を見据えたまま、「はい」と短く答えた。

「僕は正直、まさか自分だとは思ってなかったんですよ。だって、手記に書いた中でも、僕自身がなにかをしたと言えるのは、せいぜい〝マザーグースの歌〟を暗唱したことくらいで。……まさにそれが〝或る事〟だった、ということなんでしょうか」

　相生は、しばらく答えなかった。そして一瞬だけ横目で利幸を見てから、おもむろに口を開いた。

「自分がそれをしたという自覚がなくても、実際にはなにかをなさっているということもあるのではないでしょうか」

　その言葉にどういう含みがあるのか、利幸にはわからなかった。ただそれが、今ここでそれ以上その問題を論じるのを禁じていることだけはわかった。

　それでなくとも利幸は、恵比寿で顔を合わせてからずっと、相生が過度に事務的な態度を貫いていると感じていた。酔った上でのこととはいえ、一度は急激に距離が縮まったと思っていた利幸は、この取りつく島もない態度に、冷や水を浴びせかけられたように気持ちになっていた。

　お盆に近いだけあって高速はそれなりに混んでおり、あまり快適に距離を稼げているようには見えなかった。気まずい思いで口を閉ざしていると、道中は長いので、と言って相生がカーラジオのスイッチを入れた。そして、ＤＪがやくたいもないおしゃべりをしている局を避け、ボーカル入りのボサノバを流している局でチューナーを止めた。利幸はなすすべもなく、男性とも女性とも判別のつかない柔らかいボーカルに耳を傾けていた。
東名高速道路に入ってしばらくすると、ふいに相生が「喉、渇きませんか」と言った。そうですね、と頷いたら、車は港北パーキングエリアに向けて逸れていった。冷たい飲み物を買ってくるので中で待っていてほしいと言い残して、相生は車を出ていった。その華奢な背中を見送りながら、利幸は奈々江からのメールのことを思い出し、携帯のフラップを開いた。そして、「忙しくて伝えそびれていたんだけど」の続きに目を通し、そこでわが目を疑った。

忙しくて伝えそびれていたんだけど、実はこの間、死んじゃったという志村ヒロヤ君のお姉さんの手紙が出て来ました。結婚する時家から持って来たまま整理もしてなかった段ボールの中に紛れ込んでました。今更かもしれないけど、何かの参考になればと。現物送ってもいいけど、とりあえず住所だけ転記しておきます。彼女が今でもここに住んでるかどうかは知らないけどね。

茨城県ひたちなか市○○……
相生様方　志村真琴

利幸は「相生」と「真琴」の文字に目が釘《くぎ》づけになり、見間違いではないかと何度も読み直した。
母親を病気で亡くした志村宏弥が、ふたつ歳上の姉とともに引き取られていった先は、伯父宅だったと聞いている。その伯父宅が「相生」姓であり、宏弥の姉は「真琴」という名だった。そして今自分が車に同乗している弁護士の名は「相生真琴」であり、年齢も宏弥の姉とまったく同じである。これが偶然の一致だとでもいうのだろうか。

しかし、偶然ではなかったとして、ではその事実が何を意味するのか、利幸には即座に理解することができなかった。「志村真琴」が養子として相生家に籍を移し、「相生真琴」になって、弁護士資格を取得し、弟・宏弥が参加したサマーキャンプの主催者である山浦至境にわざわざ接近して、隠し遺産の処分を一任される立場になった？　しかし相生は、説明会のときから一貫して、宏弥のことを「志村宏弥さん」と赤の他人のように呼び習わしてはいなかったか。

そのとき、渋谷で会ったときの相生のある台詞が、フラッシュバックのように脳を過った。

「疋田さんも地方出身ならわかるかもしれませんけど、こっちの人って割り切っていて、いろんなことをばかにあっさり片づける感じがするじゃないですか」

すでにだいぶアルコールが回った状態の相生が口にした言葉である。

あの「ばかに」は、利幸の郷里である静岡の方の方言だ。東京弁なら、同じ文脈で「やたらと」や「やけに」を使うのが自然だろう。思えばこのときも、微妙な違和感を覚えていたのだ。出身地を訊いたとき、相生は「うんと田舎の方」と口を濁していたが、もしもそれが、利幸と同郷であることを隠す目的で口にしたことだったとしたら。

「お待たせしました」

そう言って相生が入ってきたとき、利幸はまだ携帯の画面を凝視していた。うわの空で冷たいペットボトルのお茶を受け取った利幸を、相生が怪訝そうに横目で見た。利幸はごまかしが利かなくなって、「さっき、姉からメールがあって」と切り出した。はい、と答えながらエンジンをかけた相生に向かって、利幸は続けた。

「妙な話ですが、死んだ志村のお姉さん、この人も相生さんと同じ〝真琴〟っていう名前らしいんですよね。しかも、引き取られたひたちなか市の伯父さんの苗字が〝相生〟なんですよ。これって、相生さんとなにか関係があるんでしょうか」

　相生は一瞬、体のすべての動きを止め、無表情に沈黙した。それからだしぬけにアクセルを踏み込んで、体がもんどり打つほどの勢いで急発進し、レーンに戻って走りはじめてから初めて口を開いた。

「私の旧姓は志村です。宏弥は私の弟です。そして私には、弁護士資格はありません」

　台本を読み上げるような口調でそう言う相生は、まるで道のはるか先にいる相手に話しかけてでもいるかのように、まっすぐ前方に目を向けていた。

第2部　リセット

第1章　呪縛

1

志村真琴は、自分の希望を口にしない子どもだった。希望がなかったわけではない。来客がひとつずつ違う種類のケーキを詰め合わせて持ってくれれば、本当はストロベリーショートがいいと思っていても、弟の宏弥がそれをほしがるかもしれないと思って様子を見る。そして最終的には、誰も選ばなかったチョコレートケーキを黙って受け取るというのがお決まりのパターンだった。

「それでいいの？」と念を押されても、気を遣って「これがいい」と答えるようにしていた。だから真琴はいつしか、「チョコレートケーキが好き」ということにされてしまっていた。本当は、もっと華やかな色のものが好きであったにもかかわらず。

いつか、大人になってもっとたくさんのお金を自由に使えるようになったら、好きなだけストロベリーショートケーキを食べればいい、と思っていた。しかしいざそのときが来ると、白い生クリームの上にイチゴを載せただけのケーキは味気なく見え、興味を失っていた。そのようにして、真琴の「希望」の多くは、ついに果たされないまま消え去っていった。

母親は、真琴にしばしばそうした声には出さない真の希望があることを知っていて無視するような意地悪な人間ではなかったが、それに気づいてやるにはあまりに忙しく、またあまりに疲れていた。

　真琴が四歳、宏弥が二歳になる年、父親が死んだ。フォークリフトの誤作動で、支柱と車体の間に挟まれての事故死だった。会社からいくらか弔慰金は出たが、生命保険には加入していなかった。まだ三十歳にもなっていなかった母親は、それ以来、わずかな遺族年金と自分の乏しい収入だけで二人の子どもを育てた。水産品の加工工場で夜勤をして、わずかな仮眠を取ってからスーパーマーケットでレジを打つこともあった。寡黙な長女の沈黙の裏に隠されたものなど、斟酌《しんしゃく》している余裕がなかった。

　子育てに関して、母親の注意と労力はもっぱら宏弥に向けられていた。生計を維持するための仕事と、家の中を最低限暮らしていけるだけの状態にしておくための家事に費やされた力のわずかな残余は、宏弥の心配をし、めんどうを見ることだけで完全に使い果たされているように見えた。

「上の子はほんとに手がかからにゃあ子で助かってるんだけど、下の子はね……」

　母親が会う人ごとに、ときには訪問販売に訪れた見知らぬセールスマン相手にまで口癖のようにそう言っているのを、真琴は何度も聞いたことがある。母親によれば、真琴は「しっかりしていて」「ほっといてもまっとうに育つ」、問題の少ない子どもということになっていた。あるいはそのように見切ることによって母親は、自分が背負わなければならない負担のリストから一行だけでも削除できた気分になっていたのかもしれない。

　その観点から見れば、宏弥はたしかに「問題児」だった。保護者として、目を離してはいられない気持ちにさせるなにかが、この小柄で痩せぎすの子どもにはたしかにあった。ほかの子どもに暴力を働いたり、非行に手を染めたりするというのではない。それとはまったく別の領域で、常になにか「問題」を起こしていたのである。

弟がほかの子どもとは違うということに真琴が気づいたのは、何歳くらいの頃だっただろうか。いや、はっきり「違う」と悟ったのは、本人が死んで何年も過ぎてからだったかもしれない。生きている間は、宏弥は宏弥でしかなかった。弟とはこういうものなのだ、と思っているだけだった。やさしいところもあるのに、自分勝手で人の言うことを聞かないと誤解されやすかった宏弥。空想が好きで、声をかけても気づかないほど自分の世界に入れ込んでしまうこともあった宏弥。冗談が通じず、なんでも文字どおりに捉えるところがある一方、ときどきほかの人には意味のわからない冗談らしきものを言って一人で笑っていた宏弥。

母親が宏弥のことを特に案じている理由は、真琴にもわかった。

真琴が小学四年生、宏弥が二年生のとき、志村家は市内で一度引っ越している。それまで住んでいたところが家賃を値上げするというので、先々の負担を考えて、もっと安い、そのかわりもっと狭いアパートに移ることを母親が決意したのだ。その結果、二人が通う小学校も替わった。それが、鷲尾樹や江見今日子と知り合うことになった春海北小だった。

新しい学校には、初登校日の朝になって迷わないように、真琴と宏弥の二人で連れ立って、徒歩十五分ほどの道のりを事前に二度も往復した。これでもう絶対に大丈夫だと宏弥は胸を張っていた。そして初めての登校日、行きは何も問題が起こらなかったが、帰り道で真琴は、宏弥が何人かの子どもに囲まれて泣きわめいているのを目撃した。いじめられているのかと思って駆け寄ったところ、むしろほかの子どもたちが弱り果てて泣きそうになっている。

彼らは宏弥の新しいクラスメートたちで、転校生にごく自然な興味を示して、一緒に帰ろうと持ちかけたのだった。当然、家はどこなのかといった話になる。そのあたりならこっちを通った方が早いと言って、彼らは善意で近道を教えようとした。真琴自身、似たような経緯で、今日知り合ったばかりの女子の一人に、同じ近道を案内してもらっているところだった。だから結果として真琴と宏弥は途中で遭遇したのだし、それは彼らのナビゲーションが間違ったものではないことを暗示していた。しかしそれは、宏弥が真琴と一緒にあらかじめ覚えておいた道順とはだいぶ違っていた。

宏弥を取り囲んでいた子供たちが言うには、黙ってついてきていた宏弥が途中で「急に泣き出した」のだという。そして、「わかんなくなっちゃった、だから僕はこっちに行きたくなかったのに」とわめきはじめ、彼らを途方に暮れさせていたのだった。真琴は彼らに謝り、私も一緒だから大丈夫だと宏弥をなだめながら、彼らに案内を続行してもらった。はたして、真琴にも宏弥にも見覚えのある道がほどなく目の前に現れた。それでようやく、宏弥の顔にも笑みが戻った。

そのときは真琴も、宏弥は慣れない土地で見知らぬ風景に取り囲まれてしまったことが不安だったのだろうと思っていた。しかし今では、あのときの弟が陥っていた心の恐慌がそれとは少し異なるものであったことがわかる。問題の本質はむしろ、結果として辿った道筋が、使う予定だったルートとは違っていたという点にあったのだ。

一度決まったことが予告もなく覆されることに宏弥は異常なまでの抵抗を示し、それだけでパニックを起こすことがあった。逆に、ルールあるいは習慣として決められたことには驚くほど忠実だったが、あまりにも厳格にそれを守ろうとしたり、また他人にも自分と同じ精度でその決まりを守ることを強要しようとしたりするきらいがあった。食事のとき、宏弥には家族全員分の茶碗と箸を準備して食卓に並べる役目が割り当てられていたが、食器棚のいつもの場所に茶碗がしまわれていないと、激怒して手がつけられなくなることがあった。母親はあまり几帳面なたちではなかったので、乾いた食器をときどき適当に空いているところへ突っ込んだりしていたのである。

また宏弥には、相手の神経を逆なでするようなことを悪気もなく口にする傾向があった。

春海北小に転入してきて初めて仲よくなった石毛という男の子の家に招かれて夕食をふるまわれたとき、眉間に皺を寄せた真っ赤な顔で帰ってくるなり、あいつとは絶交したと言って部屋にこもってしまったことがある。一時間ほどして恐縮した様子で家を訪ねてきた母子《おやこ》から聞いた話と、あとで宏弥自身から聞いた話を総合すると、ことのあらましはこうだった。

食卓にカレーライスが並んだのを見て、宏弥は「ソースは？」と言った。志村家では、死んだ父親の習慣を受け継いで、カレーライスにブルドッグのウスターソースをかけて食べるのが普通だったからだ。石毛家の人々がなんのことかわからずに首を傾げていたら、宏弥は「カレーはソースかけて食べるんだよ、そんなことも知らにゃあの？」と言った。たぶん、その言い方がばかにしているように聞こえて癇に障ったのだろう。男の子が、それは下品な食べ方だ、というような意味のことを言って反撃し、それをきっかけに喧嘩になってしまったのだという。

母親は、ものの食べ方なんて人それぞれで家庭によってもいろいろなのだから、うちとは違うと思っても黙ってそこのやり方に従うようにしなさいと言い聞かせたが、宏弥は今ひとつ腑に落ちないような顔をしていた。

宏弥のこうした性向は、学校でも、ときには教師との間でも、しばしば軋轢《あつれき》を生んだ。

五年生のときの学級担任から、母親が家庭訪問の際に聞かされたエピソードがある。図工の授業のときは、必要な道具を持って、休み時間の間に「図工室」に移動しておかなければならない。ところがある日、宏弥は廊下で別のクラスのだれかと話し込んでいて、始業のチャイムが鳴ってから数分後に慌てて図工室に駆け込む形になった。

「志村、なんで遅れてくるんだよ。もう授業は始まってんだぞ。おまえ、時間にルーズなのかよ」

教師は宏弥にそう言った。宏弥が答えないので、教師は繰り返した。

「よう、どうなんだよ、おまえは時間にルーズなのかどうなのかって訊いてんだよ」

するとと宏弥は、仏頂面でさらにしばしの沈黙を重ねてから、こう言った。

「そんな質問、意味がないと思います」

それに対してどういう対応をしたのかは、教師自身の口からは明かされなかった。気の弱そうなタイプだったから、おおかた思いもかけなかった応酬に口ごもってしまい、ただ無視をしてなにごともなかったかのように授業を再開したのではないかと母親は踏んでいた。いずれにせよ、教師は宏弥のその態度を「反抗的」だと評し、ご家庭でもそのあたりにもう少し気をつけて指導するよう心がけてほしいと念を押した。

どうして先生にそんなことを言ったのか、と母親が問いただしても、宏弥はかたくなに口を閉ざし、ただ不当に責められたことを腹立たしく思っているような顔をしていた。しかし、「授業に遅れたのは宏弥が悪いら？」と母親が角度を変えた質問をしたら、「それは、僕が悪いと思う」と素直に答えてうなだれた。

あのときの宏弥の気持ちも、今ならわかると真琴は思う。

教師は、こう言うべきだったのだ。今度からチャイムが鳴る前に図工室に来ているようにしろ、と。そうすれば宏弥も、ごめんなさい、今度からそうします、とまっとうに答えることができただろう。宏弥はなにも、自分が始業に遅れたことを正当化しようとか、クラスの全員の前で教師をやりこめてやろうといった意図を持ってそんな受け答えをしたのではない。ただ、どう答えていいかがわからなかったのだ。

　真意はともかく、教師が宏弥に投げかけた言葉は、あくまで質問の形を取っていた。しかも、それを二度も繰り返した。だから宏弥は、その質問に対してダイレクトに応答する内容の答えを言わなければならないのだと思ったのだ。しかし、「はい、僕は時間にルーズです」と答えるのも、「いいえ、僕は時間にルーズではありません」と答えるのも、ナンセンスとしか思えなかった。「そんな質問は意味がない」という発言は、それに対する率直な意見であると同時に、返答に窮したあげく、この気詰まりな事態から解放されるためにそのときの宏弥に選ぶことのできた唯一の手段だったのである。

　そういう一風変わったところのある弟のことを当時自分がどう感じていたのか、今となっては真琴にも正確なところはわからない。宏弥がなにか問題を起こすたびに、そしてそれに対して母親が嘆いたり取り乱したりするたびに、またか、というううんざりした気持ちになっていたような気もする。母親があまりに宏弥のことばかり心配するのも、おもしろくなかったはずだ。それでも、真琴は宏弥のことが好きだった。奇矯なふるまいや意表を突く言動の陰に隠れて見えにくくなっているそのやさしい心を、真琴だけは正しく見抜いていたからだ。

　宏弥がこの世を去ってから、真琴が何度でも思い出して何度でも後悔に暮れることになったできごとがある。

　中学二年生だった真琴が、美術の授業で版画を作ったときのことだ。「家の中の日常的な情景」を題材にするように、というのが課題だった。真琴は、猫の「ルナ」を描くことにした。

　当時住んでいたのは、築三十年にも達しようという古くて狭い木造アパートだったが、それだけ古いとあまりうるさいことを言う大家も住民もおらず、志村家では規約に反してメスの黒猫を一匹餌《え》づけしていた。だれかに飼われていたのが捨てられたのか、人間に慣れていて、性格も穏やかだった。エサをくれる家はほかにもあったようだが、日中のかなり長い時間を志村家の周囲で過ごしていたので、真琴は勝手に「うちの猫」だと思い、「美少女戦士セーラームーン」にあやかって「ルナ」と名づけていたのである。

真琴が「ルナ」と呼べば、その黒猫はちゃんと振り向いて駆け寄ってきた。ただそれは、「ルナ」を自分の名前として認識しているというより、その音を「エサがもらえる合図」だと思っているだけなのかもしれなかった。というのも、鰹節《かつおぶし》を混ぜたごはんや、焼き魚の残り物などを適当に見繕い、窓越しに「ルナ」と大声で呼び寄せるのは真琴の役割だったからだ。

玄関脇のその窓が、ルナにとっての志村家への出入口だった。さして肉づきのいい猫ではなかったので、窓の外に取りつけてある格子の隙間をすり抜けるのにはなんら苦労していなかった。腹を満たして満足したルナは、しばらくは喉をゴロゴロ鳴らしながら真琴や宏弥の膝に抱かれたり体を撫でさすられたりしているが、やがてつと立ち上がると、その窓の桟に飛び乗るのだった。そして、そこで背中を丸めて、外の様子を長いこと眺めていた。

アパートの前には、砂利を敷き詰めた狭い通路を挟んで、生け垣に覆われた別の古い民家が一軒建っているだけだった。そんな風景を見て何がおもしろいのだろう、と真琴は思ったが、ルナは飽きることを知らずときには一時間以上もただそこに座っていた。美術の時間に真琴は、記憶に刻みつけられているその姿をできるだけ忠実に版画で再現しようとした。うしろから見た丸い背中の線や愛らしい三角の耳を、われながら上手に描けたと思って真琴は会心の笑みを浮かべた。

制作途中のその版画を見て教師が、これは何を描いたものなのかと真琴に問うた。

「うちの猫が窓の桟に座って、外を眺めてるところです」

するとと教師はこう答えた。

「志村さん、私は、〝家の中の日常的な風景〟を描きなさいと言ったの。猫はこんな風に、外の風景を眺めたりしないよね。これは志村さんの空想でしょう」

版画はもうほぼ完成していたので、作り直すことまでは教師も要求しなかったが、刷り上がった版画を家に持ち帰った真琴は、母親と宏弥にことのいきさつを泣きながら訴えた。見たままを画題に取り上げただけなのに、「空想」だと決めつけられたことが悔しくてならなかったのだ。

もともと猫という生き物にあまり関心がなく、仕事が忙しくて日中にルナがどうしているのか観察する余裕もなかった母親は、真琴に同情はしたものの、描かれたものが空想などではないという点について、今ひとつ迫力に欠けた反応しかできなかった。しかし、宏弥は違った。実際にルナがそうしているところを何度も目にしていたからだ。

「ルナはほんとによくこうしてるよ。それに僕、松村さんちの白い猫が窓のところでこうしてるのも見たことある。猫は外を眺めるのが好きなんだ。その先生はきっと猫を飼ったことがねえんだよ。猫のことを何も知らねえくせに、お姉ちゃんに威張ってるなんてバカみたいだ」

怒りで顔を真っ赤にしてそう言う宏弥を見て真琴も溜飲《りゅういん》が下がったが、問題が起きたのはそのあとだった。数日して担任の教師から職員室に呼び出された真琴は、くだんの美術教師が宏弥から不意の来訪を受けたことを告げられた。真琴の通う中学校にふらりと現れた宏弥は美術教師を呼びつけ、自分が志村真琴の弟であることを明かした上で、その教師の「指導方針が間違っている」ことを藪から棒に説いて聞かせたというのだ。「猫という動物の習性」を知りもしないくせに、生徒の描いたものを空想と決めつけるなんて「教師としてやってはいけないこと」だと。

実際に宏弥がそういう言葉を使ったのかどうかはわからない。しかし宏弥は、特に大人と話すとき、年齢に似合わないそうした妙に大人びた言葉を使うことがあったから、それが正確な引用であったとしても不思議ではないと思った。いずれにせよ、美術教師はこのぶしつけな訪問にかなり腹を立てているので、こんなことはしないよう弟によく言って聞かせなさいというのが担任の話の趣旨だった。

そういうことを担任に告げ口するような形で真琴に伝えてきた美術教師にも怒りを覚えたが、もっと腹立たしいのは、無断でそんな暴挙に出て自分に恥をかかせた宏弥だと思った。帰宅した真琴は、なんであんなことをしたのかと宏弥を詰り、困惑したように黙り込んでしまった宏弥に、怒りに任せて「もう口もききたくない」とまで言い放ってしまった。宏弥はただ、悲しそうな顔でじっとうつむいていた。

姉弟の間のことだけに、この問題はほどなくうやむやになったが、真琴は今でも、このことについて宏弥にひとことだけでも謝る機会を永遠に失ってしまったことを悔やんでいる。方法が適切であったかどうかはともかく、宏弥は自分のために立ち上がり、闘ってくれたのだ。それを頭ごなしに否定するようなことを言われて、宏弥はどれだけ傷ついただろうか。

母親がサマーキャンプに宏弥を参加させることを思いついたのは、宏弥の度重なるこうした風変わりな言動に業を煮やし、「芯から鍛え直す」必要を感じたからだ。仕事があるからめんどうは見きれないし、そうでなくても男親がいない世帯では、男の子が健全に育つはずがないと母親は考えていた。キャンプのことは、レジを打っているスーパーでの同僚から伝え聞いた。山浦至境のこともメディテーション・メソッドのことも知らなかったが、小学六年生の児童に限り、希望しさえすれば無料で参加できると知った時点で飛びついた。参加者を募っているが、集まりが悪いというのも、運がよかったと思った。

三泊四日、初めて顔を合わせる他校の子どもも含む五人と過ごした後に、宏弥がどんな様子で帰ってきたか、真琴には確たる記憶がない。真琴自身、女子バレーボール部の強化練習で毎日疲れて帰ってきていたから、弟の動静に注意する余裕がなかった。そのことも、後々まで真琴を後悔させる材料のひとつになった。

同じ年の暮れに、母親が死んだ。工場での夜勤中に倒れ、それきり意識が戻らなかった。調子が悪そうだということは真琴にもわかっていたが、何年も前からそうだったから、そういうものだと思って油断してしまっていた。複数の臓器が冒され、とっくにいつ死んでも不思議ではない状態になっていたということを知ったのは、死後のことだった。

真琴と宏弥の二人は、ほかに選択の余地もなく、遠く離れたひたちなか市に住む伯父・相生政《まさ》隆《たか》のもとに引き取られていった。それまで存在さえまともに知らされていなかったが、姉弟を養うことのできる唯一の親族と言ってよかった。詳しい事情はわからなかったが、母親は若い頃に家出同然の形で生家を出て、それきり交流がほぼ途絶えていたらしかった。葬儀の場で、妹の遺した二人の子どもと初めて対面した政隆の表情に、温かみはかけらもなかった。

相生という珍しい苗字を、真琴は難なく読むことができた。自分が生まれ育った市にも、同じ名前の町があったからだ。真琴はそこに不思議な因縁を感じたが、宏弥とともに新しく住むことになった家は、二人にとって決して慕わしいものではなかった。

伯父は歳の離れた父親が死んだ跡を引き継いで不承不承農業を営んでいた。その老母にとって真琴たちは孫にちがいないはずだったが、まるでいつのまにか棲《す》みついてしまった猫の姉弟を見るような目で二人を見た。実際に認知症が進行していたらしく、二人を孫と認識していたかどうかさえ疑わしい。高校一年と中学一年の息子たちは、突如現れた見も知らぬ従姉弟《いとこ》たちのせいで自分たちの占有スペースが減らされたことをあきらかに不満に思っていた。そして上の息子は、風呂上がりの濡れた髪を拭っている真琴の胸のふくらみを、ときどき濁った目で撫でるように見つめた。

与えられた環境になじむのに人並み以上に時間のかかる宏弥は、相生の家やあいそのない従兄《いとこ》たちに溶け込むのに困難を覚えているようだったが、それよりも真琴をつらい気持ちにさせたのは、宏弥が母親を失った悲しみから立ち直るどころか、その現実を受け入れることさえできていないように見えることだった。

「そのうち、どこかよそに行くから」

この時期の宏弥が、よく口にしたフレーズだ。うつろな目をあらぬ方に向けながら、とっくに決定してもはや自明のことになっていることについて念押しするような口調で、ぽつりとそう言うのだった。「どこかって?」と問い返しても、笑みに似てはいるがそれとはあきらかに違う気味の悪い表情を浮かべて、「どこか」と繰り返すだけだ。その姿はまるで、現在の自分が置かれた境遇を、母親がすでに死んでいるという事実も含めて「仮のこと」と見なし、いつかはそれが自然に解消されるのだと信じてでもいるかのように見えた。

新しい小学校でも、友だちらしい友だちができた気配はなかった。もともと卒業まであとわずか数ヶ月という中途半端なタイミングでの転入だった上に、宏弥のような変わった子どもなら、なおのことそれは難しかっただろう。一人だけ、たまに一緒に下校しているらしい男の子と、ランドセルを背負ったまま家の前の垣根のところで話し込んでいるのを見かけたが、こんにちはと挨拶しても怒ったような顔で目を逸らしてしまう陰気な子どもで、真琴はあまりいい印象を抱いていなかった。たしか、村西《むらにし》とかいう名前だった。

ただ、宏弥がその子を家に上げようとしなかったのは、一方的に親しげにされて迷惑していたからというわけでもないらしかった。おたがいに低い声ではあっても、話はそれなりに弾んでいるように見えた。おそらく、宏弥自身にとってさえ最後まで「自分の家」と思うことができなかった相生の家に、友だちを上げるという発想自体を持っていなかったのだろう。

それ以外には親しく言葉を交わす相手もいないらしい宏弥は、当然、放課後に同級生たちと連れ立ってどこかに遊びに行くようなこともなかった。さりとて歳も違いそりも合わなかった従兄たちしかいない家の中にも居心地の悪さを覚えていたのか、しばしば一人で自転車に乗って遠出をして、夕飯直前くらいの時間に帰ってくるようになった。自転車は、必要なときには下の従兄のものを借りるようにしていたが、占有したかった本人が父親に苦情を言ったのだろう、ある日、伯父がどこかから余っていたものを譲り受けてきて、宏弥に与えた。チェーンに油を注《さ》しても軋るようないやな音が絶えない錆《さび》だらけの古いもので、こんなものを与えるなんてかえって侮辱しているのではないかと真琴は憤りを感じたが、宏弥自身は不満ひとつ言わずに愛用していた。

事件が起きたのは、小学校の卒業まであと数日を残すのみとなった三月中旬のことだった。放課後いったん家に帰ってきた宏弥は、いつものようにランドセルだけ置いて自転車でいずこへか行方を晦ましていた。その前から空模様は怪しかったが、しばらくすると雨が降り出した。宏弥は傘を持っていった形跡がなく、夕飯どきになっても戻ってこなかったので、真琴は車を出して捜してほしいと頼んだが、伯父はあてもなく捜すのは勘弁してほしい、どこかで雨宿りでもしていて、そのうち小降りになったら戻ってくるだろうと冷淡に言い放ち、食休みを中断しようとはしてくれなかった。

雨は小降りになるどころか、まるで夏の通り雨のようにさらに勢いを増していた。伯父もさすがにそわそわとしはじめ、そっと時計に目をやったりしていたが、真琴が自転車で捜しに行くと言ったら、危ないからやめなさいとそれを制した。私が危ないなら宏弥はもっと危ないのではないか、と思いながら真琴は黙っていたが、やがてこらえきれなくなり、傘を摑み取って無断で外に出ようとした。まさにそのとき、廊下に置いてある電話のベルがけたたましく鳴り響いた。なにかいやな予感がして、引き戸に手をかけたまま立ち尽くしていた真琴の耳に、受話器を取って言葉少なに応じる伯母の硬い声が届いた。

「たしかに、甥の宏弥はまだけーってねえですけど……」

そう言ったきり絶句している伯母の姿を玄関から見た瞬間、真琴はなぜか、電話をかけてきた相手が誰であり、その用件が何であるかを正確に理解した。

2

第一発見者は土地の住民で、雨の中、風で飛ばされて那珂《なか》川に落ちてしまった帽子を拾おうとして土手を降りていったとき、うつ伏せで水に浸かり、ジャンパーを着た背中を洗われながらたゆたっている宏弥を見つけた。くびれたようになって流れが澱《よど》んでいるところに引っかかっていたという。

通報を受けて駆けつけた近くの派出所の巡査部長は、たまたまその少年の顔に見覚えがあった。以前にも一度、夕暮れの川べりに自転車を停めて一人でじっと流れを眺めている姿を不審に思って声をかけたことがあったからだ。水が流れる様子がおもしろいので見ていた、という意味のことを、そのときの宏弥は口にしたらしい。巡査部長は、念のため住所と名前を訊ねはしたが、自殺等の心配はなさそうだと判断して巡回を続行した。それからひと月ほどが過ぎていたが、少年が身を寄せているという家の「相生」という姓は珍しいので、記憶に残っていた。

現場付近を捜索した結果、一キロメートルほど上流の土手に、相生の名と連絡先がマーカーで書き込んである自転車が見つかったため、巡査部長は病院に搬送された遺体があのときの少年であることを確信した。自転車は、土手が尽きるところに、車体をなかば川に浸すような形で転倒していたという。他殺の線も考えられなくはなかったが、遺体にだれかと争った形跡がいっさいなく、また本人が以前から水の流れに関心を寄せていたことから、雨で増水した那珂川の様子を観察するのに夢中になっていてうっかり足を取られ、転倒した自転車から川の中に落ちて溺死《できし》したものと断定された。両足に藻がからみついて自由を奪われていたらしいことも、その傍証のひとつになった。

真琴は、この世に残されたたった一人の家族である宏弥まで失ったことで底なしの悲しみに落ち込み、宏弥と分け合って使っていた部屋にこもって泣き暮らした。泣き尽くして少しだけ落ち着くと、悲しみと入れ替わるようにして激しい怒りが浮上してきた。形ばかりの葬儀は出したものの、死者を悼む気持ちなど微塵も抱いていないのを隠そうともしない事務的な態度に終始していた伯父。誰も真琴の前で口にこそ出さないが、これで扱いづらい変わり者の同居人が一人減って助かったとでも思っているにちがいないその家族たちの冷たく心ない態度。

わけても、あの雨の晩に車を出そうともしなかった伯父に対する怒りは、日を追うにつれ抑えがたいものになってきていた。発見された時点で宏弥はすでに完全にこときれていたというが、真琴が頼んだときにすぐに車で捜しに行っていれば、命だけは助けることができたかもしれないではないか。

　誰にも気づかれないまま、藻に足を取られ、那珂川の生ぐさい水を口からも鼻からも大量に飲み、肺の中まで水でいっぱいにして、苦しみながら死んでいった宏弥。ゴミ袋のように澱みに引っかかり、凍えるほど冷たい水の中でなすすべもなく手足を揺らしていた宏弥。それを思うと、伯父自身を同じ目に遭わせてやりたいとさえ思った。しかし真琴があの晩の冷淡な態度を少しでも詰ると、伯父はきまって血相を変え、めんどうを見てやっていたのに死んだ責任まで取らされるのか、と怒鳴り返した。罪悪感をごまかしているようにしか見えなかった。

　もともと決していいものではなかった伯父との折り合いは、宏弥の死によって決定的に悪化した。伯父はもはや真琴の姿を目にするたびに露骨に不愉快そうな表情を浮かべ、誰のおかげで食っていけてると思っているんだと毒づくようになっていた。そこそこ成績のよかった真琴は中堅より少し上の県立普通高校への進学を目指していたが、伸びやかな楽しい生活など望むべくもなかった。伯父がささいな機会を捉えては、農家の経営がいかに困難かということを訴え、その上高校の学費まで出さなければならないのかと聞こえよがしにこぼしていたからだ。積極的にそこに加勢こそしなかったものの、伯母も同じように感じていることが真琴にはわかった。唯一の味方であったはずの宏弥もいないまま、そんな家で寝起きして学校に通う生活は、針のむしろだった。

　そんな中で伯母がある日、これをどうにかしてほしいと言いながら、畳の上に並べた雑多なものを真琴に示した。宏弥の遺品だった。使い手もいないものをいつまでも置いておけるほどうちも広くないから、というのがその理由だった。

遺品といっても、貧しい母子家庭に育った十二歳の少年が持っていたなけなしの財産である。使い古したランドセルと学用品。母親が何度もほころびを繕った跡のあるわずかな衣服。特に、背中に大きく「31」と書かれたプロ野球のユニフォーム風のトレーナーは、真琴にはその数字の象徴するものが誰なのかはわからなかったものの、本人が気に入ってよく着ていたから印象に残っていた。あとは、なぜか半端な巻だけ飛び飛びに残っている『スラムダンク』などのコミックスが数冊。それと、好きだった恐竜のフィギュアが数点。

こんなつつましい品々が、この家の空間をどれだけ圧迫しているというのか。宏弥が触れ、ときには愛玩《あいがん》したであろうそれらのものを眺めているだけでも、真琴の両目には涙が滲んできた。しかも、宏弥が死んでからまだ半年も経っていなかった。気持ちの整理もまったくついていないのに、これらを「不要なもの」として処分しろというのか。無言のまま睨み返すと、伯母はさすがにひるみ、真琴ちゃんの気持ちもわかるんだけど、あの人がね、と呟いた。伯父のことだ。捨てさせろと言っているのだ。伯父には、宏弥の遺品が目障りだったのだ。それが家の中にあるかぎり、うしろめたさから逃れることができなかったからだ。真琴は、それを自分に直接命じることさえ避けている伯父の卑怯《ひきょう》な心根を深く軽蔑しながら、伯母には少し考えさせてほしいと答えた。

真琴はしばらくの間、宏弥がいなくなったせいで妙にだだっ広く思える姉弟用の部屋の片隅に遺品の山を据えて、ときどきその一部を手に取ってぼんやりと眺めたりしていたが、遅かれ早かれ処分しなければならなくなるのだと思って見れば見るほど、それらをゴミとして片づけるのは間違っていると思うようになった。

夏の終わり、なかなか寝つけなかった晩に、真琴は宏弥が学校で使っていたノートのページをめくっては、やたらと筆圧の強い、角張ったその筆跡をぼんやりと目で追っていた。苦手だった社会のノートで、板書の内容を書き取ったその余白に、猫の目を持つ、丸々と肥え太った不格好な動物が鉛筆で描かれており、その脇に「ねこあざらし（肉食せい）」と書いてあるのを見て、真琴は思わず噴き出し、黒猫のルナが出入りしていた以前のアパートでの生活を、そしてルナを描いた版画をめぐって自分が宏弥にひどいことを言ってしまったことを思い出して涙ぐんだ。
しかし、実際に社会の授業中に使用したと思われるページはそこまでであり、何枚か何も書いていないページを挟んで、突如として日記らしきものが始まっていた。不意を打たれた真琴は、なにか見てはいけないものを見てしまった気がして、一度慌ててノートを閉じた。そして、軽く呼吸を整えてからもう一度そのページを開いた。

きょう、おかあさんが死んだ。

日記は、まさに真琴たちの母親が他界した十二月六日づけのその胸を打つ一行をもって始まり、死の直前までの約三ヶ月にわたって、毎日欠かさずではないにしてもほぼ切れ目なく綴られているようだった。真琴が知るかぎり、宏弥には日記をつけるような習慣はなかったはずだ。人に言われて始めても長続きせず、三日か一週間で投げ出していた。母親の死が宏弥の心にどんな影響を与え、毎日のできごとを書き留めることにつながったのか、真琴には想像するようすがもなかった。しかしそれが、宏弥の短い人生における最後の三ヶ月を克明に綴った唯一の記録であることはまちがいなかった。真琴は震える手でページをめくり、涙に霞《かす》んだ目で宏弥の文字を追った。
伯父や従兄たちの「感じが悪い」こと、家の中は居心地が悪いということ、母親がいればどんなにいいかということ、新しい学校は遠く感じる上に雰囲気が違っていてなじめないということなどが、ときには大人びた表現を交えながら、宏弥らしい率直な語り口で縷々綴られていた。ただ、真琴の注意を惹いたのは、その中に散見される「今日もみんなから変だと言われた」とか「ぼくのどこが変なのかな」といった文言だった。前の学校でもときどきそのように言われていたのが、転校後はいっそうはなはだしくなっていたようだ。日を追うにつれそれは、「クラスでシカトされている」「ぼくが変だからみんなはぼくをシカトするのだろうか」といった深刻な内容に変化していき、真琴は自分の中で不吉な予感が黒い霧のようにみるみる広がっていくのを感じた。

いや、それは「予感」ではなかった。すでに起こってしまったことについて予感することはできないからだ。しかし真琴は、まるでこれから忌まわしいことが起ころうとしているのをなすべもなく見守るような思いで、さらにページを繰った。

やっぱりぼくはミスタービーンみたいなのかな。ミスタービーンみたいに変だからみんなはぼくをシカトしたりいやなことをするのかな。ミスタービーンはぼくが見ても変だと思う。ぼくはあんなじゃないのに。

宏弥は、そう書いていた。「ミスター・ビーン」が放映されていたのは深夜の時間帯だったので、家では観ることが許されていなかったが、真琴のクラスでも話題になっていたし、友だちからビデオを借りて家で宏弥と一緒に観たこともあった。ミスタービーンがなにか滑稽なことをするたびに宏弥は腹を抱えて笑っていたが、真琴は言われるほどおもしろいとは思わなかった。それはどことなく、街なかでたまに見かける「目を合わせてはいけない」とされる人たち、電車で不運にも同じ車輌に乗り合わせてしまったら、慌てて目を逸らし、極力遠いところに身を置こうとしてしまう人たちに近いものを感じさせ、笑ったあとでいやな気持ちになったからだ。

そのミスター・ビーンと宏弥が似ているとは、いったいどういうことなのか。宏弥はあんな、何を考えているのかわからない異相の中年ではなかったし、あんなわけのわからないいたずらをのべつまくなしにしていたわけでもない。現に宏弥自身、ビデオを見て笑っていたのだから、似ていると自分で思ったわけではないだろう。続く一節を読んだ真琴は、それを言ったのが、山浦至境主催のキャンプで一緒だっただれかだということを知った。「去年の夏のキャンプであいつにミスタービーンみたいと言われてからずっと、なんでそう言われるのか考えていた」。そういう意味のことを宏弥は書いていた。「あいつ」と記しているだけなので、誰のことを指しているのかはまったくわからなかった。

ただ真琴は、ふとその誰だかわからない子どもの身になって考えたとき、その子が宏弥を「ミスタービーンみたい」と感じた気持ちがわからないでもない自分がいることに気づいた。宏弥は、なにか普通の人なら注意も払わずに素通りしてしまうようなもの、たとえば路傍の植え込みの上を這っているミミズだとか、道路に敷いたアスファルトの崩れた端から日盛りの熱でタールが溶け出している様子などに関心を奪われて不意にしゃがみ込み、同行している人間が困惑するほど長い間それの観察に没頭していたりすることがあった。またそうしたときに、体の動きが変にぎこちなくなって、あやつり人形みたいな奇妙な動作をすることがあった。そこだけを切り離せば、その様子はたしかに、ミスター・ビーンがなにか珍奇なことをしようとしているときの物腰によく似ていた。

姉である自分までそう感じてしまっただけに、真琴は「ミスタービーンみたい」と人に言われて深く傷ついていた宏弥を不憫に思ったし、そんな無遠慮なことを口にした子どもの配慮のなさを恨めしく思った。そして日記の続きに目を通したとき真琴は、ついさっき心に兆した「予感」が的中してしまったことを悟った。

誰にも好かれないこんな自分は生きていてもしかたがない。死んでしまえばみんなが喜ぶ。

日記のいちばん最後の数行で、宏弥はそう述べていた。あの雨の晩、宏弥がゴミ袋のようになって那珂川の澱みに浮かんだあの日の前日の日付が、そのページには書き込まれていた。そしてその数行の後、ノートは再び空白になっていた。突然断ち切られたように、日記はそこで終わっていた。

事故ではなかったのだ。

宏弥は、生きていてもしかたがないと思ったこの世に別れを告げるため、自ら命を絶ったのだ。現場に駆けつけた巡査部長は、宏弥は川が流れる様子に気を取られていて足もとを掬われたのだと決めつけていた。たしかに、ささいなものに異常なまでに気を惹かれるところのあった宏弥なら、水の流れをおもしろがって飽かず眺めていたとしても不思議ではない。しかしあの日は、十秒じっと立っていれば服の中までびしょ濡れになってしまうほどの勢いで篠突《しのつ》く雨が降っていた。傘も持っていなかった宏弥が、たとえ川の水の動きを興味深いと思っていたとしても、全身が濡れるのに任せて川べりに佇んだりしただろうか。最初に話を聞いたときは気が動転していて見過ごしていたその点を、今や真琴ははっきりと「不自然な点」として意識していた。

いや、その考えは、第一報を聞いたその瞬間から真琴の中に存在していたのだ。そのうち、どこかよそに行くから。口癖のようにそう呟くとき、宏弥が顔に浮かべていたうつろな表情を思い返すと、その「どこか」とは、この世ではないどこか、死んだ母親が待っているどこかを指していたのだとしか思えなくなる。宏弥が死を志向していることに、自分は勘づいていた。見て見ぬふりをしていただけなのだ。その罪悪感があったから、事故だとする警察の説明を無抵抗に受け入れてしまったのだ。

しかし、もはやそんなごまかしは通用しない。

窓の外はすでに明るみはじめていた。伯父たちが起き出してくるにはまだ早かったが、真琴はそれを待たず日記を手に夫婦の寝室に駆け込んだ。この「証拠」を伯父に突きつけ、宏弥の事件を自殺として再捜査するように警察にかけ合ってもらうためだった。

「伯父に頼んだのは、十四、五の小娘が訴えても警察では子ども扱いしてまともに取り合ってくれないだろうと思ったから。でも、私は伯父のことも信用してなかった。だって、私が見せた宏弥の日記をろくに読みもしないで、さもめんどうくさそうに顔をしかめただけだったんだから。伯父はあきらかに、宏弥の一件を〝もう済んだこと〟として片づけようとしていたの」

東名高速道路を厚木方面に向かって走りながら、真琴は憑かれたように当時のいきさつをしゃべりつづけた。助手席の疋田利幸は、ただ身を硬くし、あっけに取られたようにじっとそれに耳を傾けていた。話がミスター・ビーンに及んだときだけ、身じろぎしてなにか弁解しようとしたが、黙って続きを聞くように真琴の方からそれを制した。

実際に真琴は、聞いてほしいと思っていた。この物語を最後まで聞かせたいという欲求が、体の奥から突き上げてきていた。自分で予想もしていなかったほど激しい欲求だった。聞かせる相手は、利幸でなくてもよかったのかもしれない。自分以外のだれかでありさえすれば。利幸にすべてを語ることは、これから自分がしようと思っていることに照らして考えれば常軌を逸したふるまいであると難じられても、言い返す言葉を真琴は持たなかっただろう。

あのときの自分は、聞き手が誰であるかを途中からまったく意識していなかったのかもしれない。後に真琴はそう考えた。それは、もはや自分の出自を隠す必要がなくなっているにもかかわらず、同郷の人間を相手にしながら真琴がお国言葉に切り替えなかったことからもわかる。そのとき助手席の利幸は、真琴が誰にも、婚約者にさえも語らずにいた物語を聞くという、単一の目的だけに資する抽象的な「耳」と化していたのだ。

「警察からは、待てど暮らせどなんの音沙汰もなかった。日記は捜査資料として事件の担当だった刑事に託してあるって伯父は言ってたけど、本当は自分のところで握りつぶしてるんじゃないかって私は疑ってた。だから私、痺れを切らして警察署に一人で押しかけていったの」

案の定警察職員たちは、セーラー服を着て思いつめた顔で署の総合受付に現れた真琴を、あからさまに軽んじる対応を取った。用件もちゃんと伝えているのに、担当刑事の名前を知らなかったばかりにたらい回しにされ、二時間近く待たされたあげくようやく、荻野と名乗る刑事に会うことができたが、その男もまた、物腰こそ柔らかかったものの、小さな子どもでもあやすような調子で真琴をあしらった。日記はたしかに伯父さんから受け取って今調べているところだから、心配しないで待っていてほしい、と言うその端から、こんなくだらない用件にかかずらっていられるほど俺は暇じゃないんだ、とその濁った目が語っていた。

警察での再捜査に真琴がこだわったのは、宏弥の死が事故ではなくて自殺であったという事実を立証してもらいたいからではなかった。真琴自身は、日記を読んだそのときから、宏弥が自ら人生に終止符を打ったことを信じて疑わなかった。ただそれだけのことなら、唯一の肉親である真琴一人がそれを知っていれば済むことだ。しかしそれでは宏弥が浮かばれないと真琴は思った。宏弥を死に追いやった連中がいるのだ。その連中が自分の罪状も知らずにのうのうと生きていることを、許す気持ちにはなれなかった。

日記に基づいて再捜査をすれば、学校で、またサマーキャンプで宏弥に心ない言葉を投げつけた子どもを特定できるはずだ。彼らを裁くことはできなくても、自分たちのふるまいによって宏弥が死んだのだという事実を知らしめ、悔悟の念を抱かせることは絶対に必要だと真琴は考えていた。

しかし荻野はまるであてにならず、いたずらに時間ばかりが過ぎていった。日が経てば経つほど、加害者の特定は難しくなるだろう。真琴はじりじりして何度か電話で荻野を呼び出して催促をしたが、その都度のらりくらりと言い逃れをされ、やがて、居留守でも使っているのか電話口に出ることさえなくなった。

伯父夫婦から養子縁組の話を持ちかけられたのは、そんな中でのことだ。これまでは扶養家族という位置づけで対処してきたが、現実問題、ほかに行き場もないわけだし、いっそ親子という関係になってしまった方が、役所との諸々《もろもろ》の手続き上もなにかと便利になるから、という理由だった。真琴は結局、第一志望だった県立高校への進学を果たしていた。学費も出してもらっている手前、拒む理由が見つけられなかった。

ただ、相生真琴を名乗るようになった瞬間、これで志村の人間は地球上から完全に死に絶えてしまったのだ、仮に今宏弥が生き返ったとしても、帰るべき場所はもうどこにもないのだ、という考えが、冬の夜に体を凍えさせる隙間風のように頭の中を吹き抜けていった。

そのわずか数日後、なにかの会合で酔って帰ってきた伯父が、真琴の姿を目に留めるなり問答無用でその頬を張った。顔が真っ赤なのは酒のせいかと思っていたが、吊り上がった目を見れば激昂しているためでもあることがわかった。真琴が宏弥の件で単身警察署を訪れたり、何度も荻野に電話して再捜査の催促をしたりしていたことを、だれかから聞きつけたらしい。

俺のことも信用せずに何を勝手なことをしているのか。とっくに死んだ弟のことをいつまでもしつこくほじくり返してどうする。俺に恥をかかせる気か。そんなに俺が信用できないならこの家を出ていけ。伯父がそう言って声を荒らげれば荒らげるほど、真琴の心は醒めていった。真琴はひとことも言い返さずに自分の部屋に引き上げ、心配して部屋までやって来た伯母のとりなしも聞かずに、言われたとおりこの家を出ようと心に決めた。どのみち、しばしば偶然を装って入浴中の真琴を覗こうとする上の従兄にも業を煮やしているところだった。

皮肉にも志村真琴は、相生真琴になるのとほとんど同時に、相生の家と訣別《けつべつ》する意志を固めたのだった。


もっとも真琴は、衝動で動く性格ではなかった。高校生の身で家出して都会に出ていったものの、生活が立ちゆかないためになりゆきで極道者の情婦になったり、ソープに身を売ったりするはめになる女たちの話も聞いたことがあった。ただ、高校卒業まで相生の家で暮らしたら、そのままそこから抜け出す機会を永遠に失い、後悔することになりそうな気がした。だから真琴は、新聞配達などのアルバイトで資金を貯め、それが五十万円になるまで待ってから、ある朝忽然と、誰にも何も告げずにひたちなか市を去った。

「十七の秋だった。しばらくは宇都宮でキャバクラのホステスをしていたの。年齢を偽ってね。それくらいは、メイクでどうとでもなる。店長は疑ってたみたいだけど、それなりにお客さんがついてたからうるさいことは言われなかった。それより怖かったのは、伯父が捜索願を出して、それがきっかけで捕まることだったの。今あの家に連れ戻されたら、きっと私、座敷牢に閉じ込められた囚人みたいになってしまうと思った。でも……たぶん伯父は、私を捜そうとさえしなかったんだと思う」

真琴はハンドルを両手で握り、まっすぐ前方を見つめたまままそう言って、短い、乾いた笑いを漏らした。利幸はなんの反応も示さなかったが、話の続きを待っていることだけは、二人の間を満たしている空気を通じて伝わってきた。それだけで十分だった。真琴はアクセルを踏み込み、前の車との間に空いてしまっていた距離を縮めながら続けた。

「宏弥のことを忘れたことは片ときもなかった。でも少しずつ、意識して考えないようになっていたと思う」

新しい生活を始めてしばらくした頃、ロックバンドＸ Ｊａｐａｎのギタリストであったｈｉｄｅが、自宅の寝室でドアノブにかけたタオルを首に巻きつけて自殺したと報じられた。それから一週間かそこらの間に、真琴がそれまで知らなかった不思議な名前の女性漫画家が、やはり自宅で自ら命を絶った。死んだ方法が同じだったことから、あと追い自殺だったのではないかと邪推する向きもあったようだが、そのことの真偽はこの際どうでもよかった。問題は、相次ぐショッキングな事件の報道を通じて「自殺」の二文字が至るところに横溢《おういつ》し、否応なく目に触れてきたことだ。

真琴はまるで、弟の死の真相を明るみに出す試みに挫折し、逃げるようにして養父のもとを去ってきた自分がだれかに、もしかしたら宏弥自身に非難されてでもいるかのように感じ、そこからつとめて目を逸らした。そして、違う人生を生きたいと思った。貧しかった母子家庭、自殺した変わり者の弟、一度たりとも自分にやさしく接してくれたことがなかった伯父とその家族。そうしたものから遠く離れ、その出自をまったく異質ななにかで塗りつぶすことによって、違う人間として生まれ変わりたかった。さもなければ、みじめさや悲しみから一生解放されないままで終わることになると思ったからだ。

好きでもない男たちに水割りを作ってやり、彼らが煙草をくわえればすかさずライターの火をかざしてやりながら、真琴は高校二年で放棄した学業を独学で補い、大検に合格して、二十一歳になる年に東京の私大に入学した。中堅程度の、地方ではほとんど名の知られていない小振りな大学だったが、それで十分だった。東京にあるという点と、曲がりなりにも「最高学府」であるという点だけで、まちがいなくこれまでの自分とは異なる階層、異なる世界へと脱出するための足がかりにはなるはずだという確信があったからだ。法学部を選んだのは偶然に近かったが、これまで生きてきた中で、社会にはびこる不公正を正したいという思いが漠然と心に兆していたためだったのかもしれない。

東京での高い家賃と、法外にも思える私大の学費を工面するためには、宇都宮でしていたのと同じ仕事を続けざるをえなかった。しかしその一方で、ゼミの担当教授が学生たちに紹介していた法律事務所のアルバイトにも、心惹かれるものを感じた。弁護士や司法書士を目指すまでの志はなかったものの、そうした仕事場で働くことは、真琴が憧れてやまなかったこれまでとは別の世界、学歴や社会的地位といったものが威光を放つみじめではない世界を象徴するもののひとつに思えたからだ。真琴は教授の口利きで麴町にある福光法律事務所にアルバイトとして雇われ、キャバクラでの仕事と重ならない時間帯に、電話番や資料整理などの雑用に従事した。

事務所の代表である福光正樹《まさき》弁護士は、絵に描いたような苦学生である真琴をひどく気に入り、まるで娘のようにかわいがってくれた。当時すでに七十の坂にさしかかろうという年齢だったことを思えば、「孫のように」と表現した方がふさわしいかもしれない。赤坂の料亭などで高価な食事を奢ってくれたこともあるし、条件がよくて家賃が安いアパートを自分の伝手《つて》で紹介してくれたこともある。周囲のスタッフが、「福光先生はマコちゃんのこととなると大甘で、自ら違法行為さえ犯しかねない」と揶揄するほどの寵愛《ちょうあい》を受けた真琴は、この年老いた弁護士からありとあらゆる便宜を受けることになった。

数年後、長引く就職難のさなかであるにもかかわらず、真琴は丸の内の大手商社であるミツマンに正社員として採用された。背後にはやはり、あちこちに顔が利いた福光のさりげない支援があった。そうしたコネクションを利用することを、恥ずかしいこととは思わなかった。利用できるものはなんでも貪欲《どんよく》に利用し尽くすつもりだった。ナイーブな潔癖さからそこにためらいを覚えるようでは、真に新しい自分にはなれない。真琴の人生の塗り替えは、今や完成を待つばかりとなっていた。そしてその完成は、ミツマンで出会い、真琴を見初《みそ》めた土屋悟《つちやさとる》との結婚によって成就されるはずだった。

「婚約まで交わしていたの。順調だった。全部順調だったのに……」

長い一人語りの中で、真琴は初めて、自分の声が震えているのを感じた。

3

土屋悟は真琴から見て四つ歳上で、同じミツマンのファインケミカル事業部で主任の肩書きを持っていた。細かいことには頓着しない男で、真琴に複雑な生い立ちがあることをおぼろげに知りながらも、本人が語りたがらないことについては深く追及しなかった。ただ、「いつか気が向いたら」養父母の二人に挨拶だけさせてほしい。結婚の約束を交わすに際して土屋が真琴に求めた条件はそれだけだった。両親は当然、息子の嫁になる人物についてもっと詳しいことを知りたがっただろうが、どのように説得したものか、土屋は自分自身を盾にすることによって、そうした詮索から真琴を庇いとおした。

これでとうとう脱出できる、と真琴は思った。「相生真琴」という人間を再定義してくれる媒介として、土屋ほどふさわしい男が現れることはまたとないだろう。欠損のない、比較的裕福な家庭に育ち、自身が得た社会的地位も申し分なく高いこの男が、配偶者にするという形で真琴を自分が属する世界に吸収してくれるのだ。ひたちなか市を出てから約十年、恋愛沙汰は何度か経験したものの、結婚を望むまで至らなかったのは、結局のところ、言い寄ってくるのが自分と同じ階層に属する男たちばかりだったからだ。土屋は違う。この男の妻になれば、忌まわしい過去のすべてを封印して、なかったものと見なすことができる。

翌年三月の結婚を控え、真琴は出張や残業で忙しい土屋のために、甲斐甲斐《かいがい》しく式場選びや二人で住む新居選びに奔走した。両親からの援助もあり、費用は全額持ってもいいと土屋は言ってくれたが、真琴にもそれなりにまとまった額の預金があった。土屋との交際を始める直前くらいまで続けていたキャバクラの仕事で稼いだ金をこつこつと貯めていたからだ。二度と貧しい暮らしに舞い戻りたくないという気持ちから、仮に突然会社から解雇を申し渡されたとしても路頭に迷わないようにと爪に火を灯す思いで蓄えたものだったが、自分の過去を塗り替えるためなら全額吐き出してしまっても惜しくないと真琴は思っていた。

十一月の終わりになって、携わっていたプロジェクトがようやく一段落し、何日かの休暇が取れるようになると、土屋は申し訳なさそうに、仲間と泊まりがけで南アルプスに行きたいのだと言った。登山は土屋の唯一と言ってもいい趣味で、学生時代からサークル仲間と羅臼や穂高など日本中の山々を巡っており、ミツマン入社後はそのための時間がなかなか取れないことだけを不満に思っていたようだ。その季節の南アルプスといえばすでに雪山状態だが、冬山も何度か経験しているから問題ないと土屋は胸を張った。真琴は快く土屋を送り出すことにしたが、上野駅のホームで夜行列車に乗り込むその姿が見納めになるとは夢にも思っていなかった。

あとになって、小聖岳《こひじり》を襲った時ならぬ吹雪の中をどうにかしのいで生き延びた仲間の一人が、謝罪に訪れた。道中で真琴のことを土屋本人から聞いており、どうしても直接謝りたいということで土屋の母親経由で連絡してきたのだ。土屋くんを救えなかったのは自分の判断ミスが原因だと言って、濃い顎鬚を持つその男は地面に額《ぬか》ずかんばかりに頭を下げた。その男自身、両手の指先が凍傷でやられて黒ずんでいた。謝られてどうなるものでもなく、真琴はただ困惑した。もっともそれは、土屋の死に直面しても驚くほど悲しみを覚えていない自分自身に対する困惑でもあった。

父親を失い、母親を失い、弟を失い、そして婚約者を失った。しかし今回に限って言えば、喪《が》失感や悲しみはなかった。あるのはただ、底知れぬ挫折感だけだった。慎重に築き上げてきた伽藍《らん》が完成を目前にして土台から脆《もろ》くも崩れ去ってしまったかのような思い。やっと辿り着いた楽園の扉が目の前で閉ざされ、自分の入場が拒まれたのだ。もはや涙さえ出ず、ただ茫然と立ち尽くすのみの自分自身を眺めながら、心のどこか醒めたところで、自分は土屋のことを愛してさえいなかったのだ、人生を塗り替えてくれる存在として必要としていただけだったのだ、と悟った。

ミツマンには勤務しつづけていたが、抜け殻のようになって顔からあらゆる表情を消している真琴に声をかけてくる同僚はいなかった。気の毒すぎて何を言っていいのかわからない様子だった。それをいいことに真琴は、毎日ただ機械のように起きて定刻に出社し、仕事で必要なとき以外は誰ともいっさい口をきかずに黙々と責務をこなして、生きていくのに必要な分だけ食べてまっすぐ家に帰るという生活を続けた。

そうして年が明け、一月も終わろうとしていた。ある晩、ぼんやりしていて飲みかけの紅茶のカップを床に落としてしまった真琴は、カーペットに茶色いしみとなって広がった紅茶を吸わせようとして、読みもせずにただ何週間分も無造作に積み上げていた新聞紙の山からある号を抜き取ってしみを覆った。それを取り去ろうとしたとき、ふと社会面の下の方にあった小さな死亡記事が目に留まった。顔写真もない、わずか数行で終わっているそれにことさらに注意を促されたのは、「山浦至境（本名：健吾）」という名に強烈な既視感を覚えたからだった。その名をどこで見たのか数十秒考えて、思い出せずに興味を失ってしまう瀬戸際のところで、なぜか宏弥の顔が脳裏に浮かんだ。そして真琴は、サマーキャンプのことを思い出した。

考えないようにしていた宏弥の記憶が、堰《せき》を切ったように真琴の中で溢れ出し、もっと思い出せと真琴をせっついた。それは、告発に似ていた。宏弥の死の真相を追い求めることを断念し、宏弥のことを忘れるべく努め、宏弥が属していた世界から抜け出して自分だけ幸せになろうとしていた真琴を、それは裏切り者と難じ、責め立てていた。

これだったのだ、と真琴は思った。自分がどうしてもそれまでとは別の世界に移り住むことができないのは、清算されていない過去が債務の履行を迫っているからなのだ。それを無視しつづけてきた自分が、今になって裁かれているのだ。これは、自ら封じようとしていた自分自身の過去からの復讐なのだ。

新聞など取っていてもろくに読まない自分が、今この瞬間、普通なら見落としてしまうほど小さい山浦の死亡記事に注意を向けたということ、そしてその記事が、こぼした紅茶を吸わせるためにたまたま手に取った号に掲載されていたということにも、真琴は奇妙な暗合を感じた。宏弥を死に追いやったのは、少なくともそのきっかけのひとつを作ったのは、キャンプの間にだれかが宏弥に向かって口にした、「ミスタービーンみたい」のひとことだ。やはり自分は、十数年前のあのとき、宏弥の事件を追うことをやめてしまうべきではなかったのだ。真相を明るみに出さないかぎり、宏弥は決して自分を許してはくれないのだと思った。

この呪いを、解かなければならない。

その思いは、神から下された命令でもあるかのように、抗《あらが》いがたい力をもって真琴の心を捉え、激しく揺り動かした。自分の人生を取り囲む不如意の理由を説き明かすすべてが、その一点に集約されているのだと感じた。それが正しいかどうかなど、真琴は考えなかった。もともと真偽など検証のしようもないことがらだし、それを突きつめて考えるには、真琴は度重なる不運にあまりにも翻弄《ほんろう》されすぎていた。耐え忍ぶだけだった人生の中で行き場もなく蓄積されつづけてきた負のエネルギーが、「呪いを解くこと」という格好の目的を与えられることで、一気に出口を見つけて噴出しようとしていた。

真琴は当分の間真相究明に身を捧げる決意を固め、手始めにミツマンを退社した。上司はどこかほっとした顔で、一度ゆっくりと心を癒してから再出発を図った方がいいと言って、引き止めることもなく真琴を送り出した。結婚式も新居も必要なくなった真琴には、しばらくの間収入がなくても暮らしていけるだけの蓄えがあった。

何をおいても、まずはあの宏弥の日記をもう一度読み直すところから始めるべきだと真琴は考えた。日記は、あきらかにやる気のなかった警察が、ほとぼりが冷めた頃を見計らって「調べたが何もわからなかった」という言い訳とともに返してきたにちがいなかった。問題はそれを処分せずに取ってあるかどうかだ。真琴自身は結局、その他の遺品も何ひとつ捨てることができずそっくり残していったが、真琴がいなくなってからは、伯父自らがここぞとばかりにすべて処分してしまったと考えるのが妥当だろう。戻ってきた日記も、問答無用でゴミ箱に放り込んでしまった可能性が高い。

しかし真琴は、万が一の可能性に賭け、ひたちなか市の相生家を訪ねることにした。ただ、あれからすでに十二年の歳月が過ぎていた。その間一度も連絡を取ろうとしなかった義理の娘に対して、伯父や伯母がどういう気持ちを抱いているのか、真琴には想像もできなかった。へたに事前に手紙などを出しても、おまえなどもうなんの関係もないから来るなと突っぱねられてしまうかもしれない。それを恐れた真琴は、ある日の昼下がり、抜き打ちで相生の家に向かった。

三年ほどしか住まなかった家なのに、駅からの道のりは自分でも意外に思うほどよく覚えていた。不意の来客を玄関に出迎えたのは伯母で、数秒間、口をあんぐりと開けてから、真琴ちゃんなの、と言いながらまるで獰猛《どうもう》な獣にでも出くわしたかのようにあとずさり、そのまま奥へ向かって床を踏み鳴らしながら小走りで進んで、あんた、たいへん、真琴ちゃんが、と伯父を呼んだ。

しかし伯父は、奥から出てきはしなかった。仮にその気持ちがあったとしても、そうするには衰弱しすぎていたからだ。まだ還暦にも達していなかったが、前の年に癌を患い、すでに肺の一部を切除していた。一度退院してからは自宅で療養生活を送っているが、容態はあまり思わしくないのだ、と伯母が寝室へと真琴を案内しながら耳打ちした。

万年床と思われる寝乱れた蒲団の上に上半身だけを起こし、しきりと咳き込んでいる伯父は、見る影もなく痩せ衰えて人相が変わってしまっていた。その姿に胸を打たれた真琴は一瞬気持ちがひるみ、黙って家を出てしまったことを悔やみかけたが、視線を合わせようとさえせずに、さんざん心配かけて突然戻ってくるなんてどういうつもりだと憎々しげに言い放つその顔を見て気が変わった。前置きもなくただ「宏弥の日記を返してもらいに来た」と言ったら、「あーたもん警察からけーってきてねえべ」と吐き捨てるように言った。

警察から戻っていないならかえって好都合だ。少なくとも処分されてはいないということだ。そう思った真琴が、ほかの遺品はどうしたのかと訊きかけたら、伯父はそれを遮るようにして、やっと帰ってきたと思ったらまた宏弥のことか、いいかげんそのことは忘れたらどうだ、というような意味のことを不明瞭な声で言ったが、後半は咳にかき消されて聞き取ることができなかった。

寝室を出ると伯母が、あの人はあんな言い方をしているけれど、遺品は捨てずに取ってあるのだと言って、真琴を納戸に連れていった。作りつけの棚のいちばん上の段に、マーカーで「ヒロヤ」と書かれた段ボール箱がふたつ並んでいた。脚立を借りて下ろしたそれを別室に運び、なにか手がかりになるものがほかにありはしなかったかと検分してみたところ、無造作に積み重ねてあったノートや本の間から、「キャンプのしおり」と表紙に書かれた手作りの冊子が見つかった。

原稿は、おそらく今はもう市場から消え去ってしまったワープロ専用機を使って印字したものだ。A4判数枚にわたるそれが、二つ折りにしてステープルで綴じてある。見た覚えのあるものだった。

当時は表紙だけ目に留めて特に中身に注意を払っていなかったが、「平成6年8月6日〜9日」という日付から言って、山浦の主催したサマーキャンプで配られたものにまちがいなかった。ページをめくると、日程や集合場所、持参してくるべきもの、注意事項などが列挙された後、行きの車の中ででもみんなで歌ったのか、いくつかの唱歌の歌詞が抜き書きしてあった。そして最後のページに、宏弥自身を含む、参加した子ども全員の氏名と連絡先が挙げられているのを見て、真琴は心臓が激しく脈打つのを感じ、自分の不覚を呪った。

十四年前のあの時点で、どうしてこれに気づかなかったのだろう。キャンプ中に宏弥を「ミスタービーンみたい」と揶揄したのが誰であったのかまったくわからないと思っていたが、これを見ていれば、少なくともこの五人、江見今日子・大貫智沙・金谷和彦・疋田利幸・鷲尾樹のうちのだれかという形で対象を絞り込むことができたはずだ。今では、この五人が同じ住所に住みつづけているかどうかもわからない。おそらく、そうではないケースが多いだろう。

歯噛みするような思いで「しおり」を睨みつけていた真琴が、ふと気配に気づいて振り向くと、ナイロン製のジャンパーを羽織って首にタオルを巻いた三十前後の男が、襖の隙間から驚いたような目でじっと真琴の様子を窺っていて、目が合うと気まずそうに視線を逸らした。家業を継いだ従兄のうちのどちらかと思われたが、容貌の違いについての記憶が薄れていて、どちらなのかはわからなかった。覗き見ているところからすると、上の従兄だろうと思った。

日記を取り戻すべく、真琴は荻原刑事のいた警察署に出向いた。三十路も遠くない成人女性となった真琴は、中学生時代とは違って総合受付でもそれなりに丁重に遇されたが、荻原は数年前に「一身上の都合」で警察を辞していた。宏弥の事件の記録はキャビネットに残っていたが、「事故」として解決済みの扱いになっており、再捜査された形跡もなかった。当然、宏弥の日記が関連資料として保管されていることなど望むべくもなかった。おそらく荻原が私物として手元に置いている間に、散逸してしまったのだろう。

たまたま真琴に応対した口臭のきつい中年の警察職員は、無念そうにしている真琴を見て気の毒がり、荻原の退職時の連絡先は個人情報に当たるので教えることはできないものの、そこに連絡してみて現在もつながるようなら、本人から折り返すように伝えることはできると申し出てくれたが、真琴はそれを断った。あの荻原が言われるままに連絡してくるとはとても思えなかったし、まして宏弥の日記を今に至るまで律儀に保管していることなど考えられないと思ったからだ。それに真琴はすでに、いかなる形でも警察をあてにするのはやめようと思いはじめていた。そもそもそれが間違いだったのだ。自力でやらなければならない。結局のところ、それがいちばん確実なのだ。

宏弥が通っていた小学校にも行ってみたが、市立の小学校ゆえに、十四年も経った今では、事件当時のことを知っている教師はほとんどが別の学校に転任してしまっていた。その行き先を辿り、当時宏弥と同じクラスだった児童たちの名前を訊き出して、一人ひとりの現在の居場所を辿っていくことも、やろうと思えばできただろう。しかし真琴は、あえてそこまで深追いしようとはしなかった。それを完遂するのにどれだけの月日がかかるか、またそもそもやり遂げられるかどうかさえわからなかったし、それは宏弥が求めていることではないのではないかという強い違和感を覚えたからだ。それは違う、なにかもっと別の方法があるはずだ。そう考えて真琴は、滞在半日にしてひたちなか市を再び去ることになった。

遺品のありかを教えてくれた伯母に礼を述べるために、日が暮れてから菓子折りを手にあらためて相生の家に立ち寄った真琴を、伯母はせめて今晩だけでも泊まっていったらどうかと引き止めにかかったが、もう帰りの切符を買ってしまっていると嘘をついて固辞した。そして現在の連絡先も伝えずに退去しようとした真琴を、伯母がうしろからひとつだけいいかと言って呼び止めた。

宏弥ちゃんといえば、この間あることに気づいたのだと言って、伯母はなにやら鉛筆で細かい文字が書き込んである紙切れを一枚持ってきた。「レクチャー第7回　発達障害の子どもとその対処法」というタイトルがつけられている。伯母は、病んだ夫が寝たきりになってしまってから、家庭での介護のしかたを学ぶために、公民館で開催されている主婦中心の勉強会に参加するようになった。勉強会は月に一度催されるもので、テーマは毎回違うので、興味がなければ参加しなくてもよかったが、つきあいもあってここ数ヶ月は毎回顔を出していたようだ。そして前回のテーマがたまたま、注意欠陥多動性障害や学習障害などを総称する発達障害についてだったのである。

今さらかもしれないけれど、と前置きをしながら、宏弥ちゃんはここで言うアスペルガー症候群だったのではないかと伯母は言った。当時から扱いづらい変わった子だと思っていたが、勉強会でその病気を持つ子どもの特徴を聞いたら、いくつも当てはまるものがあったという。

アスペルガー症候群。

その病名は真琴も新聞や雑誌などで折々に目にしていたものの、具体的にどういう症状を指してそう言っているのか、そうした知識はないに等しかった。伯母が勉強会のレジュメを見ながら読み上げた特徴のいくつかは、たしかに宏弥を思わせた。書いた人間が宏弥のことを直接知っていて、見たままを描写しているのだとしか思えない部分もあった。

人の気持ちを察するのが苦手で、なんでも言葉どおりに捉え、冗談やたとえ話が通じにくい。特定の対象に執着し、ほかのことに注意が回らなくなることがある。決まりごとなどにこだわり、予定が急に変わったりすることを極端にいやがる。悪気はまったくないが、思ったことをそのまま口にして、相手に不快な思いをさせることがある。不器用で、機械のようにぎくしゃくした動きをする……。

伯母が別れ際にくれたそのレジュメを、帰りの電車の中で真琴は何度も読んだ。余白に伯母が書き込んでいた「ゴカイされやすい・イジメ・」という文字も、その筆跡を記憶してしまうほど繰り返し眺めた。そして東京に戻ってから、アスペルガー症候群について書いてある本を何冊か買って読みあさり、日本でこうした障害が認知され、育児や教育の現場で適切な対処法が講じられはじめたのはごく最近のことにすぎないということを知った。

十四、五年前、宏弥がまだ生きていた頃は、そんな病気が存在しているということすら、まだほとんどの人間が知らなかったのだ。母親や真琴自身が知らなかったのはもちろん、おそらく当時宏弥を見ていた学校の教師たちも、宏弥がほかの子どもとは違う、特別な対応が必要な子どもであるという認識などかけらも持ち合わせてはいなかっただろう。その中で宏弥はなすすべもなく、自分でも原因を理解できないままに、教師から反抗的で生意気なことを言う生徒であると見なされたり、クラスメートから「変な奴」呼ばわりされたりしていたのだ。そしてキャンプの仲間からは、「ミスタービーンみたい」とからかわれ、深く傷ついていた。ミスター・ビーンの奇矯なふるまいの数々は、翻って考えてみれば、そうした障害を持つ子どものそれにとてもよく似ていた。

そんな理不尽な理由で死に追いやられてしまった宏弥のさまよう霊魂をなだめ、やすらかな眠りへと誘《いざな》うこと。それが自分に課された使命なのだと真琴は思った。

そのためにどんな方法を選ぶかは、すべて真琴の手に委ねられていた。だれかに罪を償わせる必要があった。どんな形で償わせるのか、この時点での真琴にははっきりした目算がなかったが、とにかく、まずはそのだれかを特定しなければならない。すべてはそこから始まる話だと思った。

宏弥が死に至らしめられたとしたら、それはなにも「ミスター・ビーン」発言をしたキャンプのだれかだけの咎《とが》ではない。悪気があったかなかったかにかかわらず、宏弥に心ない言葉を投げつけた人間は、クラスメートの中にも、無理解な教師たちの中にもたくさんいただろう。真琴自身さえ、完全に潔白であるとは言えない。傷つけられた姉のために闘ってくれた宏弥に対して、自分は何を言っただろうか。ある意味では、宏弥と関わったすべての人間が、少しずつその罪を分け持っているのだ。

しかし、その全員を特定することなどとうていできそうにない。宏弥にだってそれはわかっているはずだと真琴は思った。だれかが罪を償うとしても、そのだれかは一人でいい。その一人が、全員の罪を一身に背負うのだ。特定するのは、一人だけでいい。

土屋が死んだ後、紅茶を吸わせるためにたまたま手に取った号の新聞に山浦の死亡記事があり、宏弥の日記を求めて十一年ぶりに帰った養父母の家で「キャンプのしおり」を見つけた。それが単なる偶然なのだとは、真琴には思えなかった。これは、宏弥が冥界から符牒を用いて自分に与えてくれたヒントなのだ。すなわち宏弥は、キャンプでの真相さえ明かせば呪いを解くと言っているのである。

その観点からすれば、五人の名前と連絡先を入手したことは大きな収穫と言ってよかった。

それからの約三ヶ月間、真琴は、五人といかにして接触し、いかにして真実を語らせるか、入念に策を巡らせ、着々と準備を進めていった。仮に全員と連絡がついたとしても、一人ひとりに率直に事情を明かして誰が宏弥を傷つけたのかと訊いて回ったところで、相手が素直に真相を語るわけがない。それどころか、言った本人がそのことを覚えてさえいない確率も高い。十五年も前の、まだ中学にも上がっていない時代のことだからというだけではない。人を言葉で傷つける人間は、往々にしてその自覚もなく、自分がそのとき何を言ったかを言った端から忘れてしまうものだからだ。

なにか、当時のことを必死になって思い出そうとする動機づけが必要だと思った。山浦の遺産の話は、そこから思いついたものだ。山浦至境という人物については、母親が宏弥に参加させたサマーキャンプの主催者であるということ以外に真琴は何も知らなかった。会ったこともなかったし、実際の資産総額がどれくらいだったのか、隠し遺産の類いがあったのかどうかなど知りようもなかった。ただ、切り抜いておいた死亡記事から、葬儀は密葬の形で行なったということと、喪主が甥に当たる人物であるということだけはわかっていた。

「しおり」に山浦自身の連絡先は記載されていなかったが、ページの下の方に、「このキャンプについてのお問い合わせは」と添え書きして電話番号がひとつ書いてあり、続くカッコ内に「湯川」と人名らしきものがあった。ためしにその番号にかけてみたら、無愛想な声の男が出て、「はい、シャスタ・インターナショナル」と応じた。だれかが出るとは思っていなかった真琴は、舌をもつらせながら、とっさに手近にあった折り込みチラシのマンション名を拝借してこう言った。

「あの……私、月刊ウェルネス編集部のアイザワと申しますが、湯川さんはそちらにいらっしゃいますでしょうか」

男は、湯川がいるともいないとも言わずに「お待ちください」と尻上がりの調子で言い捨てて電話を保留にし、次に受話器を取ったのははきはきした声の女だった。女はどうやら湯川本人ではないらしかったが、先般逝去された山浦至境先生について取材していると伝えたら、「私でわかることなら」と応じ、山浦が生涯独身であったこと、子どもは作っておらず養子も取っていないこと、身寄りといっては遠隔地に住む甥の家族しかいないことを訊き出すことができた。

それは、隠し遺産という虚構をでっちあげるにはもってこいの好条件であると思えた。万が一、五人のうちのだれかが話の真実性を疑って探りを入れたとしても、この条件であれば一定の信憑《しんぴょう》性は担保できるだろう。

三十一億円という金額に、特別な根拠はなかった。誰でも目が眩むほどの、さりとて「地方の資産家」という位置づけの山浦が所持している隠し遺産と考えた場合法外とは思えない額として、「十億単位」が妥当だろうという程度の考えがあっただけで、どうせありもしないものなのだからいくらでもかまわないと思っていた。だから真琴は、一種の願かけのつもりで、「31」という数字を採用した。宏弥の遺品に含まれていた、すり切れたトレーナーの背番号だ。

この三十一億円をちらつかせれば、五人はなんでもするだろうと真琴は考えた。キャンプでのできごとをより詳しく思い出し、より正確にそれを記述できればできるほど、その巨額の遺産を手に入れられる可能性が高まるのだと彼らに思わせなければならない。山浦が〝或る事〟を記憶しており、それをした子どもが誰であったかを特定したがっていたというシナリオは、その目的を果たすために真琴が絞り出した苦肉の策だった。

この設定は、筋が通っているかわりに、彼らが思い浮かべる〝或る事〟を、絵に描いたような善行や心が洗われるような感動的なふるまいに限定してしまう恐れがあった。それを避けるためには、趣旨を説明する際に細心の注意が必要だと思った。一見無関係と思われる前後の枝葉末節も重要な手がかりになるのだと彼らに思わせ、それも含めて書き出させること。あるいは、ミスター・ビーンをめぐる発言をピンポイントでえぐり出すことはできないかもしれない。最悪の場合、推測の糸口だけでも見つけられればいい。真琴はそう考えて、この設定を採用した。

遺産を受け取ることができるのが一人だけであるとしたのは、五人を競合させた方がより目的に適った結果が得られるはずだという考えに基づくものでもあった。「われこそは」という要素があってこそ、人は惜しみなく労力を注ぐものだと思っていたからだ。後に、この方法にはいくぶんの欠点があることが判明して真琴は狼狽することになるが、このときはよくできた案だと自画自賛していた。

そしてこれらの捏造《ねつぞう》されたシナリオを少しでも真実らしく見せるために、真琴は法学部の学生だった時代に一度は勉強したもののほとんど忘れてしまっていた遺言書をめぐる法的な仕組みについて市販の本で勉強し直し、自分が五人に提供する説明が実際の法体系に照らして整合性の取れたものになるよう周到に外濠《そとぼり》を埋めていった。

すなわち、これは遺言書内で受遺者が特定できていないという点で要件不備に相当し、法的機関を経由すると無効となる恐れがあるため、開封時に家庭裁判所の検認が必要とされる自筆証書遺言の形も、作成時に弁護士などの証人が立ち会い、公証人役場で保管される公正証書遺言の形も取りえない、法的根拠を欠いた内密の非公式な遺贈にすぎないということ。ただし、生前山浦の厚誼《こうぎ》を受け、信を得て遺言執行者に任命された自分としては、極力山浦自身の遺志に沿う形で遺贈の仲立ちをしたいということ。

遺言執行者には、弁護士でなくてもなれる。しかし、面識もない一般の人間の信用を手早く得るには、そうした肩書きが絶対に必要だった。逆に言えば、弁護士であると名乗るだけで、たいていの人間はほぼ無条件にその人間の言うことを信用してしまう。雑用のアルバイトとはいえ、法律事務所に何年か勤めた経験から、真琴はそのことをよく知っていた。だから真琴は、五人の前に最初から弁護士として現れることに決めた。念のため、ネット通販で弁護士バッジのレプリカも購入した。登録番号は刻印されていないが、よく見なければわからないし、法曹関係者でもなければ、そもそもバッジに登録番号が記載されていることさえ知らない。玄関口に現れて刑事だと名乗る人間が一瞬だけ胸元から覗かせる警察手帳を、本物かどうか疑ってまじまじと検分する一般人がいるだろうか。

ただ、キャンプの五人とはまず郵便で連絡を取るつもりでいた。「しおり」には電話番号も載っていたが、もっともらしさを醸すためにも、またいきなり口頭でやりとりをしてぼろが出るのを防ぐためにも、その方が望ましいと判断したのである。その際、問題になるのは、返信をどこで受けるかだった。弁護士は普通、なんらかの法律事務所に属しているものだ。そして真琴が直接知っている法律事務所といえば、福光弁護士のところ以外になかった。

この件について協力を仰ぐため、またひとつ別の嘘をひねり出して、自分をかわいがってくれた福光正樹弁護士に電話する瞬間、自分はとうとうあと戻りのできない領域まで足を踏み込んでしまったのだと真琴は思った。

4

福光弁護士は、自ら複数の企業と顧問契約を結ぶかたわら、企業法務や労働法務を得意とするスタッフを揃えて、大手から零細まで手広く相手にする方針で三十数年間事務所を引っ張ってきたすご腕と呼ばれる人物である。ただ、年齢的な限界だったのか電子機器に少々疎いところがあって、電子メールの使い方もとうとう覚えられなかった。業務上そうした知識が必要になる局面では、クライアントに対してはわかったふりをしておいて、実務はスタッフに任せきりにしていた。

真琴自身、パソコンが妙な動きをするので見てほしいと言われて福光のデスクに赴いた際、啞然としたことがある。ディスプレーを見ながら真琴が「このボタンを押せばいいんじゃないですか」と言ったら、福光はマウスには触れずに、指先で液晶画面の一部をタッチパネルのように押したのである。

そんな福光だから、インターネットによるプロモーションの重要さも今ひとつ理解していなかった。ウェブへの参入自体はむしろライバルに先んじていて、日本にインターネットが導入されてほどない頃にすでに事務所としてのホームページを開設していたが、それは当時たまたまそういうことに詳しいスタッフを抱えていたからにすぎず、そのスタッフが独立して事務所を出ていってからは、サイトの運営は誰にも引き継がれなかった。

それ以来、HTMLの心得のあるアルバイトなどが見かねていくらか手直ししたのを除けば、事務所のホームページは基本的なデザインが変化していない。洗練されたフラッシュムービーや機能的なボタンの配列など望むべくもなく、色使いからして野暮ったい、いかにも素人じみたデザインのままである。盛り込んである情報も、プロモーションの役にはほとんど立たないような通り一遍のことにすぎず、福光以外の所属弁護士の名前も記載されていない。スタッフや、ときにはクライアントさえ、専門のデザイン業者に作り直させた方がいいのではないかと福光に進言したが、この世界はそんなものより人脈がものを言うのだと言って聞き入れようとしなかった。そして真琴には、それがむしろ好都合だった。

自分が福光法律事務所に所属する弁護士だと名乗れば、どの程度の事務所なのかネットを使って調べようとする人間が一人や二人はいるだろう。サイトがわかりやすい状態になっていて、事務所の内情が詳しくわかってしまえば、真琴の身分詐称もその時点で発覚する。肝腎《かんじん》なのはそのとき、その名称で検索してヒットするサイトが実在することなのだ。その上で、そこからは十分な情報が与えられないこと。その観点から見て、福光法律事務所の古くさいホームページはまさにうってつけだった。

ウェブサイトがあいかわらずの状態であることを確認してから、真琴は事務所に電話して福光を呼び出した。ペットのようにかわいがっていた真琴から、大学卒業以来五年ぶりの電話を受けた福光は上機嫌で、入れ歯のせいか以前よりも不明瞭になった発音でしきりと近況を訊ねてきた。真琴は虚実織り交ぜながら適当に答えておいて、実はお願いがあるのだと甘えた声音で切り出した。

真琴がこしらえた話はこうだ。最近、新居に移ることにして、それまで住んでいたアパートの契約も更新しなかったが、手違いがあって、新しいところに入居できるのが一ヶ月ほど先になってしまった。やむなくウィークリーマンション住まいでつないでいるのだが、間の悪いことに今たまたまある会合の幹事をしていて、出席者たちと郵便でのやりとりをしなければならない。麹町の事務所がちょうど職場とウィークリーマンションの間の立ち寄りやすい場所にあるので、自分宛ての郵便物を事務所でかわりに受け、折りを見て引き取りに行くまで保管していてほしい。

苦しい理由づけだと思ったが、真琴に甘い福光はさして疑問に思った様子もなく快諾し、郵便物の仕分けをするアルバイトの子に伝えておくと請け合ってくれた。真琴は、以下のように念押ししておくことも忘れなかった。

「ただ、法律事務所で働いてたことがあると言ったせいで、私のことを弁護士と誤解している人もいるので、その人は〝相生真琴弁護士〟宛てにしてくるかもしれませんが、それは無視してください」

福光は呵々《かか》と笑い、いっそ今からでも本当に弁護士を目指したらどうか、法科大学院でも出て司法試験に受かれば、真琴ちゃんなら無試験で採用するよと言った。

ただ、キャンプの五人に説明会の招集をかけた後、電話で詳細を問い合わせてくる人間もいるであろうことは予想がついた。五人に送る通知書にそもそも電話番号を書かないという選択肢もあったが、事務所のホームページから本当の電話番号を調べて問い合わせされたらそこで終わりである。それよりは、自分が受けることのできるにせの番号を通知書に書いておいた方が間違いがないだろうと思った。真琴は普段使っている電話番号のほかにもう一本回線を引いて、そちらの電話が鳴ったときには「福光法律事務所です」と言って出ることにした。自分が不在のときには、事務所を騙《かた》るメッセージが流れるようにセットしておけばいい。あとは、その番号とホームページに記載されている番号が同じであるかどうかを確認するような懐疑的な人間が五人の中にいないことを祈るしかなかった。

あとから思い返せば、水も漏らさぬ完璧なカムフラージュというにはほど遠い、ほころびだらけの偽装だった。一見手抜かりがないようでいて、だれか疑《うたぐ》り深い人間が少しでも深く詮索すれば一発で事実が露顕してしまいかねない危うさがいたるところにあった。その心もとない態勢であえて全員を呼び集めたときの自分自身の心理を、今の真琴は正確に斟酌することができない。まるで、成功を祈ると同時に、一方でその試みがいずれかの時点で破綻《はたん》し、続行不能になることを望んでもいたかのようではないか。

いや、まさにそれこそが、自分の偽らざる心境だったのかもしれない。真琴はそう思いながら、この数ヶ月の自分を振り返った。行く先々に対戦相手が現れ、ジャンケンをして勝てば先に進める。ジャンケンは出たとこ勝負だから、当然、途中で敗退する可能性も十分にある。そして真琴は内心、今度こそ自分が負けて、このゲームから降りることができればいいのにと思っている。勝ち進んでいった先に待っているものが恐ろしいからだ。しかしどういうわけか、真琴は毎回勝ってしまう。ちょうどそんな具合にして、自分はここまで来てしまったのだと思った。

そもそも、十五年も前の住所に宛てて通知書を送りつけるという出発点からして無謀だった。しかも真琴はその封書に、自分の氏名以外何も書いていない。相手先住所の名義が当時と変わってしまっていた場合、その封書は宙に浮いてしまうことになり、当然、相手先に届いたのか届かなかったのかさえ、真琴には確認できない。転居先不明の場合に封書が戻ってくることを考えると、福光事務所の住所を記しておくのは具合が悪いという事情もなくはなかったが、その程度のことは、福光弁護士を相手にするかぎりいくらでも言い抜けられただろう。

説明会では、隠し遺産をめぐる内密の案件なのであえてそうしたのだ、という苦しい説明を添えたが、そんなものはあとから辻褄を合わせたのに近かった。最終的に五人全員と連絡がつくことなど、真琴自身が信じていなかった。説明会の日時や会場を先に一方的に決めてしまったのも、全員が揃うことなどはなから期待していなかったからだ。

そのくせ山浦の遺産をめぐる設定や、〝或る事〟を彼らに書かせる理由づけとその段取りについては、誰にどんな角度から質問されてもそれなりに筋の通った回答ができるように、頭の中で何度となく想定問答集を読み上げていた。だから、説明会前に大貫智沙が電話でいくぶん礼を失した質問を投げかけてきても、真琴は動揺せずに答えることができたのだ。

それでも、もしも説明会当日、会場に誰ひとり現れなかったら、それはただ、完璧に近いけれど決して実行に移されることのない脳内のシミュレーションとして完結していただろう。そして、そうなったらなったで真琴は、やれるだけのことはやったという意味で一定の満足を感じていたかもしれない。しかし幸か不幸か、会場には金谷和彦を除く全員が集まってしまった。もはや、あらかじめ思い定めていたとおりの手順でことを進めていく以外に道はなかった。少なくとも、真琴はそう考えた。


「話は、だいたいわかりました」

真琴がふと口を噤んだとき、助手席から発されたその声が疋田利幸のものであることに気づくまで、少し時間が必要だった。真琴は完全に自分の世界に入り込み、回想を機械的に言葉にしていく作業に没頭して、もはやその目的さえ見失いかけていたからだ。

「ついさっき姉からのメールを読むまで、あなたが山浦さんの弁護士であることについてなんの疑いも持っていなかったからびっくりしましたけど、でもよくわかりました、僕の知らないところで何が起きていたのか」

利幸は、最初に受けたであろう動揺からはすでにあらかた立ち直り、できるだけ冷静に対処しようと努めている様子だったが、その声にはまだわずかな震えがあった。

「志村に……つまり弟さんにひどいことを言って傷つけてしまったのが自分だということも。そのことは、本当に、どう言って謝ったらいいかもわからない。悪気はなかったんだけど、そんなこと言い訳にもなんにもならないし……。とにかく、すみませんでした」

「謝らないで」

真琴は反射的にそう言って利幸の謝罪を突っぱね、さらに言い添えた。

「だって、あなたに謝られたら……」

「僕に謝られたら？」

こわごわとそう問い返してくる利幸を無視して、真琴はゆるやかなカーブに沿ってハンドルを切った。右手の奥に小高い山々の稜線《りょうせん》が見える。すでに伊勢原《いせはら》を過ぎ、秦野《はだの》も過ぎていた。伊豆半島も遠くない。しかし、いったい自分は今、どこへ向かって車を走らせているのだろう。

「僕には、謝ることくらいしかできない。それにあなただって、そんな大芝居まで打って犯人が僕だったことをつきとめて、こうして僕だけ呼び出してる。別荘の跡地に行かなきゃいけないっていうのも、嘘なんでしょう？　僕を呼び出して、こうして二人きりになって、それでどうしようと思ってたんですか」

利幸がそう言うのを聞いた途端、真琴は心臓を鋭利なものでひと突きされたような気持ちになり、ハンドルを持つ手がぶれた。ラクティスは大きく車線を逸れ、戻ろうとして後続車の目の前に躍り出た。長く尾を引くクラクションが追い立てるように迫ってきて、やがて追い抜いていった。真琴はからくも非常停車帯に車体を滑り込ませ、ハンドルに凭れかかるようにしながら大きく息をついた。少し遅れて、利幸が無言のまま全身に漲《みなぎ》らせていた力をようやく抜いたのがわかった。

「高速は危ない」

深呼吸して、額に浮かんだ汗を指で軽く拭った利幸が、まるで人生の深遠な真理を説くかのような調子でそう言ってから、どこか別のところで続きを話さないかと提案してきた。

「もしもまだ、あなたに言い足りないことがあるならですが」

「そうね」

真琴は、虚脱したような口調でそう答えた。自分がまだ生きているのが信じられなかった。いっそのこと今、後続車に追突されて利幸もろとも死んでしまえばよかったのかもしれないと思った。それがいちばん楽な解決法だったのかもしれない。図らずも最終ラウンドまで来てしまったこのゲームを終わらせ、駒をさらに先に進ませなければならないというこの強迫観念に似たものから解放されるためには。

「高速は降りましょう」

次のインターチェンジで、真琴は無条件に一般道に降りた。そして、海ではなく山の方に向かった。サマーキャンプを思い出させるものから、無意識に少しでも距離を取ろうとしていたのかもしれない。それはつまり、結末へと自分を駆り立てる心の中の宏弥から逃れようとする欲求の表れだった。しかしそれは、真琴がどちらに向かって車を走らせようが、どこまでもぴったりと寄り添ってついて来た。

「最大の誤算は、〝或る事〟をしたのが宏弥だった場合のことを考えると、あなたたちが手記を熱心に書くモチベーションが下がってしまうという点だった」

　車がスピンする前に利幸から投げかけられた問いに対する答えはうやむやにしたまま、真琴は再び一方的に続きを話しはじめた。なにかしゃべっていないと気が変になりそうだったからだ。

「あなたたちがキャンプの間に山浦さんをどんなことでどれだけ喜ばせたかなんて、私にしてみれば、本当はまったく興味がなかった。ただ宏弥のことが知りたかったの。あなたたちが宏弥とどう関わって、宏弥とどんなやりとりを交わしたのか。それを書いてもらえないようなら、手記を集めることにはなんの意味もなかった」

　話しながら真琴は、ちょうどひと月ほど前、渋谷のバーで利幸と落ち合った晩のことを思い出していた。

　江見今日子から、利幸も交えて三人で会いたいという申し出を受けたとき、真琴はかなり迷った。説明会のときのように、ほぼこちらから一方的に情報を提供する形ならぼろも出さずに済ませられる自信があったが、個別に顔を合わせる機会を作ったら、どんな想定外の質問が飛び出るかもわからなかったし、返答に窮して動揺しているさまをじかに見せることはかなりの危険を伴うと思われた。

　それに真琴は、最初から今日子にある種の警戒心を抱いていた。福光法律事務所経由でキャンプのメンバーから最初に届いた郵便物は、説明会に出席しない旨を述べる今日子からの手紙だった。しかし大貫智沙の説得を受けた今日子は意を翻し、今度は電話で、やはり出席することにしたと伝えてきた。その律儀さや几帳面さの意味は、説明会会場で本人を目にしたときに合点がいった。いかにも優等生というタイプだった。

　こういう人間なら、真琴の企《たくら》みに関しても、なにかを疑ってというより、ただものごとにきちんと対処しようとするきまじめさから、さまざまな形で裏を取ろうとするかもしれないと思った。

唯一の救いは、本人には遺産獲得に対する興味がなく、ただ義理を果たすだけのために顔を連ねているという点だった。ところがその今日子が、終盤になってなぜか一転して自ら積極的に身を乗り出し、なんらかの相談を自分に持ちかけようとしている。もしもその場で、なにか逃げ切れなくなるような形で不審な点を追及されでもしたら。できることなら面談は避けたかったが、かえって不自然に思われることを恐れ、せめて時間だけでも極力短く済ませようと考えた。

前後に仕事が詰まっていて一時間しか取れないかのように装ったのはそのためだ。渋谷を指定したのは、真琴が住む蒲田《かまた》から比較的アクセスしやすい位置だからということ以外に特別な理由はなかった。ただそれは、案件から次の案件へと向かう途中であるということや、だから彼らと会うに際して事務所を使うわけにはいかないのだということをもっともらしく見せるのに役立った。

実際に蓋《ふた》を開けてみたら、恐れていた今日子は仕事が長引いていて現れず、利幸だけが所在なげにバーのシートに腰かけていた。利幸は、鷲尾樹のような暴力的なところもなく、智沙のようにがめつさを丸出しにしてぶしつけなことを言ってくるようなところもない、真琴にとってどちらかというと安心できる雰囲気の持ち主だったが、それでも騙している当の相手の一人と一対一で顔を突き合わせるのは、想像していた以上の緊張を強いられることだった。

おまけに、もう一度山浦の別荘に行ってみたいという、まったく想定していなかった要望を示されて、真琴は慌てた。「キャンプのしおり」には別荘の住所も書いてあったが、実際には山浦家となんの関わりも持たない自分がそこに彼らを案内できるはずもなかった。火災の話も売却の話も、その場で苦しまぎれにでっち上げた虚構である。

緊張のあまり、真琴は手元のグレープフルーツジュースをほとんどひと息で飲み干していた。

それでもまだ心のこわばりが解けず、思わずアルコールに手をつけた。自分が酒に強くないのは自覚していたが、少量のアルコールなら、度胸をつけ、大胆な気持ちにさせるのに役立つことも知っていた。

キャバクラに勤めていた頃は、その晩の最初の客についたとき、まず一杯だけカクテルなどを飲むことにしていた。もともと接客は苦手な仕事で、そうでもしなければ仏頂面に近い硬い態度に終始してしまって、マネージャーから叱言を受けるはめになったからだ。酒が全身に巡ってくると例外なく頭が宙に漂い出したかのような楽しい気分になれたし、笑えない冗談しか言えない冴えない男相手にも「愛らしく」笑ってみせることができた。ただ、調子に乗って二杯目、三杯目まで飲んでしまうと、たいていはなんらかの失敗をしでかした。ひとりで爆笑しながら客のシャツの隙間にシャンパンを注ぎ込んでしまったこともある。客は笑って許してくれたが、真琴は制裁としてその日の売り上げ分を減給された。

だからあの晩も、一杯だけに留めておくつもりだった。その自制ができなかったこともまた、「誤算」のひとつだったのかもしれない。真琴は足柄上《あしがらかみ》郡大井町あたりの往来の乏しい道にあてもなく車を走らせながらそう思った。ただ、アルコールが入っていたからこそたくみに編み出せた嘘もあった。最大の誤算である「モチベーションをめぐる問題」への解決策がそれだ。

〝或る事〟をなしたのが、すでに死んでいて遺産を受け取ることのできない宏弥であった場合に限り、各自に六千万円が支払われるとか、結果のいかんにかかわらず、手記を書く手数料として一律五十万円が支給されるといったことは、すべて利幸からの陳情に応じて、そして五人にできるだけ詳しく宏弥のことを書かせるという単一の目的に利する結果を導くために、即興で考えたことだった。「遺言執行者の裁量によって、総額の十パーセントを超えない範囲において、遺産として指定する金額の一部を障害回避のために使用するを得るものとする」という、実際にはありもしない遺言書の付則事項をとっさによどみなく口にすることができたのも、アルコールで気が大きくなっていたおかげだ。

　ただ、その過程で利幸の口から語られた、キャンプにおける宏弥のふるまいをめぐるエピソードには、胸をえぐられた。海岸でスイカ割りを楽しんだ後に、ほかのみんなが割ったスイカを食べているそのかたわらで、一人で残り半分のスイカを勝手に割っていたという宏弥。それをした弟の心理も、アスペルガー症候群についてひととおりの知識を得た今は、あらかた想像することができる。宏弥は、スイカを食べることには興味がなかったのだ。ただ、力を込めて振り下ろしたバットの先がスイカの硬い表皮に衝突し、それがグシャリと砕けて柔らかい果肉に突き刺さるその感触が「おもしろ」くて、それをもっと味わいたいという思いで頭の中がいっぱいになってしまっていたのだろう。

「でもあのときいちばんはっとさせられたのは……あなたがナナちゃんの弟だったっていうこと。私、バカだった。〝疋田〟っていう苗字で気づくべきだったのに」

　万が一宏弥が遺産の受遺者であった場合、その遺産の行方はどうなるのかということが話題になっているときだった。法に則《のっと》ればそれは、宏弥の法定相続人に引き継がれることになる。話がその点に及んだ際、利幸は、自分の姉が「宏弥のお姉さん」と同級だったことがあると言ったのだ。

「そうか、あのとき……」

　利幸はそう言って、隣からまじまじと真琴の顔を見つめた。

「じゃあ、それまではわかってなかった？」

「ナナちゃんのことはもちろん覚えてたけど、〝ナナちゃん〟としてしか覚えてなかった。ひたちなか市に移る前にいた中学でほとんどただ一人の友だちだったのに、苗字を忘れるなんてね」

　疋田奈々江とは、毎日二人で連れ立って下校し、ときには休日に一緒に遊びに行くほど親しい間柄だった。奈々江は真琴の家が貧しいことを知っていて、気を遣ってサイクリングなどなるべく金のかからない遊びに誘ってくれたが、真琴はむしろ、二人で市の中心部に行ってティーン向けのアパレルショップなどを冷やかしたりしたときのことを鮮やかに覚えている。地元の人間に人気のアイスクリームの店に入って、奈々江はいちごの、真琴自身はキウイフルーツのジェラートを食べた。一個四百円という値段は、小遣いの乏しい真琴には手痛い出費だったが、それが十分に贖《あがな》われるほど楽しい経験だった。

　何度か奈々江の家、つまり利幸の家に招待されたことさえある。お邪魔しますと言いながら靴を脱いで上がり、あとは奈々江の部屋に直行しただけだが、その都度、品のいいまじめな雰囲気の母親が、飲み物や菓子を載せた盆を持ってきて、まるで大人の客に対するようにていねいな物腰で真琴に挨拶していったことが印象に残っている。隣の部屋を使っていると思しい奈々江の弟とも、家の中で一度くらいはすれ違ったことがあった。今思えば、それが利幸だったのだ。

　真琴は返礼として奈々江を自分たち家族が住むアパートに招きたかったし、そうするべきだと思っていたが、あまりに貧しい家の様子を見せることになるのがいやで、気が引けていた。奈々江もそれを察してか、今度はマコトの家に呼んでよとは言わなかった。しかしある日ついに真琴は意を決し、奈々江を自分のアパートに上げた。少しでも見栄えがよくなるように、忙しい母親が取り散らかしたままにしていた家の中を精一杯片づけておいたが、それでもやはりそれは、奈々江の住む二階建てのこぎれいな住宅とは比べ物にならないほどみすぼらしかった。宏弥と共有していた狭い部屋よりはましだと思って通した居間に腰を据えるなり、奈々江がその見るからに貧しいありさまを気まずく思っていることがわかって、真琴はやはり呼ぶのではなかったと後悔した。

そのときの、思い返せばつまらない羞恥心《しゅうちしん》が原因で、真琴はその後、なんとなく奈々江と距離を置くようになった。母親が死んだとき告別式に顔を出してくれたクラスメートも奈々江だけだったのに、素直にお礼を言うことができなかった。ひたちなか市に移ってからも何度か手紙のやりとりはあったが、宏弥が死んでからは返事を書くのも憚るようになった。これ以上哀れまれるのが耐えられなかったからなのかもしれない。

ただ、その後宏弥の日記が見つかり、自殺だったのではないかと考えるようになったとき、一度だけ、真琴の方から奈々江に手紙を出したことがある。ひどく混乱していたから、何を書いたのかはあまり覚えていない。おそらく、かなり狂気じみた内容だっただろう。自殺だという説に誰もまともに取り合ってくれず、孤立無援の状態だった。だれかにわかってほしいと思ったとき、頭に浮かんだただ一人の人間が奈々江だったのだ。奈々江はすぐに返事をくれたが、その文面には、どこか腫《は》れ物にでも触れるようなトーンが感じられた。頭がおかしくなったと思われている、と感じた。真琴はそのことに傷つき、たった一人の友だちを自分はあんな取り乱した手紙ひとつで失ってしまったのだと思った。

真琴は奈々江への返事を書かず、それきり音信は途絶えた。そして真琴は、宏弥のことともども、奈々江のことも記憶の底に封印し、思い出さないように努めた。「疋田」という苗字は、その過程の中で真琴の記憶から消されてしまっていたのだ。

「そういえば、キャンプのこともナナちゃんとの間で一度くらいは話題に出ていたと思う。弟同士がキャンプで一緒になるなんて奇遇だねって。でも、あの晩あなたの口からナナちゃんのことを聞かされるまで、すっかり忘れていたの。記憶なんて、ほんとにあてにならない」

利幸が奈々江の弟であることに気づいた真琴は激しく動揺したが、仮にそうであっても今のところそれは本質的な問題にはなっていないはずだと思いなした。

もしも、当初利幸の実家宛てに送った通知書の差出人の名前から真琴の身元が割れていたとしたら、その時点で利幸から真相を問いただされていたはずだ。そうでないということは、少なくとも利幸の実家に「相生真琴」の名をあらかじめ知っていた人間はいなかったということになる。奈々江も真琴と同じく二十八、九歳なら、すでに結婚して家を出ていると考えても不自然ではない。また仮に本人がそれを見たとしても、奈々江が知っているのは養子縁組をする以前の「志村真琴」という名であって、何往復かの手紙において様方表記でしか使われなかった「相生」姓を覚えていて、なおかつ真琴の名前と結びつける発想を持っているとも思えなかった。

だから真琴は、そのことはなかったことと見なすように自分に言い聞かせ、利幸との間の話をからくも元の道筋に戻すことができたのだった。ありもしない「山浦先生の本意」を盾に取って、とにかく五人全員ができるだけ気を入れて手記を書こうという気持ちになれるような設定をアドリブで考え出した手並みは、自分でも鮮やかだと思っていた。ただ、そこでなまじ安心したのが災いして、真琴はその後、坂道を転げ落ちるように酔いを加速させていった。

そこから先の記憶は飛び飛びだが、カラオケでスーツの上着を振りまわしながらバカみたいにはしゃいだことは覚えている。利幸が注文していたジントニックかなにかを間違えて飲んでしまい、「お詫びに奢ります！」と言いながらジントニックを十杯注文したら、二人しかいない部屋に店員が本当にグラスを一度に十個運んできたのがおかしくて二人で笑い転げたことも。そしてその後の、薄暗い路地。電信柱。大丈夫ですかと耳もとで囁く利幸の声。

　これは、思い出してはいけない場面だ。

　心が激しく乱れるのを感じた真琴は、予告もなく路肩に車を停め、少し外の空気を吸いたいと言った。利幸は黙って頷き、真琴に続いて車を出た。

5

　自分たちがどのあたりにいるのか、あてずっぽうに車を走らせてきた真琴にはもはやわからなくなっていた。ついさっきまで道の両側は見渡すかぎり水田で、夏の午後の陽光を眩《まぶ》しく乱反射していたが、道は次第に傾斜がきつくなり、今は見下ろす位置にみかん畑が広がっている。通り過ぎる車はほとんどなく、静まり返った中で、どこか見えないところを飛んでいるヘリコプターの音だけが幻聴のようにしつこく行き来していた。

　車を乗り捨ててしばらく無言のまま道路の端を歩いてきた真琴は、ガードレールに両手を突くような姿勢で立ち止まり、深呼吸をした。その向こう側は切り立った崖になっているようで、みかんの木がはるか下の方に見えた。遠くない過去に車の衝突事故でもあったのか、数メートル先にあるガードレールの切れ目は補修もされないまま外側に向かってひしゃげていて、足場は斜めに削《そ》ぎ落とされたようになかば崩れていた。利幸は何も言わずに、その切れ目に近い方に自分の居場所を見つけ、ポールに体重をかける形で腰を預けた。真琴はそれを見て、背筋に悪寒が走るのを感じた。

　陽射しはまだ強いが、数秒おきに草いきれの香りのする風が吹き渡り、額やうなじに滲み出す汗を乾かしていく。利幸はただその隣に佇み、真琴がなにか言うのを待っているようだ。

「それで、ナナちゃんは元気？」

自分で口にしてからそれがいかに場違いな質問であるかに真琴は気づいたが、利幸は律儀に、奈々江が数年前に結婚して今は富士宮で夫と一緒にペンションの経営をしていること、なかなか子どもができず不妊治療を考えているようだが、それ以外には問題もなく息災で暮らしていることを淡々と述べた。

適齢で結婚し、ささいな不運はあってもおおむね幸せにまっとうな生活を送っている奈々江。その奈々江を想像しようとしても、頭に浮かんでくるのは、ブレザーの制服を着た中学生の奈々江だけだった。真琴はまさにその、十四歳か十五歳の奈々江に今会いたいと思った。今、その奈々江が目の前に現れて、ひとことこう言ってくれさえしたら。マコト、もうやめなよ。もう十分だら？

「ひとつ、訊きたいことがあるんだけど」

ずっと口を閉ざしていた利幸が、不意に口を開いた。真琴が振り向いて目で続きを促すと、利幸はときどき口ごもりながらこう言った。

「その……あなたがもし、さっき言ったような目的で、弁護士のふりをして僕たちから真相を探り出そうとしていたんだとしたら、それだけが目的だったんだとしたら……渋谷で会ったあのとき、カラオケのあとで……。いや、あなたは覚えてないかもしれない」

「覚えてます。……覚えてる」

真琴はそう言って、利幸から顔を逸らした。ヘリコプターの音が急に間近にまで近づき、すぐにまた遠ざかっていった。自分の背中に回された利幸の腕の骨張った感じ、頰にかかる熱い息の感触がありありと蘇り、真琴はたまらずに目を閉ざした。

「あのときは酔っぱらっていて、でもすごく楽しくて……。楽しかったのは本当なの。あんなに、心の底から楽しいと思ったのなんて、何年ぶりかもわからないくらい。一緒にいるのが自分にとってどういう立場の人かってことを考えればどうかしてるって自分でも思うけど、私はあのとき、あなたと一緒にいて楽しかった。もしもこのまま、いろんなことをなかったことにしてあなたと……」

自分はいったい、何を口走ろうとしているのだろう。真琴はうろたえて口を噤み、心臓の鼓動がおさまるのを待ったが、それはかえって激しさを増すばかりだった。

「それは、それは僕も……」

「なんであなただったの？」

なにか言おうとした利幸に続きを言わせまいとするかのように、真琴はそう叫んだ。気づかぬうちに強い力で握りしめていたガードレールが、なにかの罰のように指にきつく食い込んだ。

「あなたじゃないと思ってた。少なくともこの人ではないはずだって。二人で会って話したとき、そう思ったの。もしかしたら、私が勝手にそう思いたかっただけなのかもしれない。でも、あなただった。疑いようもなくね」

福光法律事務所経由で結果として真琴の手元に集まった手記は、辞退した金谷和彦の分を除いて四通だった。提出期限である七月末より数日遅れで揃うことを見越して、八月に入ってから事務所に引き取りに行ったので、三通が同時に手に入った。ただし、最も怪しいと思っていた鷲尾樹からの分は、その中になかった。後日判明するが、留置場からの郵便物であったため、検閲を受ける必要があったのだ。そうでなくても、数日遅延してなお平気な顔でいそうな手合いだった。

　だから真琴は、樹の次に怪しいと踏んでいた大貫智沙の手記から読みはじめた。人に対して常にどこか攻撃的で、無神経なことを遠慮会釈なく口にするタイプであることは、説明会会場でのわずかな観察からも推して知ることができていた。ところがこの人物は、手記を読むかぎり、キャンプ当時にはどちらかというと引っ込み思案な肥満児であったようだ。手記の中では、背中の痛みを訴える山浦にマッサージを施したことと、山浦の愛人であった妹尾彩子なる人物と、当時山浦の部下であった湯川卓巳なる人物の不貞現場をキャンプ中に目撃し、山浦本人にそれを密告した顚末《てんまつ》が、特に詳細にわたって綴られていた。

　湯川卓巳は、「キャンプのしおり」に緊急連絡先が書いてあった「湯川」とおそらく同一人物だろう。二人の密会を目撃した場面は、まるで女性週刊誌の記事のようにスキャンダラスな文体で生々しく描かれており、こんな場合でなければ興味深く読んだところだろうが、真琴の関心には微塵もかするところのない内容だった。それに加えて智沙は、最終日の朝に、山浦に対するお礼のしるしとしてみんなで歌を歌うのはどうかと江見今日子に相談し、今日子がそれを全員に提案したと書いていたが、続いて今日子自身の手記を読んだときに、その部分が創作であることを確信した。

　今日子の手記は、本人がそうであるように、きわめて優等生的な内容だった。記憶していることを時系列に沿って秩序だった書き方でていねいに綴ったもので、視点も描写も客観的でそつがなく、そこに嘘偽りや誇張などがまったく混入していないことはあきらかだった。もっとも、こういう人物こそ、特に悪気なく人を傷つけることを口にするものかもしれない。真琴はそんな期待を胸に今日子の手記を読み進めたが、そうした記述は一行も見つけることができなかった。

　ただ、一人で遠泳をしているときに足が攣って溺れかけた今日子が宏弥に助けられたくだりには、胸を打たれた。そう、あの子はそういう子だった。なんの見返りも求めず、人に自然に善意を施すことができる稀有《けう》な存在だったのだ。多くの人々は、宏弥の奇矯なふるまいの数々に惑わされて、それに気づいていなかったけれど。

次に目を通したのが、疋田利幸の手記だった。この人は違うだろう、別の人であってほしいという思いゆえに、真琴は最初から流し読みをする目で利幸が書いた文面に目を走らせていた。しかしその目も、「ミスター・ビーン」の文字を見逃しはしなかった。その部分が、だれか別の人間、たとえば樹が、あるいは和彦が、子どもらしい無神経さからそれを口にしたという経緯を、利幸が第三者の目で描写したものであってくれればいいと思った。しかし、何度読み返してもそれは、利幸自身がそれを言ったという内容だった。

「でも私はまだ、希望を持ってた。本人の記憶違いってこともあるんじゃないかって。何人もが居合わせていた場面のことを思い返すときって、誰が何を言ったかって部分は意外とあやふやになっているものでしょう。人が言ったんだと思っていたことを、実は自分が言っていたり。だから〝ミスター・ビーン〟の発言も、実際に言っていたのはあなたじゃなかったんじゃないかって」

そう言いながら真琴は、われ知らず涙を流していた。それは真琴自身の意志を無視してとめどなく両目から溢れ出し、頬を伝って顎からガードレールに落ちた。自分がなぜ、なんのために泣いているのかわからなかった。しかし同時に、自分が泣いているのは今に始まったことではなく、宏弥が死んだときから、あるいはもっと前から今に至るまでずっと、十数年にわたって自分は休むことなく泣きつづけていたのだという錯覚にも囚われはじめていた。

「あとから届いた鷲尾さんの手記の中に、私はその証拠を探そうとしたの。でも彼の手記は、とても短い、稚拙な内容で、ほとんど何も書いていないに等しかった。だから私としては、やっぱりあなただったんだって断定せざるをえなかったの。だって、そうしないとこれはいつまでも終わらないから。これはどこかで終わりにしなきゃならないの。一度すべてをリセットしなきゃならないの」

畳みかけるようにそう言う真琴を気遣わしげに見つめながら、利幸が数歩、近寄ってきた。

「〝これ〟って、なんのことを言ってるの？　〝終わりにする〟って？」

真琴が答えずにいたら、利幸は真琴の手を取り、哀願するような顔で真琴の顔を覗き込んだ。

「さっきも言ったように、〝ミスター・ビーン〟のことを言ったのはまちがいなく僕だよ。記憶違いなんかじゃない。でも、どうすればいいかわからないんだ。謝って済むくらいならいくらでも謝る。それじゃ足りないなら、どうすればいいか教えてほしい。どうしたら償える？」

「償うことなんかできない。誰にも。もうなにもかも遅いの。だから、こうするしかないの！」

そう叫ぶなり真琴は利幸の手を振りほどき、その体を力任せに両手で突いた。

それこそが自分のすべきことだったのだ、という思いが、あとからついてきた。こんな人気《ひとけ》のない場所に利幸を連れ出してきた動機がなんだったのか、真琴は実際にその行為を行なって初めて自覚したのだ。

不意を打たれた利幸はガードレールの切れ目に向かってよろめきながら二、三歩あとずさり、何が起きているのかわからないという顔で真琴を見据えた。崩れかけた足場に左足がかかってはいるものの、その体は依然として真琴が踏みしめているのと同じ地面の上に立っている。引き返すのなら、これが最後のチャンスだ。今ならまだ、どうとでも言い訳ができる。しかし真琴は、自分の中のその声を無視した。

こうするしかないのだ。これが、自分の中の宏弥が命じていることなのだ。

わずか数秒だったにもかかわらず、なぜかそれを何度も自分に言い聞かせるだけの間があった。だれか一人が、全員の罪を一身に負わねばならない。だれか一人の血によって、それは贖われなければならない。そうでなければ、自分は永遠にこの呪いから解かれることがない。山浦の死亡記事を見て宏弥の日記を思い出したあの晩から、真琴はその一点だけを見据えて突き進んできたのだ。一方では、だれかにそれを止めてほしいと願いながら。

迷いは、最後の瞬間まであった。それはなにかの触手のように真琴の足にからみつき、思い留まらせようとしていた。しかし、このまま進めと急き立てる宏弥の亡霊を前に、それはあまりに無力だった。引き返すべき道がすぐ隣にあることを視界の片隅で認識していながら、破滅へ向かって突進していく自分をただなすすべもなく見守っているもう一人の自分。最後の瞬間におぼろに意識していたのは、それだった。触手は引きちぎられ、真琴はついにそこに到達した。

もう一度だけ、真琴は利幸の体を押しやった。

次の瞬間それは、あまりにもあっけなく視界から消え去った。十数メートル下の地面に激突した音を聞いたかどうかさえ、記憶していない。それはただ消えたのであり、初めから存在していなかったのだと聞かされれば信じてしまったであろうほど、ほかならぬ自分が突き落としたのだという実感が薄かった。そのくせ、利幸の体が自分の手を離れて宙に浮くその瞬間、許して、と絶叫したような気がする。もっともそれは、声にはなっていなかったかもしれない。


ひたちなか市に着いたときには、すでに六時を回っていた。

いずれ警察に追われる身になるかもしれないが、ここでの最後の用事を済ませるまでは、尻尾を摑まれるわけにはいかない。だから、急ぐ必要があった。

最後の用事とは、宏弥への報告だ。

十四年前の雨の晩、宏弥が発見された場所には、その後も何度となく足を運んでいた。橋のたもとの、那珂川の水が澱んでいる場所である。事件直後には、真琴自身はもちろん、ほかにも何人かが、そこに花束を供えていた。第一発見者や、通報を受けて駆けつけた巡査部長だったのか、それともそこが死んだ少年の発見された場所であることをなにかの拍子に知った善意の第三者だったのか、真琴が訪れると、いつもそのあたりの土手が尽きるところに、花を束ねたものが萎れた状態で人知れず転がっていたものだ。

しかし当時から真琴は、そこに花を供えることに違和感を覚えつづけていた。そこはあくまで、死んだ宏弥が最終的に流れ着いた場所であって、宏弥が死んだ場所ではない。宏弥が雨で増水した那珂川を流されながらどこで命の鼓動を止めたのか、正確な場所は推測のしようもなかったが、宏弥が最初に那珂川に飛び込んだその地点の方が、「宏弥が死んだ場所」にははるかに近いような気がした。だから真琴は、今回の報告にはそこを目指そうと思った。

宏弥が乗っていた自転車が倒れたまま放置されていた場所には、警察官に一度だけ案内してもらったことがあった。近場に何もないうら寂しいところで、目印といえば川を挟んで立っていた古い給水塔くらいのものだった。ひどく錆びついていて、当時すでに稼働しているかどうかも怪しいたたずまいだった。それが撤去されてしまっているとしたら正確な位置を確かめるよすがもなかったし、いずれにしても、直接そこを目指すにはもはや真琴自身の記憶が薄れすぎていた。

だから真琴は、今でもどこであったかはっきり特定できる場所、つまり宏弥の遺体が発見された橋のたもとを出発点にして、そこから上流方面に向かって那珂川の川沿いを辿る形でその地点を探ることにした。例の澱みがあるあたりの土手には葦《あし》が生い茂り、スナック菓子の空き袋などが散乱している。事件から十四年、さすがに当時の惨事を知る者も、ましてそこに死体となって浮かんでいた少年を悼みつづけている者も絶えたようだ。

二十分ばかり上流へ向かって土手を辿っていった時点で、真琴は強烈な既視感に襲われ、胸が苦しくなるのを感じた。

給水塔は、まだそこにあった。

その見かけに、十四年分の年輪が刻まれているようには思えない。それは当時のままの姿で、もともと古びていた以上には古びることもなく、そこに立ちつづけていたように見える。あたかもその一帯だけが、宏弥の命を奪った後も、時間の経過による影響をまったく被っていないかのようだ。真琴は、給水塔が見える角度から、たしかこのあたりだったと思える場所を割り出し、少し離れた位置からそこを眺めた。そして、今が雨の夜であり、すぐそこに自転車に跨がった宏弥が傘もささずに佇んで那珂川の水の流れをじっと見つめているのだと想像した。

不可解なことに、その想像の中の宏弥には、今しも自ら命を絶とうとしている人間の悲愴《ひそう》感が感じられない。宏弥はただ、降りしきる雨で水かさを増した那珂川が幾重にも折り重なり、うねりながら海へ向かって流れていくさまを「おもしろい」と思い、その動きに心を奪われているだけだ。

そんなはずはない、これは自分自身の疲れから来る錯覚なのだ。真琴は心の中でそうひとりごちながら足早にその地点に歩み寄り、来る途中に見かけた花屋で買っておいたひと束の菊を地面に添えようとして身を屈めた。そしてそこに、同じ目的で訪れたらしい先客の痕跡を見出した。

それは、無数の花束の堆積《たいせき》だった。

いずれも、そこらに生えている野の花を何本か摘んで、茎を丸めて束ねた手製の小さなものだった。それが収穫後の稲穂のように積み上げられて、こんもりと盛り上がっている。いちばん上に積まれたものはまだ真新しく、小さな白い花弁にも張りがあるが、下に行くほどそれが萎れ、原形を失っており、底の方はあるいは枯れ、あるいは腐って、地面と混ざりかけている。

だれかが、ここに花を供えつづけているのだ。それも、かなり長い期間にわたって、おそらく毎日。

真琴は思わず周囲を見渡した。そのあたりは河川敷がやや開けた空間を形作っていたが、五十メートルほど上流のところで水切りをして遊んでいる中学生くらいの少年二人組以外、近いところに人影はなかった。真琴は小走りでまっすぐに少年たちのところに向かい、あそこに花を供えているのが誰か知っているかと訊いてみた。少年たちは怯えたようにたがいの顔を見合わせ、知らない、と言うように首を横に振った。

しかし、真琴があきらめて花の積んである場所に戻りかけたら、一方が「あの人」と言った。振り向いて、少年が指差している方に視線を向けたが、土手の一部に設《しつら》えたコンクリート製の階段しか見えない。首を傾げる真琴に向かって、少年が「あのホームレスの」と重ねて言った。よく見ると、階段の脇に青いビニールシートで覆ったみすぼらしい用具置き場のようなものがあり、その前に汚いなりをした男がしゃがみ込んで、なにかの作業をしている。

一瞬のためらいを振り捨てた真琴が男に向かっていくと、男は手を止めて、周到に視線を合わせないようにしながら真琴の動きを目で窺いはじめた。男は、広げた新聞紙の上で、拾い集めてきたものと思しいタバコの吸い殻をほぐして葉をかき集めていた。三メートルほどの距離を取っていても、放置された生ゴミと獣の体臭が混ざったような強烈な異臭が鼻腔《びこう》を刺激した。そのにおいは、男の体だけでなく、用具置き場のように見えた彼の住居全体からも濃密に放たれているようだ。男の顔は垢まみれでほとんど年齢さえ見分けられなかったが、その顔を埋めようとするばかりに野放図に伸ばされたぼさぼさの頭髪や鬚がほぼ真っ白であることから、かなりの高齢であることが知れた。

「あそこに花を供えているのはあなたですか?」

勇気を出して真琴が川べりの山を指差しながらそう訊ねた途端、男は顔に恐怖の色を浮かべ、言葉にならない声を発しながら立ち上がった。そして右足を引きずるようにして走り去ろうとしたが、すぐに前のめりに倒れておおおと呻《うめ》いた。

「私、ただ訊きたいだけなんです。十四年前、まさにあそこで、私の弟が川に飛び込みました。そのことと、あなたがあそこに花を供えていることは、なにか関係があるんですか?」

真琴がそう訊ねると、男は四つん這いになったまま、嘆きとも恐れとも取れる声で慟哭《どうこく》に似たものを漏らしながら、なにごとかをしきりと口にした。許してくろ、許してくろや、と聞こえた。助けっぺって思ったんだけんどが、まにゃねちったんだや、許してくろや。

「間に合わなかった?

三年足らずとはいえこの街で過ごした真琴には、土地の方言を話すことはできなくても、聞けば意味はわかった。男は訛りがきつく、ほとんど歯がない者特有の不明瞭な発音ではあったが、かろうじて聞き取ることができた。

「あなたが弟を助けようとしてくれたんですか?」

「あの男っご、しとんで川っぷちさ来で、チャリンコ跨がってよ、雨ん中、段ボールの切れっぱし頭さ載っげてよ。おめ、なじしたってつげたらよ、こーたきったねぇおがんじんがおつかったんでおったまげたっぺな、川ん中さかっ転んで、チャリンコでんげりげえってよ……」

男が泣きながら並べている言葉は、真琴の耳にはそう聞こえた。真琴は、よく聞き取れなかった部分や、前後のつながりが飛んでいて意味が取りにくかった部分について辛抱強く訊ね直し、男が何を訴えようとしているのかをあらかた理解した。そして、築き上げてきたものが音を立てて崩れていくような感覚を覚えた。

「そんな……」

真琴が口にすることができたのは、そのひとことだけだった。そして、宏弥に捧げるはずだった花束をその場に取り落としたことにも気づかずに、茫然とした足取りで男のもとを立ち去った。

男の記憶によれば、宏弥は一人で自転車に跨がったまま、段ボールの切れ端だけで雨をよけながら、ただじっと川の流れを見つめていたという。こんな雨の夜に子どもが何をやっているのかと不審に思った男が声をかけたら、おそらく身なりの汚いホームレスが急に近づいてきたので驚いたのだろう、宏弥は身を翻し、男から逃げようとしたが、その拍子に足がもつれ、自転車もろとも川の中に転倒した。

雨で増水していた那珂川の流れは、あっけなく宏弥の体をさらった。なにかが足に引っかかっていたのか、宏弥はただ両手をむやみに振りまわしてもがくだけで、やがてその顔も水の中に沈んでいった。男は宏弥を助けたかったが、泳げない自分が溺れてしまうことを恐れ、水に飛び込むことができなかった。せめて救援を呼ぼうと思って近くの家に駆け込んだが、相手にしてもらえなかった。

「あの男っご」が川に呑まれてしまったのは自分のせいだ、と男は思っていた。しばらくして、宏弥の自転車が倒れているところに警官たちがやって来た。見つかれば自分が殺人罪で死刑になると思い、震えながらビニールシートの下に身を潜めていた。そのときの自分の卑怯さも許せなかった。以来十四年、男は自分を責めつづけ、せめてもの償いに、宏弥が水にさらわれた場所に一日も欠かさず花束を、花が見つからないときは草を束ねたものを供えつづけてきたのだという。

真琴はラクティスを駆りながら、男のその告白を何度も反芻した。そして何度も、こんな話にどれだけの信憑性があるというのか、と自分に言い聞かせた。男の言うことを百パーセント信じるなら、宏弥は自ら那珂川に身を投げたのではなくて、男に驚いたことが原因で過失によって命を落としたということになる。つまり、警察の見立てどおり、事故だ。しかし男は、まっとうな社会生活を営んでいるわけでもないホームレスである。見たところ、知的障害も伴っているようだ。そうでなくてもそうとうな年齢だから、長い間に記憶が塗り替えられ、錯誤が混ざり込んでいる可能性が高い。

そうでなければ、日記のあの記述はどう捉えればいいのか。

誰にも好かれないこんな自分は生きていてもしかたがない。死んでしまえばみんなが喜ぶ。

そういう意味のことを、宏弥は死の前日にたしかに綴っているのだ。そんな文言で、唐突に日記を終わらせているのだ。そのことと、その翌日に実際に宏弥がこの世を去ったこととを、結びつけて考えない方が不自然ではないか。

そう考えながら真琴は、気がついたら相生の家に向けて車を走らせていた。やはり、あの日記をもう一度見なければならない。警察から帰ってきていないというのは本当なのかもしれないが、伯父が悪意から嘘をついている可能性もある。もし本当に戻っていないのであれば、興信所を使ってでも荻野元刑事の居場所をつきとめ、日記の所在について問いつめればいい。

陽が完全に沈む直前くらいに、真琴は相生の家の車寄せにラクティスを滑り込ませた。そしてまっすぐに玄関に向かい、呼び鈴も鳴らさずに引き戸を開けた。なにごとかと廊下を小走りにやって来た伯母が目を丸くしているのも意に介さず、真琴は単刀直入に「伯父さんは？」と訊ねながら靴を脱いだ。

「ねえ、伯父さんに訊きたいことがあるの。今すぐ訊きたいの。伯父さん、いるんでしょ？」

伯母はただ目を泳がせただけだったが、真琴は返事を待たずに廊下の奥へ進み、寝室の襖を開けた。しかし、そこに敷かれていたはずの伯父の万年床は跡形もなく、ただきれいに掃き清められた黄ばんだ畳が並んでいるだけだ。

振り返ると、黙ってついて来ていた伯母が目を伏せ、この前戻ってきたときも真琴が今の連絡先を教えてくれないまま帰ってしまったから、伝えることができなかったのだ、と小声で言った。

「……いつ？」

「先月の初め……三日に」

真琴はしばらく言葉を失っていたが、やがて伯母に導かれるままに仏間に足を踏み入れ、仏壇の前に膝を突いた。小さな写真立てに収まっている伯父の遺影は、いつどんな状況で撮影されたものなのか、目元のやさしい、満ち足りた表情を浮かべている。

線香を供え、手を合わせていると、「真琴ちゃん、これ、あの人が……」と言いながら、なにかを真琴の脇に置いた。

表紙に、「社会」と書かれたノート、宏弥の日記だ。

真琴がそれを手に取って無言のまま目で問いかけると、伯父が死ぬ間際にそれのありかを伯母に伝え、持ってこさせたのだと言った。

伯父がそれを荻野刑事に託したのは、宏弥が死んでから半年も経たない頃だったが、その年の暮れには、新事実を探り出す参考にはならなかったという理由で伯父の手元に戻ってきていた。

しかし伯父は、真琴がむやみに騒ぎ立てることを恐れ、そのことを黙っていた。さりとて、真琴に断りもなく処分するわけにもいかないと言って、真琴が家出してからもずっと保管しており、いつか帰ってきたら渡すつもりでいたようだ。

今年の二月、真琴がこの家に戻ってきたときに、日記は警察から返却されていないと嘘をついたのは、十二年ぶりであるにもかかわらず、真琴が宏弥のことしか口にしないのが腹立たしかったからだ。つい意地悪をしてしまった、すまないことをした、今度あの子が戻ってきたら渡してやってほしい。伯父はそう言い残してこの世を去ったという。

真琴が石のように身動きを止め、日記の表紙を凝視しているのを見て、伯母は気を利かせたつもりか、そっと立ち上がって仏間を出ていった。

今や、この日記に宏弥が書いたことしか、真琴の行為の正当性を明かすものはない。そのページをめくろうとする真琴の指は、自分でも滑稽に思うほど震え、もつれていた。真琴は終わりから逆にページを辿り、三月十三日づけになっている最後の日記のページを探り当てた。記憶に残っているあの文言、宏弥が自殺の意志を表明している文言が、そこにだけマーカーでアンダーラインが引かれてでもいるかのように目に飛び込んできた。

ただそれは、真琴が記憶していたものとは少しだけ形が違っていた。

何の取柄も無く人に好かれないなら死んじまえ
悪いことは言わない
生きたところでどうせ負け犬
だらだらといつまでも生き続けるより

思いきりよく燃え尽きよう

それをこの目で見た真琴は、安心していいはずだった。使われている言葉は多少記憶と異なっているが、そんなのはよくあることだ。問題は、こういう意味合いのことが日記に実際に書かれていた、という事実それ自体なのだから。しかしこのくだりに目を通した直後、真琴は得体の知れない恐怖に全身を貫かれた。

日記は、その文言を最後に、断ち切ったように突然終わっているのではなかったか。だからこそ自分は、これが宏弥の自殺の意思表明だと考えたのだ。

それなのになぜ、その後にも文字が書き連ねてあるのだろう。

真琴は心臓が破裂するような思いに耐えながら、あったはずのない続きの数行に目を走らせた。最初に目に留まったのは、「村西」という人名だった。素早く脳の中で記憶を検索して、それがひたちなか市の小学校に移ってから、宏弥が唯一、ときどき一緒に下校していた子どもの名前であることを思い出した。相生の家の前で宏弥と話し込んでいた、挨拶もろくにできなかったあの陰気な少年。ここでその名が登場することの唐突さに吐き気に似たものさえ覚えながら、真琴は文字を目で追った。

これは、村西から借りた山田花子という人のマンガにあった文しょう。村西も好きだと言っててぼくも好きなのでかきうつしておく事にした。これを見てるとかえって生きるげんきがわいて来る。学校やおじさんの家ではいやな事も色々あるけど面白い事も色々あるからいいや。

第2章　祭りのあと

1

手記を郵送してからすでに二週間が過ぎていた。結果の報告を今か今かと待ちかまえていた大貫智沙にとって、それは拷問にも等しい長い時間だった。

予想を超えて分厚いものになってしまった手記には、挙げられることはすべて盛り込んだ。山浦至境にマッサージを施したことも、妹尾彩子の不貞を密告したことも、山浦へのお礼に歌を歌ってはどうかと江見今日子に持ちかけ、それが今日子から全員への提案につながったことも。二つ目は実際にはたぶん志村宏弥がやったことだし、三つ目は事実無根だったが、利用できるものは利用し尽くしてやろうという肚だった。

しかし、相生からの連絡はいっこうになかった。そういえば、結果は全員に知らされるのか、それとも〝或る事〟をなしたと認められた一人にだけ知らされるのか、その点を確認しそびれていたと思った。ひょっとして、すでに受遺者は自分以外のだれかに決定しており、法的な手続きが進行しているのではあるまいか。それを質すために何度か相生の携帯に電話をかけたが、常に電源が切られているか、もしくは電波の届かないところにいる状態になっていた。

二週間が過ぎた時点でなおも事態が変わらないことにしびれをきらし、最初にもらった通知書に書いてあった福光法律事務所の番号に電話をかけてみた。以前一度ここに電話したとき、事務所は無人で、相生から折り返してもらう以外になかったが、少なくとも留守番電話の設定はされていたはずだったからだ。

「おかけになった電話番号は、現在使われておりません」

かわりに流れてきたのが、そのアナウンスだった。

それを聞いた瞬間、智沙は、やられた、と思った。何をどういう意味で「やられた」のか、それは自分でもわからなかった。ただ、相生真琴という弁護士は実在しないのだ、ということだけを瞬時に確信したのである。智沙はすぐにインターネットで福光法律事務所のウェブサイトにアクセスし、そこに記載されている電話番号を確認してみた。それは、相生が通知書で知らせてきたものとはまったく違っていた。

念のためにその番号にかけてみたらすぐに通じたが、相生弁護士はいるかと訊ねると、電話口に出た若い女は、なにかをためらうようなあいまいな応対をしてから、かなり高齢と思われる男性に替わった。それが、事務所の代表である福光正樹弁護士本人だった。そして真相は、そこから発覚していったのだった。

智沙は率先して検察側の証人となり、裁判にも出廷した。法外な金額をちらつかせて人をぬか喜びさせた相生のことを許しがたく感じていたし、まるで自分が再び幸運を摑みそこねたこと自体が相生の責任ででもあるかのような錯覚さえ起こしかけていたからだ。遺産が手に入るかもしれないと考えていたばかりに、アルバイトを探すことも完全に放棄していた。その間に嵩んでしまった親からの借金まで、相生が補償すべきなのではないかと智沙は本気で考えていた。

司法について知識のない智沙は、裁判が終われば、自分も被害者の一人としてなんらかの損害賠償を受けられるものと漠然と考えていたが、途中で自分の誤認に気づいた。出廷した裁判はあくまで刑事訴追された相生真琴を裁くためのものであり、そこで相生にどれだけ重い罰が下されようが、智沙には一銭も下りてこない。そうするためには、別途、損害賠償のための民事訴訟を起こさなければならないのだ。

智沙は証人として一緒に出廷した今日子に原告団への参加を呼びかけたが、自分は相生さんに同情するところもあるからその意志はない、と言下に拒まれた。たしかに、検察側から証人台に立ちはしたものの、今日子はただ客観的事実を淡々と述べるだけで、どちらかといえば一社会人としての義務感からそうしている様子だった。いつもの優等生気取りというわけだ。ほか三人の「被害者」とは、それぞれ別の理由で連絡が取れなかった。智沙は一人でもいいから闘って、相生から搾れるだけ搾り取ってやろうと息巻いていたが、両親にたしなめられて断念を余儀なくされた。

裁判にも出るなど大ごとになってしまったばかりに、また、やり場のない怒りをだれかに伝えたかったばかりに、智沙は今回の一連の騒動を両親にも明かしていた。母親の晴子は最初、そんな大事なことをなぜ黙っていたのか、どんなおかしなことをして稼いだものかもわからない山浦至境なんかの遺産をもらおうとするなんて、と見当違いなところでいきり立っていたが、父親の取りなしもあってやがてトーンが微妙に変化していった。もういい歳なのだから、山を当てるようなことを考えず、いいかげんに手堅く生きていくことを考えたらどうかというのである。

智沙自身、いつまでも安定しないこんな生活に疲れを感じはじめていた。考えてみれば、三十一億もの大金が労せずして手に入るなど、虫のいい話にもほどがあるというものだろう。ここ三ヶ月ほどは、その大金が実在していて、自分の手の届くところにあるのだとたしかに信じていた。

しかしからくりを知ってしまった今は、なにか急激に目が覚めるようなところがあった。結局のところ、幸運などそうおいそれと都合よく転がっているものではないのだ。自分もそろそろ、それを認めなければならないのかもしれない。

十月の頭から、智沙は居酒屋でアルバイトを始めた。私鉄の始発駅の近くにある、海鮮ものが売りの小さな店だ。自分より六つも七つも歳下の連中に交じって時給八百円強で生ビールのジョッキやお造りの盛り合わせを運ぶ毎日だが、家でごろごろしてただ体が脂肪をつけ心が腐っていくのを待っているよりははるかにましである。そんな中でも、常連客の中に地方テレビ局のプロデューサーがいることを知れば、さりげなく自分を売り込むチャンスを狙ったりしているだけに、いつまでもつかはわからないとしても。

2

浜松中央警察署の留置場に鷲尾樹を訪ねて戻ってきた翌日に、金谷和彦は高熱を出した。無理を押して仕事には出たが、足腰にまったく力が入らず、階段の途中で搬入物を取り落としてしまう始末だった。現場の責任者に、それでは仕事にならないから早退しろと命じられ、酔っぱらいのように右に左によろめきながら帰宅した。そして、敷きっぱなしになっている湿っぽい蒲団の上にひとたび体を横たえるなり、起き上がることさえできなくなった。

喉の腫れや鼻水といった症状から、ただの風邪だろうと思われた。留置場に漂っていたあの腐った果物のようなにおいを思い出し、きっとあそこによくないウイルスが繁殖していて、それを連れ帰ってしまったのだろうと思った。国民健康保険にも入っていないから病院に行くこともできず、飲まず食わずのままただ家の薬箱にあった解熱剤だけを飲んでいた。空っぽの胃がキリキリと痛んだが、それでなくてももともと胃の調子は悪かった。

朝になって、あんた、今日仕事はいいの、と母親が部屋の外から声をかけてきたが、返事をせずにいたら引っ込んで、それきり放っておかれた。夜になってようやく様子が変だと察した母親が、粥《かゆ》を作って持ってきてくれた。半分ほど啜ってまた寝床に就いた。そんな生活が十日も続いた。ただの風邪にちがいなかったが、体の抵抗力が完全に枯渇していたのだ。

その間、携帯宛てにメールで届く仕事への誘いは、すべて断っていた。たぶん、この会社からはもう声がかからなくなるだろう。熱に浮かされて朦朧《もうろう》とする頭で、ぼんやりとそう考えた。もう、なにもかもがどうでもよくなっていた。仕事なんてクソ食らえだ。人生も、いっそこのまま終わってしまえば楽になれるのに。

ようやく立って歩けるようになったときには、すでに八月に入っていた。なにかを忘れている、なにかを七月末までにやっておかなければならなかったはずだ。そう思った和彦は、しばらく考えてからやっと、手記の提出期限がそこに設定されていたことを思い出した。

ああ、出しそびれたな。

和彦が思ったのは、それだけだった。しまったとも、惜しいことをしたとも思わなかった。どのみちあの高熱では文章を書くことなど望むべくもなかったし、仮に元気だったとしても、書いていたかどうかは疑わしい。

説明会の後、樹に連れられてその母親のパブ「蘭」で飲んでいる間だけはその気になっていたが、あのときは酒が入っていた。酒が入れば少しだけ、普段とは違う前向きな気持ちになれるが、そんなのはしょせんいっときのまやかしにすぎない。遺産を受け取る資格があるのはどうせ自分ではないと思っていたし、そうでなくても、手記を書いて、封筒に宛名を書き、封をして切手を貼ってポストに投函するという一連の作業は、和彦にとってあまりにもハードルが高かった。

ふだんしているのと違うことができない。それをしなければと考えるだけで胃が重くなり、全身から力が抜けてゆく。パターン化したことだけをいつもどおりにこなすのなら、かろうじてできる。朝起きて、仕事場に向かい、言われるままに働き、コンビニで菓子パンを買って黙々と食べ、午後も言われるままに働き、疲れた体を引きずって、地元のコンビニで夕食に当たるなにかを買って帰るという、その繰り返しだけであれば。

和彦の中の乏しい体力はすべて、その単調なノルマを果たすことだけに動員されている。それ以外のなにかをする余力は、微塵も残されていない。たとえ、少しばかり余分な労力を割けば最低でも五十万円は手に入るのだとわかっていても、それがふだんしていることとは違うというその一点で、和彦には途方もない無理難題であるかのように思えるのである。

だから和彦は、今からの提出でも間に合うかどうか、相生に一応確認してみようという考えさえ起こさなかった。締切が過ぎてしまってかえってせいせいしてさえいた。それまでは、手記を書いて郵送するということが、権利というより義務のひとつとして心のどこかに引っかかり、思い出すたびに気が重くなっていたからだ。

一瞬だけ、結局巨額の遺産を手にしたのは誰だったのかと考えたが、すぐに興味を失った。それが自分である可能性は、初めからなかった。徹底的に運に見放されたこんな人間に、今さら幸運などが舞い込んでくるはずがない。いい思いをするのは常に自分以外のだれかであり、それは常に自分の前に立ちはだかるこの透明な幕の向こう側にいる人間なのだ。

少しして、静岡県警の者だと名乗る二人組の刑事から、事件の真相を聞かされた。ざまあみろと思った。誰に対して、どういう意味でそう思ったのかは、自分でも説明できなかった。ただその言葉が、われ知らず口の中に溢れてきたのだ。ざまあみろ。

それはいくぶん攻撃衝動に似たもので、極限までエネルギーをセーブして暮らすことに慣れた和彦にとってはめずらしく、心を昂らされるできごとだった。しかしそれも、長続きはしなかった。その昂りは、はっきりした形を取る前に、泥沼のようにどんよりと澱む瀕死の心の中に囲い込まれ、形をなくしていった。

3

弟・志村宏弥の日記の記述から、弟は自殺をしたのだと思い込み、そのきっかけは十五年前に山浦至境の別荘で開催されたサマーキャンプにおいて参加者の一人に揶揄されたことであると考えた被告人は、その行為の主《ぬし》を特定する目的で、実際には資格を有していない弁護士を名乗り、実在しない山浦の遺産分与に関する虚構を語ることで、キャンプに参加した人員に真相を語らせようと企てた。

相生真琴について公判で読み上げられたその罪状は、あらかじめ刑事や検事から聞かされていた内容とおおむね一致していたが、江見今日子はそこに最初から強烈な違和感を抱きつづけていた。

まず、十四年も前に死んだ弟のために、これだけ大がかりな芝居を打つその動機が解せなかった。相生はそのために勤め先を辞め、法律事務所を装うための専用の電話回線まで引いているのだ。

もちろん弁護側の陳述の中に、その点を補足するいくつかの説明はあった。相生自身に、婚約者の事故死などの不幸があり、失意のうちに暮らしているさなかで山浦の死亡記事に触れ、当時のことを思い出したことが犯行の直接の動因となったこと。弟の死の真相を解明していなかったことが自分に不幸をもたらしているのだという「強迫観念様のもの」に囚われ、一時的に心神耗《こう》弱《じゃく》の状態にあったと疑われること。

心神耗弱説については、専門的見地からの吟味を加えるまでもなく、被告人には犯行当時から十分な理非弁別の能力はあったものと見なされて却下されたし、今日子もそれについては同じ印象を受けた。説明会のときも、それ以外のときも、今日子がじかに接した相生は、常に疑いを容《い》れる余地もなく徹底して理性による統御のもとに行動し、発言しているように見えたからだ。しかしそれだけに、結果として相生が行なったことは理解を絶していると思った。そこには、こうした司法の語彙《ごい》では説明のつかない、なにか底知れぬ心の闇が伏在しているように思えてならなかった。

法廷での相生は、発言を求められれば常に理路整然とよどみなく適切な内容の回答を返していたが、その目はうつろで、心ここにあらずといった体《てい》だった。何を考えているのか、本当のところは摑みきれなかった。許されるものなら、このような場ではなく、一対一で相生に対峙《たいじ》して、本人の口から余すところなく語ってほしいと思った。本当は、なぜこんなことをしたのか。その背景に、どんな心の動きがあったのか。

一緒に原告団を立ち上げて損害賠償のための訴訟を起こそうという大貫智沙からの誘いは、検討するまでもなく断った。被った実害などないに等しかったからだ。厳密に言えば、説明会会場への交通費や、手記を書くために費やした時間や労力などが挙げられなくはなかったが、智沙と違って最初から遺産への期待もなかったから、それが裏切られたことによる、智沙が言うところの「精神的苦痛」も存在しない。さらに言うなら、そういう形で相生を訴えることをためらわせるなにかがあったからだ。

智沙に対しては「同情」という言葉を使ったが、それはたぶん、同情とは違うものだった。むしろ、「興味」と言った方が近いかもしれない。相生真琴とは、いったいどういう人間なのか。何を考えて生きてきたのか。これから何を考えて生きていくのか。今すぐにはかなわないとしても、自分はいつか、この人間のもとを訪ねるだろうと思った。そして、裁判とはまったく別の文脈で、「本当のこと」をこの人から訊き出そうとするだろう。それを済ませるまでは、今回のこともどう解釈していいか判断することができないだろう。

裁判の件が一段落ついた時点で、今日子は横内涼に婚約の解消を申し出た。悩んだ上での結論だった。

遺産を受け取ることについて、「結婚するなら俺にも関わる問題」と横内が言ったことを、どうしても許すことができなかったのだ。それ自体は罪のない発言だったかもしれない。しかしそこには、直接表には出てこないさまざまなものが暗示されていると思った。価値観の違いや、金銭というものに対する考え方の違い、普段は隠れていて見えないひそかなさもしさや、あつかましさ。

恋人としてつきあうだけならいい。しかし結婚するとなれば、それはこののち何十年にもわたって引きずられる問題なのだ。そんな禍根を目撃しておいて、目をつぶって敷かれたレールの上を突き進むことは、今日子にはできなかった。横内は今日子が掲げた理由に納得できず、考え直してほしいと何度も訴えてきたが、一度こうと決めたことを覆す今日子ではなかった。

横内本人というより、その両親に謝罪するときが、いちばん心苦しかった。すでに会場を押さえてあった結婚式や披露宴のキャンセル料は、せめてものお詫びにと全額今日子が負担した。横内は、好きにすればいいと言って異議を申し立てなかった。

こうして今日子は結局、兄の隆一と二人で暮らす生活を当面続行することになった。婚約解消について隆一は、「今日子が考えて決めたことなら」とだけ言って、格段の意見は述べなかった。ただ、感に堪えないように、こんな感想を述べた。

「つくづく、金ってやつは魔物だよなあ。銀行勤めの俺が言うことじゃにゃあかもしれないけど。その相生って人がよけいなこと企んで今日子たちに遺産の話を持ちかけてさえこなければ、横内くんだって婚約解消なんかされなかったかもしれにゃあのに」

兄から離れることについては、これで結局振り出しに戻ってしまったと今日子は思った。その一方、心のどこかでほっとしている自分がいることにも気づいていた。

4

起訴に至り、未決囚として浜松拘置支所に身柄を移管されてから、鷲尾樹は四組の訪問者と面会することになった。

一人目は母親だ。樹からの検閲済みの手紙で初めて息子の逮捕を知り、押っ取り刀で駆けつけたのだ。今まであんたがつまらない盗みをやらかそうが、だれかよその男を怪我させようが大目に見てきた。でも自分の子どもに、それも女の子に大怪我させるなんて、いったい何を考えているのか。そう言って母親は目の前で泣いた。樹はさすがにいたたまれず、言葉もなくうなだれるほかになかった。

二人目は、日比野だった。介護の仕事にどうやりくりをつけているのか、自分のためにこんなにまめに時間を割き、親身になってくれるかつての担任教師に対して、樹は心底申し訳なく思った。自分は今でも、おまえがしつけのために未来ちゃんを張り倒したんだと信じている、でもそこに行きすぎがあったのは事実だし、起訴されてしまった以上は潔く裁判に臨んでしかるべき裁きを受けろ、と強いて張りを持たせた声で日比野は言った。

こうして日比野と話している間だけは、明日から、いやたった今この瞬間から心を入れ替え、社会人として、また夫として父親として、もっとまじめに、まっとうに生きていこうと心から思っている。その気持ちに偽りはないのだ。しかしどういうわけか、二、三日もするとその魔力が薄れ、またなにかケチな悪事を企んだり、いらいらして妻子に当たったりしてしまう。どうして自分はこうなのだろう、と樹は拘置所の硬い寝台に身を横たえながらもときどき考えた。しかし、もともと考えることが嫌いな人間は、長く考えるということができない。

かすかに頭に兆した内省の種が雑念の中に埋もれてすっかり見えなくなった頃、第三の訪問者が現れた。雇い主である秋川だった。

「まったく、迷惑なことをしてくれたな。おかげで店の方はどえりゃあことになってる」

と秋川は、同情の影さえ示さずに低い声で言った。

「ま、最低二年か三年は放り込まれることになんだろうな。おみゃあの場合、前科もあるんで執行猶予はまずつかにゃあら。わかってんだろうが、おみゃあ、とりあえずクビだから。後任はおみゃあの舎弟のアツシに頼んだ。今日はそのことを伝えに来た。あとこれ、かみさんからの預かりもんだ」

そう言って秋川は、アクリル板の小窓越しに茶封筒を差し出してきた。封もされていないことにいやな気持ちを起こしながら中身を取り出すと、離婚届だった。妻のところにすでに「鷲尾規子」の署名と捺印がある。樹は醒めた目でそれを眺め、何も言わずに元どおり折り畳んで封筒にしまった。これでやっとあいつらから解放されるのだ、という思いだけがあった。自分の両足にまといついて、引きずり下ろそうとするあいつら。小さくて弱くて無力で、人の自由を奪うことしか考えていないあいつらと、これで縁が切れる。

伝達事項だけ事務的に伝えて早々と辞去しようとする秋川を、樹は思わず引き止めた。

「秋川さん、俺ってなんでこんなダメなんすかねえ。なんでいつまでもこんなダメなんでしょうねえ」

足を止めた秋川は、振り向きもせずにこう言った。

「しょせん、小物だってことだら。小物には小物の生き方ってもんがあるら？」

最後の訪問者は、すでに公判が始まってからやって来た。

その二人組が静岡県警の刑事だと聞いたときは、自分でもいちいち把握していない余罪のうちのどれかが発覚したかと思って冷や汗をかいたが、二人は管轄も違っていたし、彼らにとって樹はどちらかというと被害者に相当するようだった。

年配の方の口から「相生真琴」の名を聞かされた瞬間は、誰のことなのかわからなかった。拘禁生活が長引いてくると、あらゆる思考がパターン化されてきて、さしあたって自分に深い関係がないもののことは忘れてしまう傾向があるからだ。一瞬置いて、笑顔ひとつ浮かべないスーツ姿の女を思い浮かべた樹は、自分がその女宛てに手記まで郵送していたことを思い出した。

自由を奪われた生活では日にちの感覚もなくなるので、気がついたら手記の提出期限は過ぎていた。しかし、最悪五十万円としても手に入れられるものをみすみす逃すのは惜しかったので、大慌てで便箋を買い求め、覚えていることを書きなぐった。金谷和彦や疋田利幸と思い出話を語り合っているときにはいくらでも言葉が溢れ出てきたのに、いざそれを文字にしようとすると、どういう言葉を使ってどのように文章を組み立てればいいのかがかいもくわからなかった。樹は自分の文才のなさにほとほと呆れ、苛立ちながら、便箋一枚をやっと満たす程度の断片的な「手記」をどうにか書き上げ、なるべく急いで検閲を済ませて投函するように係官に頼んだ。

それきり、相生のことや遺産のことはほとんど忘れていたのだった。

その相生が実際には何をしようとしていたのか、それを知った樹は、「マジかよ！」と言いながら大声で笑い出した。

自分たちを騙した相生に対する怒りは感じなかった。ただ、その手腕を見事だと思い、自分がまんまとしてやられたという事実がおかしくてたまらなかった。あれだけの大芝居を打てる演技力と度胸があるなら、どんな詐欺だってお手のものだろう。それを、自殺した弟の恨みを晴らすために駆使するなんて、使い方を間違っている。娑婆に出られたら、いっちょうあの女と組んでなにかでかいことをしでかしてやろうか。

そんなことを考えながらたがが外れたように笑いつづける樹を前に、二人の刑事は困惑しながらたがいの顔を見合わせていた。

5

富士川と田子《たご》の浦港に挟まれたこのエリアは、海岸線に沿って何キロメートルにもわたって設えられた防波堤によって、海と隔てられている。見上げるほどの高さで聳《そび》え立って視界を遮るそのコンクリート製の堤は、さながら世界の終わりを示す隔壁でもあるかのようだ。その手前に防風林として植えられたマツの木立が尽きるところに、いくつかの決して新しくはない民家がへばりつくようにして軒を並べている。

そこに忽然として姿を現す三階建ての建物は、淡い小豆《あずき》色に塗られた外壁からして、どこか場違いに瀟洒《しょうしゃ》な印象を見る者に与える。

しかしそこが、まちがいなく相生真琴の目的地だった。

療養所には見えないこの施設の一室で、目指す人物が寝起きしていると聞いていた。ひとつだけ、どうしても訊きたいことがあった。そうでなければ、生きて再びその人物の前に顔を出すことなどとうていできなかっただろう。

すでに十月もなかばを過ぎ、陽射しはうららかなものの、上着なしには外を出歩けないほど肌寒くなっていた。実際にここに足を運ぶまでは何度となく逡巡したが、門を前にするなりその思いを振り捨てた。ここで少しでもためらったら、足が竦み、二度とこの場所に寄りつかないまま一生を終えることになる気がしたからだ。

さして広くもない敷地に申し訳程度に設けた車寄せが、二、三台の乗用車でいっぱいになっているのを見て、駅からタクシーで来たのが正解だったと思った。真琴はわざと大股で、先になにか火急の用件でも控えている人間のように足早にエントランスへ向かい、その勢いを保持したまま自動ドアを抜けた。

外へ出ていこうとしている人間とそこですれ違ったとき、一瞬、頬を撫でた空気のにおいに、真琴はなぜか懐かしさを覚えた。その正体がわからないまま、受付を目で探しはじめた真琴に、

「あの」とうしろから声がかかった。振り向くと、たった今すれ違った人間がドアの手前でこちらを向いて立っている。真琴自身と同じくらいの歳格好の女だ。

「マコト？　マコトじゃない？」

駆け寄ってきた女が、かつて「ナナちゃん」と呼んでいた少女と同一人物であることに気づくまで、少しだけ時間が必要だった。中学生時代には少しばかり痩せすぎで骨格の形がわかるほどだったその体が、全体にふっくらとした肉づきの女らしいフォルムに変貌していたからだ。ただ、髪をうしろで束ねているところは当時のままだし、化粧気の薄いその顔にはたしかに往時のおもかげがある。

およそ十五年ぶりではあったが、真琴はここで疋田奈々江と会ったことに驚きはしなかった。それは十分にありえることだったからだ。現在の実際の姓は「疋田」ではないだろうが、奈々江が疋田利幸の姉であることに変わりはない。

奈々江は「久しぶり」と言いながら満面に笑みを浮かべ、真琴の手を取ったが、どんな表情を浮かべていいかわからずにこわばっている真琴の顔を見て、自分もあいまいに笑顔を解いた。

「聞いたよ、裁判のこととか、いろいろ。たいへんだったたね」

「うん……」

どんな顔をしていいかわからないと思いながらも、真琴は奈々江を前にして瞬時にして十四歳の少女に戻り、十四歳の少女のような素直さでそう答えていた。十五年の時の隔たりを感じさせない奈々江の態度に、われ知らず涙が滲んだ。

「でも、マコトの気持ちわかるよ。あの頃も手紙で言ってたもんね、宏弥くんは自殺だったんだって。今回も、よっぽど思いつめてたんだなって思って、話聞いててつらかった。結局、真相は判明しなかったみたいで、残念だったけど……」

「あの、弟さんは、どんな……」

真琴がいたたまれずに話題を替えると、奈々江は顔を曇らせた。体の左半分はほとんど動かず、しゃべるのも困難だし、顔の表情筋も一部が麻痺したままだという。

「ただ、リハビリ次第でだいぶ回復する見込みはあるって。実際、一ヶ月前よりは表情とかにもバリエーションが出るようになってきてる。最初はまるで仏像みたいで、何考えてるのかわからなかったけど」

身体的リハビリや日常の起居にまつわるサポートは基本的に療養所の領分だが、スタッフが決して多くはないためどうしても手薄になってしまう面があるし、精神的なサポートについては身内の励ましにまさるものがないので、できるだけまめに顔を出して、一時間でも二時間でも一緒にいてあげるようにしてほしい。療養所サイドからのそんな要請もあって、現在は母親と自分が交替で居室を訪れているのだと奈々江は語った。

「ひどい事故だったけど、とにかく命だけは助かってよかったよ」

そう言って目尻に皺を寄せて笑う奈々江の顔を、真琴は正視することができなかった。

「それで今日は、どうしてマコトがここへ？」

その質問の中に、わずかなりとも懐疑が混ざり込んでいはしまいか。真琴は怯えを隠しきれないままそっと奈々江の顔を見上げたが、奈々江はただ、無邪気と言ってもいい表情で小首を傾げているだけだ。

「あの……いろいろ、直接謝りたくて」

「私、たった今会ってきたところだけど、よかったらもう一度一緒に行く？」

真琴は、できれば二人だけにしてほしいと言った。奈々江は深く追及せず、ただ「わかった」と言って頷き、真琴の携帯電話のメールアドレスだけ控えると、「今度またゆっくり」と言いながら外に出ていった。

一階には受付のほかに喫茶室やリハビリテーションルームがあり、二階と三階が居住棟になっているようだった。エレベーターを待っているとき、やはりこのまま会わずに帰るべきなのではないかという迷いが心に生じた。しかし幸か不幸か、真琴が踵を返そうとしたその瞬間に、エレベーターのドアが開いた。

目指す部屋は三階で、駿河《するが》湾に臨む南側にあった。部屋のドアはレバーを持ってスライドさせるタイプのもので、三分の一ほど開いたままになっている。ノックをすると、少しの間を空けてから、「はい」と「あい」の中間のようなくぐもった声が聞こえた。

ドアを開いて足を踏み込むと、そこに疋田利幸がいた。

利幸は、防風林のせいで海も見えない窓を背に、スウェットにカーディガンを羽織った姿でベッドサイドの車椅子に腰かけ、右手に文庫本を持っていた。体がやや不自然に左側に傾いていることと、口の右側の端がまるで口内炎を気にしている人間のように歪み、少しだけ唇が開いたままになっていることを除けば、ただ単に休日に優雅な読書の時間を楽しんでいる会社員にすぎないように見えた。

その顔に、表情はなかった。

驚きも、恐れも、怒りも、何も感じられなかった。

ただその目が、入口に立った真琴の姿を、単に自分の目の前に存在しているからというだけの理由で見つめる猫のような目でじっと見据えている。

それが、表情筋の一部を随意に使えないからなのか、それともほかに理由があるのか、真琴には判断のしようもなかった。いっそ取り乱すなり、表情は変えないまでも怯えて声を上げるなりしてほしいと思った。半身が不随でも、それくらいはできるはずだ。どうしてこれほど平静でいられるのだろうか。殺しそこねたことを知った自分が、とどめを刺しに来たとは思わないのだろうか。

むしろ、怯えているのは真琴だった。真琴はその怯えを振り払うように、入口から一歩も奥に進まないまま、震える声でだしぬけにこう言った。

「ひとつだけ、訊きたいことがあるの」

利幸はひと声も発さず、あいかわらずただ真琴を見つめている。

「どうして？　どうして何も言わなかったの？　警察にも、ほかの人にも……」

その瞬間、能面のようだった利幸の顔に、初めて表情らしきものが過った。そしてその目が真琴から逸らされ、わずかに泳いだ。

「私はあなたを突き落として殺そうとしたのよ。それなのになんであんな嘘をついたの？」

蒲田の自宅アパートにやって来た、年齢に開きのある二人の刑事に任意同行を求められたとき、真琴はすべてが終わったと思った。静岡県警所属だという彼らは物腰がやわらかで、まるでパーティーにエスコートでもするかのように丁重に真琴を扱ったが、そんな場面はテレビドラマでもよく目にする。特に年配の方は、顔に浮かべた作りもののような笑みの陰に、妙に粘っこい猜疑心のようなものをちらつかせていた。少し荻野刑事に似ていた。刑事だと思ったからそう感じたのかもしれないが、いずれにせよ、彼らはすでにすべて知っているのだと思った。

利幸を突き落としたのがどのあたりだったのか、正確にはわからなかった。足柄近辺だろうという程度の見当はついたが、あえて確かめようとは思わなかった。それをした途端に、すべてが現実であったことがあからさまになってしまう。真琴にはそれが耐えられなかった。ガードレールの切れ目から、目の前で瞬時に姿を消した利幸。あれは悪い夢だったのだと自分に言い聞かせながら、なすすべもなく十日ほどが経過していた。

何より耐えがたいのは、利幸の命を奪ったことに真琴自身がなんらの正当性も見出せなくなってしまっていることだった。宏弥は、自殺ではなかった。十四年の時を挟んで再びこの目に触れた宏弥の日記からすれば、そのことは歴然としていた。最後のくだりで、宏弥は自殺どころか、むしろ前向きに生きようとする決意を表明している。一度はそれを読んでいるはずなのに、いったい自分はいつ、どの段階で、そのときの記憶を改竄してしまったのだろうか。それとも自分は、もともと心のどこかで宏弥は自殺だったにちがいないと考えていて、その自分の考えを裏打ちする記述を日記から探し出すことに夢中で、不都合な部分は見なかったことにしていたのだろうか。

真琴の脳裏にはいまだに、宏弥が日記に書きつけた「死んでしまえばみんなが喜ぶ」という文面が、そしてその後に続く唐突な空白が、鮮明な記憶として残っている。最後の一行については、宏弥の筆跡さえありありと頭に浮かぶほどだ。しかし実際には、文言さえ記憶のとおりではなく、そこで日記が途絶えているというのも誤りだった。

何度考えても、真琴はその事実に納得することができなかった。しかし一方で、記憶というものがいかにあてにならないものであるかも真琴にはわかっていた。本を読んでいる人間が、すでに読んだくだりをもう一度読みたいと思い、あれはたしか見開きの右側のこのあたりにあったはずだ、と記憶を辿って右側だけを見ながらページを逆戻りしていっても、その記述を見つけられることは少ない。それはしばしば、左側のページの、記憶とはまったく異なるあたりに位置している。たった三十分前の記憶でさえそうなのだ。十四年も前の記憶が、真の姿を正確に伝えているると考える方が間違っているのかもしれない。

真琴は混乱する思いを持て余したまま、二人の刑事に連れられて新幹線で静岡県警に向かった。その間にようやく、自分が利幸を突き落として殺したのだという事実がひとつの現実として認識の領域にその輪郭を現しはじめた。そして、この数ヶ月の自分がいかに狂気じみた妄念に捉えられていたかを思い知らされた。茫然自失のまま、ただ順を追って訊かれることに機械的に回答していくことが、真琴にできる唯一の反応だった。

最初に訊かれたのは、真琴が福光法律事務所所属の弁護士であると身分を偽ったのが事実であるかどうかということだった。それに気づいたのも、告発したのも、どうやら大貫智沙であったようだ。手記の提出期限が過ぎて二週間も経つのに結果の報告がないことに焦《じ》れて、真琴の携帯ではなく、福光法律事務所であるという設定で引いていた回線の方に電話しようとしたらしい。真琴は提出された四つの手記を読んで利幸を呼び出す時点でその回線の契約を切っていたので、智沙は不審に思い、福光法律事務所について調べはじめたのだ。

そこから話を起こすとは、ずいぶん念の入った茶番だと真琴は思った。資格もないのに弁護士を騙ったことなど、真琴がしたことの中では取るに足らない些事《さじ》にすぎない。そうして油断させておいて、後でいよいよ本題とばかりに利幸の件に切り込んでくるつもりなのだろう。真琴はどこか人ごとのようにそう考えながら、素直にというよりは無抵抗に、提示される事実を認め、質問に答えていった。どうせ殺人罪に問われるなら、今さら隠し立てしたところで無益なことだと思ったからだ。

説明会の名目で呼び集めた人間の氏名、説明会の日時、会場に選んだ場所、そのとき彼らに何を話し、何を要請したか。山浦至境の遺産は実在するのか。山浦と生前、面識はあったのか。刑事たちの質問は説明会周辺の内容に終始し、一向に「本題」に移ろうとしなかった。真琴がそのことを不審に思いはじめたそのとき、荻野に似ている方の年配の刑事がテーブルの上で両手の指を組んでこう言った。

「なるほど。実はそのへんのことについては、説明会に呼ばれた方々からもお話を伺っとりましてね、内容はおおむね一致するようです。ただ、五名の方々のうち二名とは、諸事情でまだお話しできとらんのですがね。一人は鷲尾樹さん。この人はある裁判の被告になっとりまして、公判中でタイミングを摑みそこねとります。もう一人、疋田利幸さんは、つい先日、神奈川の足柄方で不運にも転落事故に遭われたところでして、意識はしっかりされてるんですが、身体機能に障害が残っとりまして、長い会話をするにはまだちょっと……」

うつむいてテーブルの一点をうつろな目で見つめていた真琴は、この発言に初めて顔を起こし、話し手の目を見た。

もしもそのとき、「死んでなかったんですか」とか「助かっていたんですか」といった言葉をひとことでも漏らしていたら、その後の真琴の運命は大きく変わっていたかもしれない。しかしそうするには、真琴の受けた驚愕が激しすぎた。利幸が生きていたという事実に加えて、刑事が「事故」と断言していることに当惑し、そのことをどう理解していいのかまるでわからなかったのだ。

真琴の表情の変化を単なる驚きと解したらしい刑事が、続けてこう言った。

「なんでも、確かめたいことがあって、問題になっとった山浦先生の別荘を一人で見に行こうとしてヒッチハイクしとったらしいんですわ。今どきヒッチハイクっていうのも古風だなと思いますが、免許持っておられんようでしてね。それで見当違いなところに連れていかれて、車を降りてうろうろしとるうちに、炎天下でぼーっとしとったんですかね、足を踏み外してガードレールの隙間から落っこちて。十数メートルはあったみたいですが、下が柔らかい地面だったんで一命は取り留められたんですな」

利幸が「ガードレールの隙間から落っこち」たのだというのは、たしかに事実だ。ただしそれは、真琴によって「突き落とされた」のだという点を除けばの話である。そしてあの崖の下は、みかん畑だった。土は実際に、利幸の命を奪わない程度には柔らかかったのかもしれない。

「ただ、障害が残ったんですかね、口が麻痺されとって、それだけ訊き出すのにも苦労しましてね。痛みも激しいようでしたんで、詳しい話はまた今度ってことに」

本当に、利幸自身がそう言ったのだろうか。そこには、事実を完全に隠蔽《いんぺい》しようとする意志が感じられた。転落の衝撃で記憶を失っているのだとしたら、ヒッチハイク云々といった説明も出てくるはずがないからだ。利幸は、あきらかに意図的に虚偽の証言をしている。しかし、だとしたらいったいなんのために？　何を庇って？

「ある意味、その種はあんたが蒔いたんと違いますかね。ありもせん遺産のことなど聞かされさえせんかったら。気の毒に……」

混乱した真琴が何も応じられずにいる間に、刑事は口調を変えて話を先に進めた。キャンプの五人に手記を書かせた本当の動機はなんだったのかという質問だった。利幸が偽証した真意についてまとまらない考えを巡らせつづけていた真琴は、ほとんど上の空で、しかしおおむね真実に基づいてそれを語った。ただ、それで弟さんに心ないことを言った犯人はつきとめられたのか、との問いには、結局わからなかったと答えた。

それが利幸だったと言ったら、事故の件が疑われると恐れたからではない。そもそも宏弥が自殺だったとする真琴の見立てが今では根本から崩れ去っていることに加えて、まるで真琴を庇ったかに見える利幸の真意がまるでわからなかったことが、その事実に触れることをためらわせたのである。できることなら、その場で利幸に会って、直接理由を訊きたかった。それができるまでは、この件については誰にも真実を語るわけにはいかないと思った。

「参考までに訊きますが、そうまでして犯人探して、それで誰だったかわかったとしたら、どうするつもりだったんですかね」

年配の刑事はそう言って真琴の目を覗き込んだ。

利幸に会って真意をたしかめること。その当面の目的を意識することによって、真琴は自分でも意外なほど肝の据わった態度を取ることができた。利幸が自分を庇ったのだとしたら、その理由を知るために、自分もその利幸の嘘を庇おう。真琴はそんな奇妙な理屈に衝き動かされながら、刑事の目をまっすぐに見つめ返した。

「どうするつもりもありませんでした。ただ、真実が知りたかっただけで。真実を知るためには、こういう方法を取るしかないと思ったんです」

刑事は一瞬だけ考えるような顔をしたが、すぐに「なるほど」と言って目を逸らした。


真琴は弁護士法違反容疑で逮捕されたが、逃亡の恐れはないものと見なされ、勾留《こうりゅう》はされなかった。続いて起訴された真琴は被告として裁判に赴いたが、これはごくあっけないもので、真琴自身には、ほとんど法学部の学生が演じる模擬裁判のようなごっこ遊びに近いものに感じられた。

キャンプのメンバーのうち、検察側の証人として出廷したのは、大貫智沙と江見今日子の二人だけだった。智沙は自分たちがさも悪辣《あくらつ》な詐欺的手法に翻弄され深甚な損害を被ったかのようにまくし立てていたが、今日子はただ端的に過不足なく事実を述べるだけで、真琴を糾弾しようとするトーンは感じられなかった。

福光正樹弁護士は、事務所の名義などを不当に利用された被害者であるにもかかわらず弁護側の証人として台に立って、真琴がいかにまじめな苦学生であったか、事務所でのアルバイト時代いかに熱心に執務に励んでいたかを滔々《とうとう》と語り、本件も亡くなった弟を思う無理からぬ心情から行なったことで悪質性は皆無であることから、情状酌量の余地は十分にあるものと思料される、とまるで自分自身が真琴の弁護士であるかのごとく語を結んだ。

判決は有罪で、罰金十五万円の刑が言い渡された。事実に反して弁護士資格を有するかのようにふるまったとはいっても、真琴の行為は被害者に財産的損害を与えることを目的としたものではなかったため、詐欺罪には相当せず、弁護士法七十四条における非弁護士の虚偽表示等の禁止に抵触しているのみと見なされたのである。

「どうして僕にひとこと相談してくれなかったの。弟さんのことも、言ってくれればほかにもっといい解決方法を提案できたかもしれなかったのに」

すべてが終わり、あらためてお詫びを述べるために事務所を訪れた真琴に向かって、福光はさも残念そうにそう言って眉尻を下げた。

支払いを命じられた罰金を納めることでこの問題は法的には解決したが、真琴の中でこの一件は少しも片づいていなかった。

こうした法のもとでの裁きは、あくまで表層で起こっている仮のことでしかなかった。真琴は始めからそんなものには重きを置いていなかった。だから、そこには嘘があってもいいと思っていた。本当の裁きは、むしろこれから始まるのだ。それに臨むためにこそ、自分は真実の核心部分を覆い隠したままここまでしのいできたのだ。

　最低でももう一度、疋田利幸に会わなければならなかった。そのための心の準備をするのに、なお一ヶ月ほどかかった。ようやく意を決して携帯を手にしたとき、電話でいいのか、と思った。控えている携帯の番号が生きているかどうかもわからなかったし、そもそも現在、本人が電話に出られる状態にあるのかどうかさえ不明だった。仮に本人が出たとしても、どういう態度に出るかまったく予測がつかなかった。利幸が真琴に突き落とされたことを伏せていた理由は、今のところまったくわからないのだ。

　真琴は結局、「キャンプのしおり」に掲載されていた利幸の実家の電話番号をダイヤルした。受話器を取った人物は、母親と思しかった。中学生時代、奈々江の部屋を訪れた際に、お茶やお菓子を持ってきてくれたあの品のいい人だ。真琴は一瞬迷ったが、結局偽名を使い、自分は利幸の「昔の知り合い」だと言った。そして、事故のことを聞いたが本人と会うことはできるか、と訊ねた。そのとき教えられた現在の居場所が、この療養所だったのである。

「ハスイを……」

　長い沈黙のあと、利幸がゆっくりとそう言った。そう言っているように聞こえた。口はほとんど動かしていなかったが、動かしていないのではなく、動かせないのかもしれなかった。

「ハスイを、なぜかハンじなかった」

　少し考えて真琴は、利幸がこう言っているのだということに気づいた。殺意を、なぜか感じなかった。

「ヒャベるのが、まだウマフでヒない」

「いいよ、わかる」

真琴はそう言って、ためらいながらまず一歩、続いて二歩、利幸の方に近づいた。その声がもっとよく聞こえるように。

「だから、告発するのは、なにか違うと思った」

利幸の発音はあいかわらずたどたどしく不明瞭だったが、真琴はすでにそれを一字一句過《あやま》たずに聞き取ることができた。

「それに、僕は志村に……あなたの弟にひどいことを言った」

「違うの」

真琴は、考えないようにしていた自分の最大の過失を再び意識し、心臓を握りつぶされたような息苦しさを覚えながらそれを口にした。

「自殺じゃなかった。あなたを突き落としてから、それがわかったの。あれは私の思い違いだった。それに、あんなのはどうせ、口実みたいなものだった。それなのに……」

「自殺じゃなかったにしても、ひどいことを言ったのは事実だよ」

そう言って、利幸は眉根に皺を寄せた。部屋に入ってきた瞬間に思っていたよりも、微細なものではあっても表情に変化があることに真琴は気づいた。

「ショックだった……。自分が自覚もなく、人を傷つけるようなことを言ってたなんて。僕は鷲尾なんかとは違うと思ってた。でも、同じだった」

「だからって、あなたを殺そうとした私をなんで庇うの？　命は助かったけど、でもこんな……

こんな体に……」

　こらえきれなくなった真琴はその場にくずおれ、呼吸が困難になるほどの嗚咽《おえつ》に見舞われながら利幸の左の膝の上に片手を置いた。利幸はしばらくの間、真琴がそうして泣くのに任せていたが、やがて真琴の頭上からこう呟いた。

「そっちの足には、ほとんど感覚がない」

　その声にひるんで真琴が手を引っ込めようとすると、利幸は自由が利く右手の方でその手を掴み、指先にわずかに力を込めた。外気に晒されてきた真琴の手に利幸の手は驚くほど温かく感じられたが、そこから伝わってくるものがなんであるのかが真琴にはわからなかった。利幸は、まるでそれを説明するかのようにこう言った。

「不思議な気持ちだな。あなたを許してるわけじゃない。こんな体にされたことを絶対許せないと思うのに、その一方で、あなたを憎いとはどうしても思えない自分もいる。なぜなんだろう」

　真琴はその言葉の意味を考えたが、頭の中が、泣いた後特有の虚脱感に吹きさらされていて、うまく考えることができなかった。ただ、感じることはできた。「感じる」という形で、真琴は利幸の気持ちを理解した。

「許してくれなんて言わない。許せるわけがないから」

　真琴はそう言って、空いている方の手で涙を拭いながら、床に突いていた膝を起こし、居住まいを正した。

「ただ、どうすれば償えるのか、教えてほしい」

「僕もあなたに、同じことを訊いた」

　そう言って利幸は、ふいに鼻から短く息を漏らした。歪んだ口元の両端が、かすかに上向きになっている。笑っているのだ。

「でも、あなたは答えられなかった。僕にも答えられない。答えなんて、出ないんだと思う」

窓の外は、常緑樹であるマツの木立で深い緑一色に染められ、その向こう側に広がる海の上に降り注いでいるはずののどかな陽射しは遮られていた。ただ真琴は、利幸が沈黙している間に、波の音を聞いたような気がした。ここは海岸線からはだいぶ後退しているし、まして窓も閉め切っているのだから、聞こえるはずはない。耳を澄まそうとした真琴に聞こえてきたのは、利幸の声だった。

「たぶん僕たちは……」

利幸はそこでいったん言いよどみ、慎重に続きを考えているような間を空けてから再びその不自由な口を開いた。

「たぶん僕たち二人はそういう、法律とか裁判とかでは解決できないようななにかの中に搦《から》めとられてしまってるんだと思う。あなたに突き落とされて、病院で意識を取り戻したあと、僕はそう感じたんだ。だからあなたを、告発しなかった。それでは解決しないことがわかってたから」

「じゃあ、どうすれば……」

真琴が祈るような思いで利幸を見つめると、利幸はまっすぐに真琴の目を見ながらこう答えた。

「それを、ゆっくり考えていくしかないんじゃないかな、二人で」

そう言う利幸の顔には、あいかわらずはっきりとした表情はなかったが、今や真琴には、そこに現れたわずかな違いを読み取ることができた。それは穏やかで、凪《な》いだ海のように平坦で静かな表情だった。

思えばこの部屋に真琴が入っていったその瞬間から、利幸はこの表情を顔に浮かべていたと思った。驚きでも、恐れでも、怒りでもない、そうかといって喜びでも嬉しさでもない、よく晴れた夏の昼下がりに海岸からはるかに望む水平線のような表情。それは許しとは違っていたが、許しに似たなにかを予見させる表情だった。

そのとき不意に、ある情景が真琴の頭の一角に兆し、思わず閉じた瞼の裏に、それがまるで瞬く間に描かれていく水彩画のように広がっていった。

その中で真琴は、海を望む小高い丘の上の小さな家で、利幸と二人きりで暮らしている。二人が何によって結ばれているのかはわからないが、それぞれがそれぞれとともにいることを望み、必要としている。真琴はときに、利幸を海辺まで連れていき、砂浜をぐるりとひとまわりするために車椅子を押してやる。そして、遠くに見える水平線をただじっと二人で眺めながら、二人の間でなにかが育っていくのを辛抱強く待つのだ。許しのようななにかが。起きてしまったことや憎しみや心の歪《ゆが》みのすべてを乗り越えさせてくれるなにかが。

ありえないことかもしれない。あまりにも虫のいい白日夢かもしれない。しかし真琴はその情景に不思議と心安らぐものを感じ、それに焦がれている自分がいることを感じた。

真琴の手を握る利幸の手に、もう一度、わずかな力が込められた。

本書は書き下ろしです。原稿枚数612枚（400字詰め）。

〈著者紹介〉
平山瑞穂　1968年東京都生まれ。2004年「ラス・マンチャス通信」で第16回日本ファンタジーノベル大賞を受賞してデビュー。著書に『忘れないと誓ったぼくがいた』『シュガーな俺』『冥王星パーティ』『株式会社ハピネス計画』『プロトコル』『桃の向こう』『全世界のデボラ』『マザー』『有村ちさとによると世界は』等。一作ごとに作風を大胆に変え、幅広い読者層に支持されている。本作は初めて挑んだ、本格的なミステリー小説。

GENTOSHA

偽憶
2010年11月25日　第1刷発行

著　者　平山瑞穂
発行者　見城 徹

発行所　株式会社 幻冬舎
〒151-0051 東京都渋谷区千駄ヶ谷4-9-7

電話:03(5411)6211(編集)
03(5411)6222(営業)
振替:00120-8-767643
印刷・製本所:中央精版印刷株式会社

検印廃止

Printed in Japan
ISBN978-4-344-01916-4 C0093
幻冬舎ホームページアドレス　http://www.gentosha.co.jp/

この本に関するご意見・ご感想をメールでお寄せいただく場合は、comment@gentosha.co.jpまで。